KB236938

黔潞下
경단하

검단하 1

운곡 新무협 판타지 소설

초판 1쇄 찍은 날 § 2006년 12월 26일
초판 1쇄 펴낸 날 § 2007년 1월 5일

지은이 § 운곡
펴낸이 § 서경석

편집장 § 문혜영
편집책임 § 유경화
편집 § 이재권

펴낸곳 § 도서출판 청어람
등록번호 § 제1081-1-89호
등록일자 § 1999. 5. 31
어람번호 § 제2-1089호

주소 § 경기도 부천시 원미구 심곡1동 350-1 남성B/D 3F (우) 420-011
전화 § 032-656-4452 팩스 § 032-656-4453
http://www.chungeoram.com
E-mail § eoram99@chollian.net

ISBN 978-89-251-0476-8 04810
ISBN 978-89-251-0475-1 04810 (세트)

Fantastic Oriental Heroes

劍流天下

검단하

1

운곡 新무협 판타지 소설

ㅡ 입련(入聯), 무심련에 들다 ㅡ

도서출판
청어람

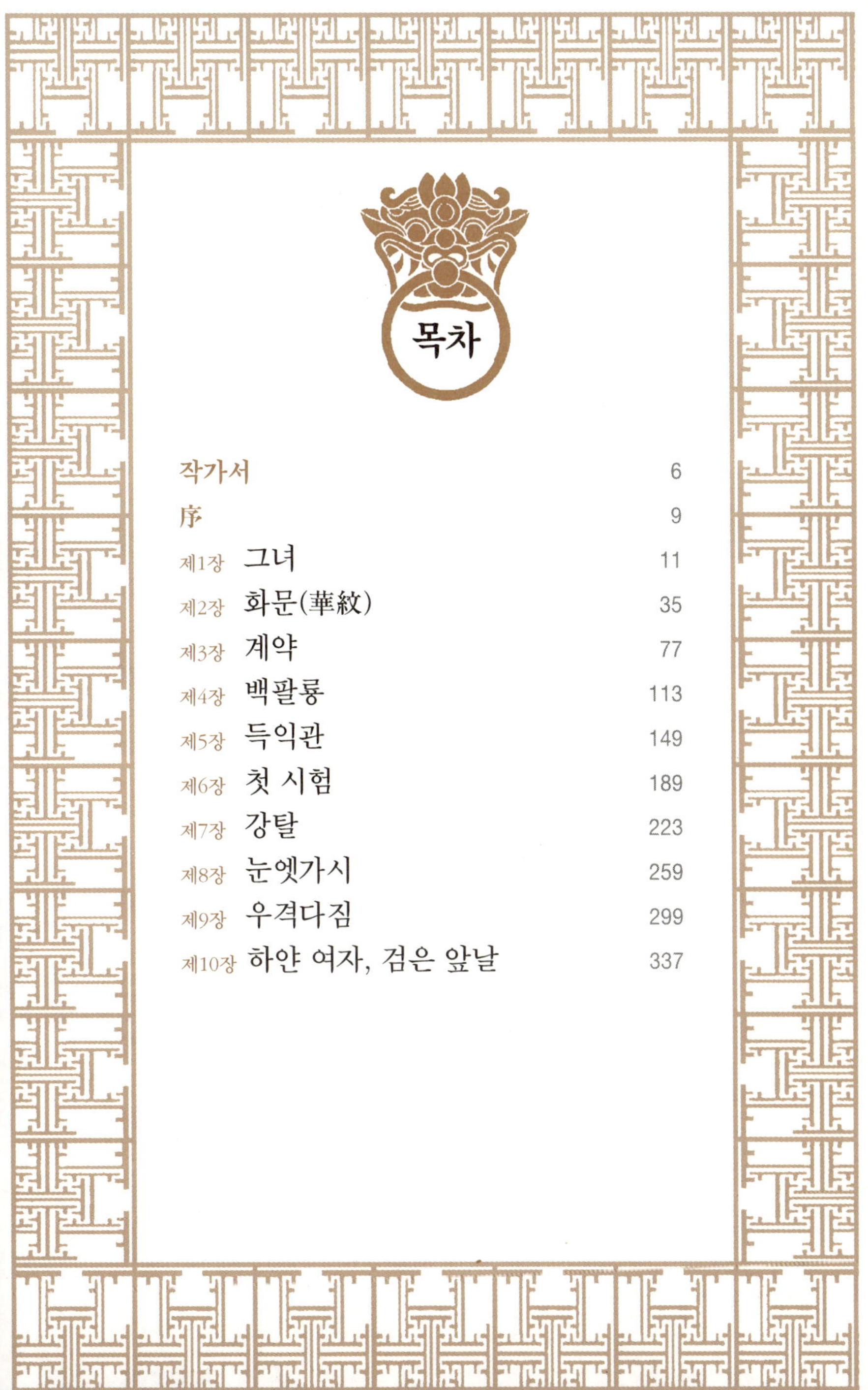

목차

완(完)을 마지막에 새기고, 그렇게 생겨난 책이 늘어날수록 어깨 위에 내려앉은 무게로 더욱 괴로워만 집니다.

장중함과 무거움, 경쾌함과 가벼움 사이로 어지러이 방향을 잃고 헤맨 발자국만 난삽하게 책 속에 남아 있습니다.

천 길 낭떠러지 위를 골라 밟는 것보다 더 어려운 길, 헤쳐 나왔다기보다는 밀려 나온 듯합니다.

돌이켜 보면 제 인생 역시 그러했던 것 같습니다.

동료 글쟁이들과 잡담을 나누던 중, 써보고 싶은 글에 대해 말하다가 바래 버린 기억 저편에 있던 구상 하나를 이야기했습니다.

'재미없겠지? 란 부끄러운 물음에, 재미있을 것 같다고 격려해 준 장씨 가문의 영훈 군과 신씨 가문의 독 군에게(으응? – _ –;) 고마움을 전합니다.

물론 그들이 파놓은 함정이란 걸 알지만, 기분 좋게 미친 척하고 빠져볼까 합니다.

구상은 대강 잡았습니다만 게으름 탓으로 세월을 보내던 중, 서가 한구석에서 굴러다니던 오래된 책을 발견했습니다.

과레스키의 글이었는데, 기억이 틀리지 않다면 제가 중학교 때쯤 읽었던 책이더군요.

서문 중에 있던 작은 소품 이야기를 읽었을 때, 갑자기 제 글의 시작 장면이 떠올랐습니다.

그 길로 책상 앞에 앉아 이야기를 꾸며 나간 이후, 어느덧 정신 차려보니 벌써 3권까지 온 후였습니다.

그래서 이 글의 시작이 된 그 작은 이야기를 서장으로 따오게 되었습니다.

감히 대가의 글을 따와 내 글에 심는 데 대한 부끄러움 때문에 제 글로 환치시켜 다르게 그려볼까도 생각했지만, 제 글의 시작점이 된 고마움과 감사함을 그런 방법으로 표현하고 싶었습니다.

그걸 '오마쥬'라 부르는 모양인데, 가벼운 제 글 때문에 과레스키의 값까지 떨어지지 않을까 싶어 두려울 따름입니다.

그래서 시작 부분의 시점과 문체가 제 것과는 많이 다릅니다.

읽어나가시는 데 불편함이 있을지 모르겠네요.

하지만 그 이후부터는 읽기에 그리 어려움은 없으시리라 믿을 뿐입니다.

주인공은 진완이란 소년입니다.

글은 경쾌하게 그려 나갈 계획입니다.

만약 읽으시는 중간 입가에 미미한 미소라도 번지셨다면 저로서는 만족입니다.

그럼 재미있는 세계로 같이 떠나봅시다.

"어르신은 그를 어떻게 생각하십니까?"
"내 오른팔이자, 나의 뛰는 심장이다."
"그의 실력은 어떻습니까?"
"강하다고 생각한다."
"어르신보다 더 강합니까?"
"물론이지."
"그보다 더 강한 사람은 없습니까?"
"내가 알기론 없다."
"그렇군요."
"그런데 무슨 일로 그에 대해서 묻는 것이냐?"
"그가… 배신했습니다."
"……!"

第一章

그녀

여자? 관심없다.

술을 따르고 노래를 부르다 돈 몇 푼에 옷깃을 풀어헤친다지?

같이 일하던 형들에게 전해 들은 그런 여자라면 필요없다.

내겐 이미 내 그녀가 있으니까.

산을 넘어 일을 끝마치고 제시간에 집에 돌아가려면 항상 달음박질을 쳐야 했다.

그래서 길고도 곧게 뻗은 직방하 길을 뛰어갈 때면 항상 심장이 얼얼해지고 코끝에서 달뜬 냄새가 났다.

언젠가 노을이 늘어진 수양버들 가지 끝에서 가물가물 졸고 있던 날, 난 그녀를 보았다.

개울가에 늘어선 열세 번째 수양버들 아래 그녀가 서 있었다. 손에는 바구니를 쥔 채.

"어이!"

그녀를 불렀다.

또래보다 훨씬 컸던 나보다도 키가 컸고, 가슴도 제법 봉긋한 걸로 보아 열일곱은 되어 보였다.

"바구니 안엔 뭐가 들었어?"

가쁜 숨을 몰아쉬며 물었을 때, 그녀는 싱긋 웃었다.

"참외."

"목이 말랐는데 잘됐군. 나눠 먹자!"

다리를 둥실둥실 걷고 첨벙첨벙 얕은 개울을 건너는 내 모습을 보고 그녀가 활짝 웃었다.

그녀 앞으로 두툼한 손바닥을 내밀자 그녀가 곤란한 듯 귀엽게 코끝을 찡그렸다.

"두 개밖에 줄 수 없어."

"충분해!"

얼른 받아 대강 옷에 닦고는 크게 한 입 베어 물었다.

우걱우걱!

"맛있어!"

"그래? 그럼 내가 가끔 따다 줄게. 저 언덕 너머에 우리 집이 있어. 에구, 그렇게 썽둥썽둥 베어 먹다간 체해, 꼬마야."

"꼬마라구?"

나는 턱을 들어올려 고개를 외로 꼬고는 그녀를 노려보며 으르렁거렸다.

그때 나는 열네 살이었고 짧은 바지를 입고 있었다.

그러나 나는 산채 벌목 조수 일을 하고 있었고, 웬만한 장정 한 명 몫의 일쯤은 너끈히 해내던 때다.

또한 아무도 두려워하지 않았다.

그녀는 나보다 훨씬 더 키가 컸고 처녀처럼 몸매가 잡혀 있었다.

"넌 사람을 놀리는구나."

나는 그녀를 노려보며 소리쳤다.

"하지만 이 못생긴 껵다리야, 난 네 얼굴을 박살 낼 수도 있어!"

그녀는 커다란 내 주먹을 보고는 숨조차 제대로 쉬지 못했다.

이틀 후 저녁, 똑같은 길에서 나는 그녀를 다시 만났다.

"안녕, 껵다리!"

내가 소리쳤다. 그리고는 입 안 가득히 욕을 퍼부었다.

지금은 그렇게 할 수 없을 것이다. 그러나 그때는 장안(長安)에서 욕만 배워온, 어깨에 힘을 잔뜩 불어넣고 특유의 건들거리는 걸음을 걷던 노대(老大)보다 더 욕을 잘했었다.

그 뒤 여러 번 그녀를 만났지만 나는 아무런 말도 하지 않았다.

어느 날 저녁 나는 더 이상 참지 못하고 뛰어가던 속도 그대로 개울을 건너 그녀의 길을 가로막았다.

"무엇 때문에 날 그렇게 바라보는지 알고 싶어."

나는 손바닥으로 머리를 뒤로 쓱 빗어 넘기며 물었다.

그녀는 물처럼 투명한 두 눈을 동그랗게 떴다.

내가 전혀 본 적이 없는 두 눈이었다.

"난 너를 보고 있지 않아."

그녀가 겁에 질려 대답했다.

나는 다시 몸을 돌려 뛰어가며 외쳤다.

"조심하라구, 꺽다리! 난 농담하는 게 아냐!"

한 달 후에 나는 그녀를 다시 보았는데 어떤 청년과 함께 내 앞에서 걸어가고 있었다.

나는 화가 머리끝까지 치밀었다.

나는 미친 듯 개울을 텀벙텀벙 건너서 더욱 빨리 발을 굴렸다.

청년의 일 장여 거리 뒤에서 속력을 늦추고, 곁을 스쳐 지나면서 어깨로 힘껏 밀쳤다.

청년은 늦은 봄 떨어지는 매화 꽃잎처럼 땅바닥에 길게 널브러졌다.

뒤에서 나한테 갈보 새끼라고 욕하는 걸 들었다. 그래서 나는 걸음을 멈추고 천천히 몸을 돌렸다.

청년이 미친 듯이 나에게 달려오는 것을 보았다.

스무 살 정도의 청년이었고, 날 한주먹에 때려눕힐 것 같았다.

하지만 나는 장정 허리통보다 더 두꺼운 나무를 어깨에 너끈히 올려놓은 채 한번도 쉬지 않고 산을 내려올 만큼 힘이 넘쳤고, 때때로 산속에서 마주치는 들짐승들을 돌멩이 하나로 때려잡곤 했다.

그래서 아무도 두려워하지 않았다.

나는 때맞추어 골라잡은 돌멩이로 그 녀석의 얼굴을 정통으로 맞추었다.

우리 아버지는 동네방네 소문난 사람이었다.

아버지가 술에 취한 채 도끼를 손에 들고 있으면 온 동네 사람이 다 도망갈 정도였다.

하지만 그런 우리 아버지도 내가 돌멩이 하나를 움켜쥐는 걸 보면 뒤로 물러서곤 했다.

그리고 날 때리기 위해서는 내가 잠들 때까지 기다려야 했다. 우리 아버지도 그러셨는데 저런 멍청이 정도야!

그의 얼굴은 피범벅이 되었고, 나는 훌쩍 몸을 되돌려 멀리 달아났다.

나는 이틀 동안 멀리 돌아다녔다. 그러다가 사흘째 되는 날 저녁 다시 직방하 길로 돌아왔다.

그녀를 발견하고 나는 바싹 뒤쫓아가 등짐에서 도끼 하나를 꺼내 들었다.

"다시 한 번 다른 녀석과 함께 있는 걸 보면 너와 그 녀석 대갈통을 바숴놓을 거야.”

그녀는 그 미칠 정도로 물처럼 맑은 눈으로 날 쳐다보았다.

“왜 그런 말을 하지?”

그녀가 나지막한 목소리로 물었다.

그건 나도 몰랐다. 하지만 그게 무슨 소용이 있단 말인가?

“그래야 되니까 그래.”

내가 대답했다.

“너는 혼자 다니던가, 아니면 나하고만 다녀야 해.”

“난 열여덟 살인데 넌 기껏해야 열서너 살이야. 네가 최소한 열여덟만 되었어도 문제는 다르겠지. 난 이제 처녀가 되었지만 넌 아직 소년이야.”

“그러면 내가 열여덟이 될 때까지 네가 기다리라구!”

내가 소리쳤다.

“다른 놈과 함께 다니지 않도록 조심해! 아니면 죽을 줄 알아!”

그때 나는 드세기로 유명한 벌목 일을 하고 있었고, 아무것도 두려워하지 않았었다.

사람들이 여자 이야기를 하면 나는 벌떡 일어나 가버리곤 했다. 여자란 나에게 썩은 돼지고기보다도 중요하지 않았다.

하지만 그녀만은 다른 녀석과 만나지 않아야 했다.

나는 거의 사 년 동안 매일 저녁 그녀를 만났다.

그녀는 언제나 직방하 개울가 열세 번째 수양버들 나무에 기대서서 나를 기다렸다.

비가 올 때면 어디서 구했는지 멋진 우산도 펼쳐 들고 있었다.

나는 단 한 번도 뜀박질을 멈추지 않았다.

"안녕."

내가 지나가면서 인사를 건네면, 그녀도 '안녕' 하고 대답했다.

열여덟 살이 되던 날 나는 그녀 앞에 멈추어 섰다.

그녀의 눈은 이제 깊이를 알 수 없을 정도로 그윽해졌다는 생각이 들었다.

"이제 열여덟 살이 되었어."

내가 말했다.

"이제 나와 함께할 수 있어. 만약 어리석은 짓을 하면 머리통을 까부술 거야."

그녀는 이제 스물두 살이었고, 완전한 처녀가 되어 있었다. 그러면서도 여전히 물처럼 맑은 눈을 갖고 있었으며 여전히 나지막한 목소리로 말했다.

"넌 열여덟 살이 되었지만 나는 스물두 살이 되었어. 내가 너처럼 젊은 애하고 함께 있는 걸 보면 마을 사람들이 나한테 손가락질을 할 거야."

나는 굵은 침을 퉤 하고 땅바닥에 뱉고는 납작한 돌멩이 하나를 집어 들고서 말했다.

"저기 세 번째 나무의 첫 번째 가지가 보이지?"

그녀는 고개를 끄덕였다.

딱~!

나는 정통으로 맞추었고, 그곳엔 반으로 썽둥 쪼개진 가지만이 뒤틀린 채 남아 있었다.

"산에서도 이렇게 던지는 남자는 아무도 없다구!"

내가 소리쳤다.

"내가 말하는 것은."

그녀가 말했다.

"처녀가 어린 소년하고 돌아다니는 것은 좋지 않다고 말하는 거야. 최소한 네가 남자라면……."

나는 그 말이 무얼 뜻하는지 알고 있었다.

그녀의 아버지는 남자라면 최소한 처자식 먹여 살릴 큼직한 밭뙈기는 가지고 있어야 한다고 주위에 떠들고 다닌다는 걸 전해 들었기 때문이다.

나는 고개를 왼쪽으로 비딱하게 꼬고는 말했다.

"이봐, 혹시 날 싫어하거나 놀리는 것은 아니겠지? 지금도 두 명 몫은 하지만 땅을 마련하려면 세 명 몫을 한다 해도 이 년은 꼬박 걸릴 거라구. 그때가 되면 또 다른 이야기를 하겠지?"

"아니야."

그녀가 대답했다.

"그렇지 않아."

그녀의 눈엔 거짓이 없었다. 나는 결코 속지 않는 사람이었다.

"그렇다면 내가 땅을 사면 다시 이야기하자."

내가 몸을 돌리며 말했다.

"하지만 조심해. 땅을 사려면 아예 다른 산채에 들어가 멀리 떠나 있어야 한다구. 만약 내가 돌아와서 널 찾지 못한다면, 네 아버지 침대 밑에 숨어 있어도 네 대갈통을 부숴놓을 거야."

매일 저녁 그녀가 열세 번째 나무 아래 서 있는 것을 보았다.

나는 절대 뜀박질을 멈추지 않았다.

내가 '안녕' 하고 말하면 그녀도 '안녕' 하고 대답했다.

드디어 다른 산채로 떠나게 되었을 때 나는 그녀에게 소리쳤다.

"내일 간다!"

"그래, 잘 가."

그녀는 대답했다.

지금 내 산채 생활을 모두 기억할 필요는 없을 것이다.

이 년, 길면 삼 년을 예상했던 기간은 일 년 반도 채 되지 않아 끝났다.

나는 황소처럼 일했고, 굵은 팔뚝은 더욱더 굵어졌다.

나는 호랑이처럼 산을 누볐고, 내 허벅지는 웬만한 남자 허리 두께보다 더 굵어졌다.

내 돌팔매 실력은 산적패들조차도 겁을 집어먹을 정도가 되었다.

무서운 게 없었다. 두려울 것도 없었다.

굵은 동아줄 두 개면 커다란 나무 세 개도 생선 엮듯 꿰어 산 아래로 한번도 쉬지 않고 끌고 내려올 수 있었다.

술도 입에 대지 않았다. 도박도 하지 않았다.

아침에 눈을 뜨면 나무를 골랐고, 도끼로 베었으며, 동아줄로 꿰어 아래로 굴려 내려왔다. 그리곤 눈을 감고 잠들었다.

사람들이 웃으며 나 같은 사람 하나만 더 있다면 산도 베어 옮겨놓을 거라 농담을 할 정도였다.

일 년 반 후에 나는 곧바로 집으로 돌아왔다.

나는 오후 늦게 도착했다. 이미 해어지고 더러워진 옷도 갈아입지 않은 채 나는 단숨에 직방하 길로 한달음에 치달려 갔다.

만약 그녀가 또 다른 변명을 늘어놓는다면 난 그녀의 얼굴 위로 커다란 내 주먹을 내리꽂을 것이다.

날은 서서히 어두워지고 있었고, 나는 그녀의 집이 정확히 어디에 있는지 모르고 있다는 걸 깨달았다.

도대체 어디서 그녀를 찾아낼까 생각하며 미친 듯이 달렸다.

그런데 그렇게 찾을 필요가 없었다. 그녀는 정확하게 열세 번째 수양버들 아래서 기다리고 있었다.

그녀는 헤어졌을 때와 똑같았다. 두 눈도 똑같았다. 나는 그녀 앞에서 멈춰 섰다.

“안녕?”

내가 말했다.

"안녕?"

그녀가 방그레 웃었다.

모든 게 똑같았다. 처음 만난 후 지금까지 하나도 변하지 않았다.

"나, 땅을 샀어."

나는 땅문서를 자랑스레 흔들어 보이면서 말했다.

"저 산 두 개 너머에 있는 땅이야. 기름지고 넓은 땅이지."

"정말 멋있구나."

그녀가 대답했다.

나는 너무 정신없이 달렸기 때문에 목이 말랐다.

"그전처럼 참외 몇 개 먹을 수 있을까?"

내가 물었다. 그녀는 한숨을 쉬었다.

"안됐지만… 참외는… 중요하지 않아."

"……?"

"나, 시집가야 해."

"시집간다고?"

나는 깜짝 놀랐다. 목소리가 갈라져서 비명처럼 들릴 정도였다.

그녀는 고개를 끄덕였다.

"누구랑?"

"몰라."

그녀는 바닥만 쳐다보며 한참을 주저하다 조그맣게 말했다.

"아버지가……."

그럴 것이다. 여자 나이 스물셋이면 이미 한참 늦은 나이가 분명했다.

나는 말없이 몸을 돌렸다. 그녀가 깜짝 놀라 내 팔뚝을 잡았다.

"어디 가?"

나는 말없이 발끝으로 돌멩이 하나를 툭 쳐올려 손에 들었다.

그녀는 다급한 듯 숨찬 목소리로 말했다.

"안 돼! 아버지는 너에 대해서 몰라!"

"오늘 밤에 확실히 나에 대해서 알게 될 거야."

나는 낮은 목소리로 말했다.

내가 이렇게 목소리를 낮게 깔아 말하면 산에 있던 곰 같은 덩치의 사내들 역시 숨소리도 내지 않았다.

그녀는 부르르 몸을 떨며 진저리를 치더니 다시 급하게 말했다.

"안 돼! 절대 안 돼!"

나는 그녀를 돌아보지 않았다. 그녀는 마치 한숨처럼 내 등 뒤에 대고 조그맣게 말했다.

"도망가자."

"도망?"

"그래."

"언제?"

"오늘 밤."

그녀는 굳은 결심을 한 듯 힘껏 베어 문 아랫입술이 파르르 떨리고 있었다.

"좋아."

나는 손에 든 돌멩이를 내려놓았다.

그녀의 신분은 꽤나 높았다.

비록 몰락해서 궁벽진 산골까지 들어와 살게 되었지만, 꼬장꼬장한 그녀의 아버지는 나 따위는 눈에 차지도 않을 게 분명했다.

"오늘 밤."

내가 다시 한 번 다짐하듯 말했다.

"오늘 밤."

그녀 역시 굳은 표정으로 고개를 끄덕였다.

"안녕."

"안녕."

난 집으로 돌아왔고, 부모에게 인사를 드린 후 늦은 밤 집을 나섰다.

나는 뛰었다. 그녀를 만나기 전 항상 그랬듯이.

달빛이 수양버들 가지에 걸려 환하게 부서지는 아래, 그녀가 나를 기다리고 있을 것이다.

'안녕?' 하고 내가 환하게 웃으며 인사하면 그녀도 '안녕?' 하면서 웃을 것이다.

땅문서와 이것저것 물건들로 꽉 차 있는 등짐이 하나도 무겁게 느껴지지 않았다.

이제 곧 그녀를 만나게 될 것이다, 환한 달빛 아래서 자그마한 봇짐을 가슴에 안은 그녀를.

날 초조하게 기다리고 있을 그녀를 향해 난 날 듯이 뛰어갔다.

하지만 난 결코 그녀를 만나지 못했다.

내가 직방하에 가지 못했기 때문이다.

그 빌어먹을 검은 마차 때문에…….

<h1 style="text-align:center">2</h1>

진완(陳緩)은 신경이 극도로 곤두섰다.

성정이 다급하고 가팔랐던 진완의 아버지는 자신의 급한 성격을 닮지 말라고 완(緩)이란 이름을 지어주었지만, 정작 아들이 아비를 빼닮은 부분은 바로 그 급한 성격이었다.

지금도 그랬다.

아까부터 뒤를 따라오는 바퀴 소리는 진완의 곤두선 신경을 긁고 있었다.

따그닥~ 따그닥~

규칙적인 말발굽 소리 사이사이로 바퀴는 느리지도 빠르지도 않게 진완의 뒤를 따르고 있었다.

'제길.'

진완은 속으로 욕설을 뇌까렸다.

성질 같았으면 바로 몸을 돌려 저 빌어먹을 마차를 부숴 버렸을 것이다.

하지만 그럴 수 없었다.

열세 번째 나무 아래서 밤이슬을 맞으며 자신을 기다릴 그녀를 위해서였다.

미친 듯 뛰고 있을 심장의 고동 소리가 천둥소리보다 더 크게 들리고, 몇 번을 골라 쉰 작은 숨소리에 자신이 놀라 움찔거리고 있을 그녀를 위해 진완은 팽팽해진 신경을 억누르려 노력하고 있었다.

여기서 큰일을 벌인다면 오늘 그녀와의 도주는 물 건너간 일이 될 게 분명했다.

진완은 발걸음을 멈추고 길가로 물러섰다.

그러자 마차도 멎었다.

정확히 삼 장 정도 떨어진 곳이었다.

밤길을 헤치고 지나가는 검은 마차의 검은 지붕에는 하얀빛이 한 겹 덧씌워져 더욱더 음산한 분위기를 만들어냈다.

진완의 신경이 더욱더 곤두섰다.

검은 마차는 스쳐 지나가지 않았다.

밤길을 헤쳐 나왔다는 것은 급한 일이 있다는 것. 하지만 검은 마차는 진완이 친절하게 길을 비켜주었는데도 멎었다.

역시나 진완의 신경이 곤두선 이유가 맞았다.

검은 마차는 진완에게 볼일이 있었던 것이다.

'그녀는 안 된다고 했지만……'

진완은 곧 발끝으로 돌멩이 하나를 찍어 올렸다.

통 하는 가벼운 소리와 함께 퉁겨진 돌멩이를 허공에서 가볍게 잡아챘다.

그러자 손바닥에서 느껴지는 묵직한 무게감이 뿌듯한 자신감으로 바뀌었다.

산에서 범을 만난다 해도 손에 돌멩이만 있으면 무섭지가 않았다.

'먼저 말의 머리를 부수어 버리는 거야.'

아니, 어쩌면 다리 하나를 부러뜨리는 게 나을지도 몰랐다.

'가만, 어쩌면……'

진완은 팽팽하게 잡아당겨진 팔뚝의 힘줄을 풀며 고개를 갸우뚱거렸다.

그녀의 집안은 저런 고급 마차를 몰 만큼 윤택하지 못했다.

'차라리 잘된 것일지도……'

진완은 다시 돌멩이를 힘껏 움켜쥐었다.

커다란 손바닥 아래서 돌멩이가 끼이익 하는 기이한 마찰음을 토해냈다.

진완의 오른 어깨 근육이 어른 주먹만큼 부풀어 올랐다.

놈은 분명 그녀와 혼인 이야기가 오가는 놈이 분명했다.

어쩌면 하수인일지도 모르겠지만, 어쨌든 그놈과 연결된 그 누구일 게 분명했다.

그렇다면 문제는 간단했다.

마차 문을 열고 누군가 머리통을 내민다면 그 잘난 면상을 뭉개뜨리면 되는 것이다.

산에서 살다 보면 자주 맞닥뜨리는 녹림채 형제들도 진완의 돌팔매 실력을 우습게보질 못했다.

'이런 시골구석에서 힘쓰는 놈이래 봤자⋯⋯!'

진완은 목을 한 바퀴 빙글 돌렸다.

곧 우두둑 하는 소리가 기분 좋게 들려왔다.

긴장할 필요는 없었다.

진완의 아버지가 이마가 뜨뜻해지는 일을 당했을 때, 쇠스랑 하나만 들고 길길이 설쳐도 설설 기는 사람들만 가득한 산골이었다.

하지만 진완의 예상과는 달리 놈들은 신중하기 짝이 없었다.

한편으론 자신들의 이야기 소리를 진완이 들을 수 있을 거라 생각하지 못할 만큼 멍청하기도 했다.

"잘 골랐군."

카랑카랑한 목소리.

목소리는 마치 얼음 절벽을 손톱으로 후벼 파며 기어오르는 듯 차가우면서도 소름 끼쳤다.

"시간이 좀 더 있었다면 더 나은 놈을 찾았을 겁니다."

카랑카랑한 목소리 뒤를 딱딱하고 건조한 또 다른 목소리가 이어졌다.

"아니야. 괜찮다. 저만하면 일 년을 더 찾는다 해도 못 찾을 것이다. 또 시간도 없고. 수고했다."

듣기엔 내심 흡족하다는 뜻이었지만 카랑카랑하게 울리는 목소리는 냉랭하기 짝이 없었다.

"가까이서 보시겠습니까?"

"여기서도 다 보이긴 하지만… 일의 무게가 가볍지가 않으니……."

카랑카랑한 목소리를 들으며 진완은 생각했다.

'내 돌멩이 무게도 결코 가볍진 않아!'

진완은 천천히 호흡을 가다듬으며 돌의 냉기를 느끼려 했다.

그러자 거기 있었다.

돌의 가라앉은 갸르릉거리는 긴 호흡과 느리긴 하지만 분명 느낄 수 있는 돌의 고동이.

"넌 어떻게 돌멩이를 그리 귀신같이 던질 수 있냐?"

신기에 오른 진완의 돌팔매질을 본 사람들은 모두 그렇게 물었다.

"그냥요."

그때마다 진완은 대답했다.

"그냥… 어쩌다… 던지다 보니까."

진완의 대답이 그랬다.

그러면 사람들은 이해 못하겠다는 듯 멍한 표정을 짓곤 했지만, 진완은 진실을 얘기한 것이었다.

가만히 손바닥 위에 돌을 올려놓으면 돌이 숨을 쉬었다. 심장이 생겨나고 맥이 뛰었다.

심장의 고동에 맞춰 혈관이 솟고, 핏줄을 따라 서서히 피가 돌았다.

그때 던지면 백발백중이었다.

사람들은 돌이 허공을 쏘아져 간다고 생각했겠지만, 사실 쏘아져 가는 것은 진완이었다.

진완은 스스로 돌이 되었다고 느꼈고, 그러면 돌이 진완이 되었다.

돌이 손에서 떠나고 나면 구태여 눈을 떠서 확인해 보지 않아도 돌은 이미 거기에 있었다.

진완이 마음에 그린 바로 그곳에.

언젠가 사람들의 추궁에 비슷한 설명을 한 적이 있었는데 잠시 산판일을 하러 들어왔지만 한쪽 팔이 없어 곧 일을 접고 내려갔던 노인 하나가 눈빛을 희번덕거리긴 했다.

"놈, 굉장하구나!"

그때 노인이 그렇게 외쳤다. 정말 놀랍다는 듯 두 눈을 멀겋게 뜨고 입을 쩍 벌리고는 연신 굉장하다는 말만 늘어놓았다.

잠시 인연이 닿아 활을 잡는 법을 배웠노라고 말하던 노인은 얼마 후 산을 내려갔지만 절대 함부로 돌을 던지지 말라던 충고를 그럴듯하게 늘어놓긴 했다.

진환은 눈을 감았다.

진한 어둠 속에서 어둠보다 더 검어 보이는 마차 하나가 솟아났다.

돌을 힘주어 잡자 손에 박혀들 듯 짜릿한 고통이 느껴졌다.

진환은 그걸 돌의 이빨이라 불렀다.

느슨히 손을 풀자 돌이 이빨을 감추었다가 다시 힘주어 잡자 이빨을 드러내 진환의 손바닥을 물었다.

어느덧 눈앞에 검은 마차는 그 모습을 확실히 드러냈다.

진환이 눈을 뜨고는 실제 눈앞의 마차와 마음속에 그렸던 마차의 모양이 똑같다는 것을 확인했을 때, 진환은 긴 숨을 내쉴 수가 있었다.

이제야말로 진짜 준비가 된 것이다.

마차는 검었다.

어둠 속의 검은 마차는 더욱더 검어 보였다.

마차를 두르고 있는 나무는 흑자견단목이었다.

귀하디귀한 흑자견단목은 값이 꽤 나가는 나무였다.

다른 사람은 몰라도 나무에 대해선 진환이 잘 알았다.

'도끼날을 삼키는 나무.'

진환에게 나무 보는 법을 알려주던 노대는 그렇게 말했었다.

아무리 솜씨 좋은 나무꾼도 도끼 서너 개는 갈아야 베어낼 수 있고, 그래서 다듬기도 몇 곱절 힘이 든다는 나무.

그런 나무를 다듬어 마차를 만들려면 돈이 얼마나 있어야 할까? 진완은 알지 못했다.

단지 마차의 주인에 대한 미움이 더 커졌을 뿐이다.

'좋아!'

진완은 마차의 문과 자신이 들고 있는 돌 사이에 진한 선을 하나 마음속에 그렸다.

직선은 생명을 얻은 듯 부풀어 올라 팽팽한 포물선으로 바뀌었다.

어떤 놈이 튀어나오든 정확히 미간 사이, 눈썹과 눈썹 사이에 박아 넣을 자신이 있었다.

그리고 마차 문이 열렸다.

손은 희었고, 손가락은 가늘었다.

어둠 속, 검은 마차의 문을 연 희고 가느다란 손은 이질적이면서도 묘한 분위기를 만들어내고 있었다.

깡마른 긴 손가락이 마차의 벽을 움켜쥐자 팔꿈치와 어깨가 드러났다.

그리고 은백색의 머리통이 툭 튀어나왔다.

그 순간 돌이 날았다.

당초 계획한 미간은 아니었지만 관자놀이도 썩 나쁜 목표물은 아니었기 때문이다.

"제길!"

허리를 앞으로 굽히고 오른손을 앞으로 내민 자세 그대로 진완은 곧 낮은 욕설을 토했다.

처음이었다.

돌의 숨결과 고동을 느낀 이후 처음이었다.

마음속에 그린 목표물을 맞히지 못한 것도 처음이었고, 돌이 쏘아져 가다 허공에 멈춘 것도 처음이었다.

게다가 폭발하듯 가루가 되어 사방으로 흩날리다니!

"……."

진완은 나지막한 욕설을 뱉은 후 던진 모습 그대로 굳어버렸다.

이미 가루로 변해 버린 돌멩이가 어둠 속에서 하얀 이슬비처럼 흩날리는 가운데 노인 하나가 천천히 진완 쪽으로 고개를 돌리고는 웃고 있었다.

은백색의 머리카락이 휘날리는 사이로 노인의 날카로운 콧날을 지치고 내려온 듯한 섬뜩한 미소는 그렇게 새하얀 색으로 빛나고 있었다.

第二章
화문(華紋)

화문(華紋) 1

달빛을 가르듯 당당하게 서 있는 하얀 노인.

그 옆에 멈춰 있는 검은 마차.

하얗고 검은 그 두 개의 물체는 묘한 분위기를 만들어내고 있었다.

진완은 꿈을 꾸고 있는 듯했다.

아니, 꿈이어야 했다.

허공에서 돌멩이를 멈추다 못해 가루를 내버리는 사람이 있으리라곤 상상도 하지 못했다.

그때 마차 안에서 또 다른 사람이 몸을 드러냈다.

나이는 이제 갓 서른 정도?

사내는 얼굴 반쪽을 검은 천으로 가리고 있어 정확한 나이는 알 수 없지만 이제 청년기를 지난 것만은 분명해 보였다.

사내는 길쭉한 얼굴을 마차 밖으로 빼내고는 천천히 고개를 돌려 진완을 쳐다보았다.

천으로 가리지 않은 사내의 오른쪽 눈은 졸린 듯 반쯤 감겨 있었다.

진완은 사내의 눈을 쳐다보며 이죽거리듯 말했다.

"아무리 넓은 천이라도 그 기다란 낯짝은 다 못 가리겠군."

감기다시피 했던 사내의 눈이 동그랗게 변하더니 곧 기다란 손을 들어 자신의 뺨을 긁었다.

마치 자신의 얼굴이 길다는 걸 처음 깨달았다는 듯한 모습 이었다.

사내는 몇 번 더 뺨을 긁고는 고개를 돌려 노인에게 말했다.

"말투나 성격은 좀 다르군요."

사내는 민망하다는 듯한 어투로 말하고는 천천히 마차에서 내려섰다.

홀쭉하고 기다란 몸 때문인지 사내의 몸놀림은 마치 사마귀 가 엉거주춤 움직이는 듯해 보였다.

그렇게 휘적휘적, 어찌 보면 휘청이는 듯한 독특한 발걸음 과 함께 노인의 뒤쪽에 호위하듯 버티고 섰다.

아니, 위치가 그랬을 뿐 누가 누굴 호위하는지 모를 형세였 다.

노인은 약간 마른 몸매이긴 했지만 나름대로 당당한 모습이 었다.

하지만 훤칠한 사내는 기다란 장대에 옷가지를 걸쳐 놓은 듯해 보였다.

그래서 어찌 보면 노인이 사내 앞에 버티고 서서 사내를 호위하는 것처럼 느껴질 정도였다.

큰 키 때문인지 사내는 긴 허리를 구부정하게 앞으로 굽히고는 졸린 눈으로 진완을 쳐다보고 있었다.

사내가 입을 열었다.

"밤이라서 그렇지 낮에 보면 더 비슷합니다. 물론 성격이야 조금 문제가 있습니다만……."

사내는 말을 하다 말고 실수했다는 듯 길쭉한 팔을 들어올려 뺨을 벅벅 긁으며 조그맣게 말했다.

"…말투도."

하지만 사내의 말에 노인은 별 신경을 안 쓰는지 그저 진완만을 보고 있었다.

"아니, 그래서 더 마음에 든다."

진완은 천천히 몸을 세우고는 노인을 쳐다보며 인상을 썼다.

상대는 마치 산보라도 나온 것처럼 한가로운 모습이었다.

하지만 이빨을 드러낸 돌멩이를 허공에서 손도 대지 않고 박살 낸 사람들이다.

어쩌면 오래된 올빼미가 변신한 종자들일지도 몰랐다.

아니, 여우일지도 모르지. 진완은 그렇게 생각하며 아무 말 없이 노인의 시선을 마주 쏘아보았다.

사내가 다시 입을 열었다.

"하긴 팍팍한 성격인 거 같지만… 몇 대 맞다 보면 고쳐지겠죠."

사내는 졸린 눈으로 진완의 얼굴을 하나하나 뜯어보듯 쳐다보고 있었다.

하지만 노인은 사내의 말엔 신경도 쓰지 않는 듯 진완을 바라보며 불쑥 말했다.

"일단 체격은 비슷한 것 같군."

"키는 두 치, 어깨는 세 치가 더 클 것 같습니다."

"그건 좀 곤란하지 않을까?"

"뭘요. 애들은 하루가 다르게 쑥쑥 크지 않습니까."

"그도 그렇군."

노인은 그제야 눈가에 잔주름을 잡으며 웃었다. 매우 마음에 든다는 듯이.

놈들은 진완을 장난감처럼 여기고 있었다.

언제든 가지고 놀다 싫증나면 내팽개치는 그런 하찮은 존재로밖에 보지 않고 있었다.

진완은 자신도 모르게 등줄기에 한기가 들었다.

처음 벌목 일을 하다 커다란 곰을 만났을 때도 지금 같은 한기는 느끼지 않았다.

한참 후에야 안 일이지만 그건 살기, 그것도 절정의 고수만이 보여줄 수 있는 살기였다.

진완은 갑자기 마음이 급해졌다.

허공에서 손도 안 대고 돌맹이를 부수는 사람, 자신이 어디쯤 있다는 걸 알아채고 뒤따라온 사람들이다.

그렇다면 그녀가 위험했다.

여기서 툭탁거릴 시간이 없었다. 한시라도 빨리 그녀 옆에 있어줘야만 했다.

할 줄 아는 거라곤 그저 나무 옆에 오뚝하니 서서 큰 눈 깜빡이며 사람 기다리는 일밖에 없는 여자이다.

일생 중 그녀 옆에 꼭 있어야 할 때가 있다면 바로 지금이었다.

진완은 몸을 돌렸다. 그리고 뛰었다.

그녀를 만날 때면 항상 달음박질을 하곤 했지만, 지금은 그 어느 때보다 더 다리에 힘이 들어가고 마음은 급해졌다.

진완의 멀어지는 뒷모습을 뒷짐을 진 채 마치 감상하듯 느긋하게 쳐다보던 노인이 말했다.

"뛰는 모습까지 비슷한 것 같군."

"글쎄 말입니다. 저도 처음 봤을 때는 쌍둥이인 줄 알았다니까요."

"그럼 난 준비해 둘 테니 자넨 데려오게. 시간이 없으니."

"다리뼈 하나 정도는 부러뜨려도 괜찮겠지요?"

"살아만 있다면."

노인은 등을 돌려 마차 안으로 들어갔다.

어찌 보면 찬바람이 일 정도로 냉정한 태도였지만, 사내는 그런 모습에 익숙한지 그저 자신의 오른 주먹을 왼 손바닥으로 비비며 씨익 웃을 뿐이었다.

　숨이 턱에 찼다. 심장이 터져 나갈 것만 같다.
　산채 식구들이 말 근육이라고 놀리던 허벅지 근육이 터져 나갈 듯 부풀었지만 진완은 멈추지 않았다. 멈출 수가 없었다.
　하지만 천천히 속력을 줄여야만 했다.
　길 한가운데 버티고 있는 검은 그림자 때문이었다.
　사내였다. 얼굴의 반을 비스듬히 복면으로 가린 채 사마귀처럼 기다란 팔다리를 건들거리던 사내는 진완을 쳐다보며 씨익 웃었다.
　"겨우 여기로구나. 기다리다 늙어 죽는 줄 알았다."
　"진짜 죽여주지!"
　진완은 발을 떼며 외쳤다.
　이때까지 뛰어오던 속력에 탄성까지 붙여 진완은 사내의 가슴 한가운데로 뛰어들었다.
　쒸잉～
　진완의 커다란 주먹이 허공을 매섭게 갈랐다.
　하지만 사람들이 소도 때려잡을 주먹이라 혀를 찼던 큼지막한 주먹은 헛되이 바람만 가를 뿐이었다.
　제 속도를 이기지 못해 앞으로 몇 번이고 고꾸라질 뻔했던 몸을 간신히 다잡고 나서야 진완은 고개를 돌릴 수가 있었다.
　놈은 거기에 있었다. 달려들기 전 서 있었던 바로 그 자리에.

‘이게 어찌 된······.’

진완은 이해가 되지 않았다.

빠르고 강하다. 진완은 스스로 그렇게 생각했다.

커다란 주먹이 명치에 꽂히고 어깨로 놈의 가슴을 밀어 쓰러뜨린 다음, 몸통 위에 올라타 두툼한 주먹으로 놈의 얼굴을 신나게 두들길 수 있을 거라 믿었다.

하지만 마치 아지랑이를 통과한 것 같았다.

몽롱한 정신과 가쁜 숨만 머리와 가슴에 남았다.

사내는 그런 진완을 보며 웃었다.

얼굴을 사선으로 가로지른 두건 아래로 반쯤 감긴 눈이 휘영청 반달 모양으로 접혀졌다.

기다란 코와 하얗고 뾰족한 턱 사이에 있는, 묘하게 뒤틀린 채 웃고 있던 입술이 열렸다.

“이형환위(移形換位).”

사내는 제자리에서 오른쪽 발을 길게 끌며 몸을 뒤로 퉁겼다.

“번신탄주(飜身彈柱).”

곧 오른쪽 어깨는 뒤로, 왼쪽 어깨는 앞으로 내밀더니 허리를 뒤틀었다.

“두성변천(斗星變遷).”

기다란 오른팔을 우아하게 앞으로 접어 내리며 빙글 몸을 돌리자 사내의 몸이 물이 흐르듯 뱅글 맴을 돌았다.

사내는 우아한 몸동작을 보여주었다. 무희가 춤을 추는 듯

황홀하기까지 한 자세였다.

　마치 달나라 월희처럼 우아한 몸놀림을 보여주던 사내는 문득 멈추어 서서 씨익 웃었다.

　"멋지지?"

　진완의 콧구멍에서 뜨겁고 거친 숨소리가 뿜어져 나왔다.

　놈은 철저히 자신을 놀리고 있었다.

　"이익!"

　시간이 없었다. 머리는 뜨겁고 마음은 다급했다.

　진완은 미친 황소처럼 사내에게 뛰어들었다.

　조금 전에 봤던 그 미꾸라지 같은 몸놀림 따위는 모두 잊었다는 듯 두 팔을 활짝 편 채 달려들었다.

　진완의 의도는 명백했다.

　사내의 귀신같이 움직이는 몸을 아예 양팔로 감싸 안고 으드득 허리를 꺾어버리는 것이었다.

　사내가 달려드는 진완을 보며 실망했다는 듯 중얼거렸다.

　"이런, 예술을 감상할 줄도 모르는……."

　사내의 반쯤 감긴 눈이 처연하게 축 처졌지만 사내의 가늘고 긴 팔까지 그런 것은 아니었다.

　사내의 희고 가느다란 왼 손가락이 매의 발톱처럼 변해 진완의 오른 어깨를 붙잡았다.

　오른손으론 진완의 옆구리를 움켜쥐고는 사내가 중얼거렸다.

　"수반주(搜般珠)."

진완의 몸이 허공에서 빙글 돌았다.

"번신퇴(飜身隤)."

사내의 오른발이 진완의 척추를 가볍게 긁자 진완의 얼굴이 처음으로 일그러졌다.

"으윽……."

진완의 입에선 저도 모르게 신음이 토해졌다.

그리고 신음 소리가 사그라들 때쯤 사내의 빳빳하게 펴진 손날이 진완의 이마를 가볍게 내려쳐 갔다.

"분심쇄혼(焚心碎魂)."

자신의 멱살을 쥐고 있는 사내의 손 아래에서 진완의 몸은 젖은 빨래처럼 축 늘어졌다.

사내는 정신을 잃고 늘어진 진완을 쳐다보다 다른 한 손으로 뺨을 긁으며 중얼거렸다.

"이건 뭐… 재미도 없고……."

사내는 곧 얼굴을 돌려 마차가 있는 방향을 보고는 눈살을 가볍게 찌푸렸다.

"뜀박질 하나는 잘하는군, 귀찮게스리."

사내는 몸을 돌려 걸어가기 시작했다.

오른손으론 진완의 멱살을 움켜쥔 채 걸었기 때문에 진완은 그저 땅에 질질 끌려갈 뿐이었다.

달빛이 긴 그림자를 만드는 산길에, 길고 휘청이는 그림자 하나가 크고 무거워 보이는 또 다른 그림자 하나를 잡아당기 듯 끌며 걸어가고 있었다.

2

이름은?

제비[燕].

예쁜데?

맘에 안 들어.

내가 좋다면 좋은 거야. 제비라……. 좋은데?

네가 좋다면야…….

그녀가 뺨을 붉히며 고개를 숙였다. 그윽한 눈길이 땅을 향했다.

바로 그때, 진완은 화끈한 느낌과 함께 정신을 차렸다.

"제비, 제비야……."

갈라진 입술 사이로 그리운 이름 하나가 튀어나왔다.

하지만 귀를 비집고 들리는 목소리는 그리운 그녀의 목소리가 아닌, 반은 졸린 듯한 유들유들한 느낌을 주는 탁한 목소리였다.

"체력 하나는 죽여주는군요. 이렇게 빨리 정신을 차리다니."

그 뒤를 늙수그레한 목소리가 이었다.

“정신을 집중해.”

“걱정 마십시오. 제가 들여다본 시간만 해도 만 시간은 넘을 겁니다. 이제 다 된 것 같군요.”

사내였다. 사내의 목소리였다.

복면으로 얼굴을 사선으로 가린 삐쩍 마른 꺽다리, 바로 그 사내였다.

그렇다면 또 다른 목소리는 은발에 깐깐하게 생긴 노인이 분명했고.

진완은 천근만근 무거운 눈꺼풀을 들어올리려 노력했지만 검고 희끄무레한 그 무엇만이 눈앞에, 또 머리 속에 가득할 뿐이었다.

“왼쪽 어깨의 비늘이 좀 삐뚤어진 것 같구나.”

조금 불만이라는 듯한 노인의 목소리에 사내가 무슨 소리냐는 듯 반문하는 목소리만 귀에 들릴 뿐이었다.

“자라면서 그쪽 살가죽이 좀 늘어난 탓일 겁니다.”

“원래 그랬던가?”

“원래 그랬습니다.”

“오른쪽 어깨도 이상한걸?”

“팔을 올린 상태라 그렇지 팔을 내리면 똑같을 겁니다.”

“흠.”

사내의 말을 믿지 못하겠다는 듯한 노인의 한숨 비슷한 소리와 함께 진완은 사내가 자신의 몸을 뒤집는 게 느껴졌다.

이상한 일이었다.

온몸이 나무토막이라도 된 것처럼 딱딱하게 굳어져 있었다.

마치 온몸에 쥐라도 난 것처럼 근육은 팽팽하게 굳어져 있었고, 힘줄은 오므라들어 진완의 의도대로 움직여지지 않았다.

"그래도 앞은 꽤 괜찮지 않습니까?"

사내의 졸린 듯 감긴 눈이 진완의 앞가슴을 내려다보고 있었다.

마치 위대한 걸작을 감상하듯 사내의 반쯤 감긴 눈 안에선 알지 못할 광채까지 뿜어져 나왔다.

진완의 흐릿한 눈에 사내가 들고 있는 길고 검은 바늘이 들어왔다.

"……?"

사내는 분명 자신의 몸에 무슨 짓을 하고 있는 게 틀림없었다.

천천히 눈을 굴려 아래를 쳐다보는 순간, 진완은 충격을 받아야 했다.

용(龍)!

검붉은 비늘을 곤두세운 용 한 마리가 피로 흥건한 자신의 가슴 위에 올라앉아 있었다.

마치 진완의 몸에서 흘러내린 피를 마시겠다는 듯 혀까지 빼 물고는 온몸을 친친 감고 있었다.

막 비약을 준비하려는 듯, 용은 생생한 검붉은 빛의 비늘을 일제히 곤두세운 채 정면을 노려보고 있었다.

용. 검붉은 핏빛 용.

그것은 몸에 새겨져 있었다.

날카로운 발톱은 마치 진완의 영혼을 붙들 듯 날카롭게 굽혀져 있었고, 벌어진 입은 진완의 혼백을 삼켜 버릴 것만 같았다.

화문(華紋), 다른 말로는 문신. 간혹 거친 사내들의 몸에 새겨져 있던 바로 그 물건이었다.

어두운 밤하늘을 훌쩍 날아오를 것만 같은 검붉은 핏빛 용이 가져다준 알지 못할 불안한 예감과 함께 진완의 의식은 아득한 어둠 속으로 또다시 빠져들었다.

"위대한 걸작은… 때때로 충격을 주기도 하지."

졸린 듯 나른한 사내의 목소리만이 진완의 머리 속을 검붉게 채우고 있었다.

진완이 다시 정신을 차린 것은 이른 아침이었다.

붉은 하늘빛이 진완의 눈꺼풀을 벌겋게 물들였다.

바람에 몸을 잔망스레 흔드는 나뭇잎 소리가 귓전을 간질이고 있었다.

"끄으……."

진완은 저도 모르게 신음성을 토해내었다.

온몸에서 용암 속에서 칼로 난자당한 것처럼 뜨겁고도 예리한 통증이 느껴졌다.

힘들게 눈을 떴지만 눈앞에 보이는 거라곤 이리저리 흩날리는 허연 부유물뿐이었다.

정신을 집중하려 미간에 잔뜩 주름을 잡아봤지만 좀처럼 초점이 분명하게 맺히질 않았다.

톡톡톡.

그때 무언가 작은 가지로 이마 한가운데를 가볍게 두드리는 느낌이 들었다.

고개를 한껏 젖히자 무언가 눈앞에 있었다.

사내였다. 사내는 누워 있는 진완의 얼굴 앞에서 마치 똥통에 올라앉은 것처럼 쪼그리고 앉아 기다란 손가락으로 진완의 이마를 톡톡톡 두드리며 혼잣말처럼 중얼거렸다.

"이놈은 무얼 먹었길래 이렇게 튼실한 걸까?"

사내의 졸린 것처럼 반쯤 감긴 오른쪽 눈은 마치 탄력있는 진완의 몸이 부럽다는 듯 쳐다보고 있었다.

"너같이 덜떨어진 놈을 잡아먹었지."

탁하고 갈라졌지만 진완은 분명한 어조로 대답했다.

사내가 질렸다는 듯 고개를 가로저었다.

"대단한 놈일세."

사내는 가슴을 무릎에 댄 채 고개까지 쭉 빼내어 누워 있는 진완의 얼굴을 내려다보고 있었다.

마치 어린아이가 쪼그려 앉아 땅바닥에 기어가는 개미를 구경하는 것 같았다.

진완은 억지로 몸을 일으켜 앉고는 하늘을 멍하니 쳐다보았다.

“아침인가? 늦었군. 그녀를 너무 오래 기다리게 했어.”

사내가 멍하니 쳐다보다 불쑥 물었다.

“어딜? 또 그녀라니?”

진완이 고개를 돌려 사내를 쳐다보았다.

사선으로 가로지른 사내의 복면 아래로 길쭉한 낯짝이 보였다.

“얼마를 받았는지 몰라도 이러지 마라. 그러다…….”

진완은 천천히 몸을 일으켰다. 현기증 때문에 잠시 휘청거리긴 했지만 끝내 하고 싶은 마지막 말을 내뱉을 수 있었다.

“…죽는다!”

사내는 멍한 얼굴로 진완을 쳐다보다 중얼거렸다.

“죽어?”

하지만 어이없다는 듯 고개를 가로저으며 피식 웃었다.

“성격이 이상하다 생각했더니… 미친놈이었군.”

진완은 의도와는 달리 정신없이 휘청거리는 몸을 간신히 가누고는 말했다.

“그래, 미쳤는지도. 아니, 미치고 싶어.”

사내는 성치 않은 몸으로도 자신을 향해 이글거리는 시선으로 노려보고 있는 진완을 쳐다보며 입을 반쯤 벌렸다.

그리고는 경탄했다는 듯 눈을 몇 번 깜빡이고는 곧 뺨을 긁었다.

“이 정도로 미치다니……. 더 미칠 이야기가 아직도 많은데…….”

“……?”

사내는 정말 미안하다는 듯 뺨을 몇 번 더 긁고 난 후 조그마한 소리로 말했다.

“지금은 아침이 아니라 저녁이야.”

“……!”

진완의 고개가 공이 땅에 튕기듯 들어올려져 하늘을 쳐다보았다.

붉은 하늘. 그것은 여명을 밝히는 빛이 아닌 저녁노을이었던 것이다.

사내는 그 모습을 보자 더더욱 미안한지 잠시 사이를 두었다가 다시 중얼거리듯 말했다.

“게다가… 네가 정신을 잃은 지 오 일이 지났단다.”

“……!”

진완은 온몸이 아득한 나락으로 빠지는 듯한 충격을 받았다.

굵고 두꺼운 진완의 다리가 힘없이 꺾이며 제자리에 털썩 주저앉았다.

모든 게 끝났다. 끝나 버렸다.

오 일. 그 오 일 동안 그녀가 얼마나 자신을 원망했을지를 생각하자 가슴이 답답해져 왔다.

숨통이 옥죄어 숨도 쉬어지질 않았다.

주저앉은 진완이 가슴에 손을 올리고 숨조차 제대로 쉬질 못하자 사내가 쪼그려 앉은 자세 그대로 어기적어기적 걸어와

물끄러미 진완을 쳐다보며 물었다.

"바쁜 일이 있었나 보지?"

"……."

진완은 아무런 말도 하지 않았다. 사내를 쳐다보지도 않았다.

화도 나지 않았다. 분노도 끓어오르지 않았다.

가슴 한쪽이 먹먹해져 왔지만 지난 오 일 동안 그녀가 느꼈을 고통에 비하면 아무것도 아닐 것이다.

"여자 문젠가?"

"……."

진완은 아무런 말도 하지 않았다. 그저 고개를 들어 먼 하늘만을 쳐다볼 뿐이었다.

툭.

눈물 한 방울이 떨어졌다.

뺨을 타고 도르르 구른 눈물이 턱에서 바닥으로 떨어지고 있었지만, 진완은 그것조차 의식하지 못했다.

그녀를 만났어요. 내가 어렸을 때. 키가 내 허리춤만 할 때. 노을이 질 때면 열세 번째 나무 아래 서 있던 그녀의 뺨도 발갛게 물들곤 했지요. 왠지 그녀를 보면 힘이 났어요. 안녕? 안녕? 짧은 대화였지만 그녀도 알고 나도 알았어요. 그윽한 눈빛은 너무나 깊어서 내 모든 걸 담고도 남아 저무는 해와 갓 얼굴을 씻고 나와 산등성이에 걸터앉은 달까지 그녀의 눈 안에 모두

담겨 있었지요.

　진완은 무슨 말을 했는지도 알지 못했다. 아니, 사내에게 말을 건네고 있다는 것조차 잊고 있었다.
　모든 것이 무너져 버린 듯한 충격에 뒤죽박죽 되어버린 맑지 못한 머리로는 자신이 지금 어디에 있는지, 왜 이렇게 있는지도 알지 못했다.
　그저 손에 잡힐 것 같던 행복이 색 바랜 추억으로 도망쳐 버린 지금 진완이 할 수 있는 것은 아무것도 없었다.
　문득 진완의 정신이 되돌아온 것은 사내의 짧은 물음 때문이었다.
　“그래도 시간이 없는 건 아니군. 의혼(議婚), 납채(納采), 납폐(納幣) 등 절차를 거치려면 시간이 꽤나 걸리니까.”
　“그럴까요?”
　시간, 시간이 문제였다.
　그래, 혼인이란 것이 콩 볶듯 하는 게 아니란 것쯤은 알았다.
　사내가 고개를 끄덕였다.
　“그래, 길면 몇 달도 더 걸리지. 좋은 날짜 받으려면 해를 넘기기도 하고.”
　사내의 말에 진완이 앞으로 쓰러지듯 몸을 숙였다.
　무릎을 굽힌 채 두 손으로 땅을 짚고는 고개를 깊숙이 숙였다.
　“형님, 살려주십시오!”

"잉?"

복면의 사내는 하나 남은 눈을 부릅떴다.

진완은 콩콩콩 소리가 나도록 머리를 땅에 박으며 부르짖었다.

"형님, 형님과 제가 손을 합치면 그녀를 구할 수 있습니다! 원하신다면 땅도 드리겠습니다! 평생 은인으로 생각하겠습니다!"

진완은 알 수 있었다. 복면인은 강했다. 강해도 엄청 강했다.

그런 사람이 누군가의 사주를 받아 촌구석의 계집애 혼인에 끼어들지는 않았을 것이다.

자신을 왜 사로잡고 또 문신을 새겨 넣었는지는 몰라도 그녀와 상관있는 일이 아니란 것쯤은 알았다.

"끄응."

사내는 쪼그린 자세 그대로 이상한 신음 소리를 내며 뺨을 긁었다.

진완은 벌떡 몸을 일으켜 사내의 손을 잡고 일으켰다.

"형님, 갑시다!"

진완의 목소리엔 힘이 넘쳐나고 있었다.

조금 전까지 눈물을 짜내던 눈에선 생기가 넘치고 있었다.

몸 역시 더 이상 휘청거리지도 않았다.

'이놈은 역시 괴물이었어.'

사내는 저도 모르게 진완에게 질질 끌려가며 질렸다는 듯 고개를 저으며 말했다.

“늦었어.”

진완이 고개를 돌렸다.

생기가 가득했던 두 눈엔 불덩이 두 개가 이글거리고 있었다.

사내는 저도 모르게 꾹 움켜쥔 진완의 큼지막한 주먹을 보며 침을 꿀꺽 삼켰다.

“아니, 늦은 게 아니라 시간이 없다. 우리도 사정이 있어서 널 이렇게…….”

“무슨 사정인지 몰라도 일단 내 사정부터 봐주쇼. 뭘 원하는지 몰라도 다 들어줄게요.”

진완은 다시 한 번 사내의 손목을 잡아채며 말했다.

하지만 사내의 몸은 더 이상 끌려오지 않았다.

진완은 고개를 돌려 사내의 앙상하게 마른 손목을 쳐다보고는 다시 끄응 하는 신음과 함께 잡아당겼다.

하지만 사내의 몸은 마치 태산을 박아 넣은 것처럼 꿈쩍도 하지 않았다.

대단한 능력이었다. 산에서도 베어낸 나무 세 그루를 한꺼번에 끌어당기던 진완이다.

진완은 곧 손을 놓고는 다시 무릎을 꿇고 고개를 숙였다.

“형님, 한번만 봐주쇼!”

사내는 쪼그려 앉아 질질 끌려오던 자세 그대로 무릎 위에 팔꿈치를 올려놓고는 그 위에 턱을 괴었다.

“재미있는 놈이군.”

"재미는 모르겠지만 제법 쓸 만한 놈입니다, 형님."

"좋아. 그럼 일이 쉬워질지도 모르겠군."

"어려울 거 없습니다. 그냥 가서 다 뒤엎고 패대기치고 난 다음 그녀를 빼앗아오면 되는 일입니다."

"아니, 그게 아니라 거래를 할 수도 있겠다 싶다는 말이다. 무식한……."

"……?"

진완은 고개를 들고 사내를 쳐다보았다.

"넌 여자를 가지고……."

"……?"

"우린 백팔룡(百八龍)을 가지는 것이지."

사내가 웃었다. 진완은 처음으로 사내의 웃음이 얄밉게 느껴지질 않았다.

3

"우걱우걱! 백팔룡이라는 게… 그러니까… 우걱!"

진완은 입 안에 가득 무언가를 넣고 우물거리며 물었다.

"맛있냐?"

사내가 조심스럽게 물었다.

하지만 눈빛만은 태산만 한 호랑이가 집채만 한 멧돼지를 잡아먹는 광경을 구경하듯 반짝이고 있었다.

“우걱! 맛 좋은데요? 얼른 먹고 힘내서 그녀를 구해야지요. 쩝쩝!”

“하아! 내 평생 소하채(素廈菜)가 맛있다는 놈은 처음 보는구나!”

“맛으로 먹나요? 시장기로 먹는 거죠. 산에선 이런 음식도 귀합니다. 우걱우걱! 아참, 그런데 그 백팔룡이라는 게…….”

“백팔룡이란 건 말이다…….”

사내가 질렸다는 듯한 시선으로 더듬더듬 설명을 이어갔다.

수십 년 전, 천하는 마교의 것이었다.

소림도 무당도 모두 숨을 죽인 천하에 마교의 그림자만이 드리워져 있을 뿐이었다.

그렇게 마교로 불린 일월신교(日月新敎)의 위세가 영원할 것만 같을 때 홀연히 한 사내가 강호에 몸을 드러냈다.

사내의 도끼날이 마교를 가리켰을 때, 강호의 그 누구도 사내를 눈여겨보질 않았다.

하지만 그 이후 반년이 되질 않아 강호에서 더 이상 그를 모르는 사람은 없었다.

진천벽부(震天霹斧) 위진천(韋晉天).

오 년 후, 그의 도끼날이 끝내 마교의 심장을 겨누자 하늘도 숨을 죽였고 땅은 몸을 떨었다.

그리고 끝내 그의 도끼 아래에서 일월신교가 무너지고 교주의 목이 달아나자 천하는 쌍수를 들어 위진천을 환영했고, 천하는 그의 발아래 기꺼이 무릎을 꿇었다.

"꺼억~ 거참, 잘난 놈이네요."

거기까지 듣고 나서 진완이 트림과 함께 처음으로 토해놓은 감상이었다.

"자, 잘난 놈이라고?"

복면으로 얼굴을 사선으로 가린 사내가 놀라 졸린 눈을 동그랗게 떴다.

진완은 실수했구나 하는 표정으로 머리를 벅벅 긁으며 눈치를 보았다.

"혹시 아까 그 백발 노인네가 그 위진천이란……."

"아니, 그분은 내 주인이시다. 무외자(無畏子) 교욱(僑旭)이란 분이시지."

"무외자라… 두려울 게 없는 사람이란 뜻이지요?"

진완은 손가락으로 입가에 번질거리는 기름기를 쓰윽 닦으며 물었다.

"그렇지."

"그럼 형님이 혹시 그 위진천……?"

"그렇게 보이냐?"

"전혀요."

"끄응! 잘 봤다."

"하하, 그런데 왜 갑자기 위진천이란 사람 이야기는? 혹시 친한 사람이우?"

"얼굴 몇 번 뵈었을 뿐이지."

"형님이 낯짝 몇 번 본 사람이라……. 관심없네요."

그때 사내가 어이없다는 듯 멍한 표정을 짓다가 곧 뺨을 몇 번 긁고는 말했다.

"이제부턴 관심을 두어야 할 게야. 아니, 뼈에 새기고 잊지 말아야 할 이름이지."

"왜죠?"

진완은 사내 옆에 놓여진 바랑을 삼킬 듯 노려보며 심드렁하게 물었다.

아무래도 바랑 안에 들어 있는 음식을 좀 더 달라고 할까 하는 표정이 분명했다.

사내가 그런 진완을 보며 말했다.

"위진천. 무심련(無心聯)의 련주(聯主). 그 사람이 바로 네 아버지일지도 모르니까."

"캑!"

진완은 사래 걸린 것처럼 헛바람 소리를 내고는 멍한 표정을 지었다.

"아버지요?"

사내가 고개를 끄덕이며 말했다.

"말이 그렇다는 거지, 말이."

시답지 않다는 듯한 눈빛으로 진완이 말했다.

"울 아버지는요, 술 잘 먹고 사람 잘 패고 사고 잘 치는 재주 밖에 없는 양반이우. 무슨 천하제일인… 그런 것하고는 거리가 멀다구요. 아까 먹던 거나 더 꺼내봐요. 씁쓸하니 맛이 괜찮던데."

사내가 긴 팔로 옆에 놓아놨던 바랑을 집어 들어 슬그머니 뒤로 감추었다.

"그게 백팔룡이다."

"백팔룡?"

"그러니까 그게… 벌써 이십여 년 전이구나, 위 련주가 마교를 제압한 후 갑작스레 폐관 수련을 선언한 것이."

사내가 고개를 들어 과거를 회상하듯 아련한 눈빛으로 하늘을 쳐다보았다.

하지만 그건 누가 봐도 진완의 관심을 바랑으로부터 떨어뜨리려는 게 분명해 보였다.

"그러니까 위진천, 지금은 무심련의 련주이자 진천벽부란 외호 하나만으로도 세상을 떨게 만드는 사람이지만, 애당초 나무를 캐다 먹고사는 사람이었지."

"어라? 나랑 똑같네?"

"예전부터 힘은 장사였다더군. 우연한 기회에 무공을 익히게 되었고, 또 세상이 영웅을 가만두지 않는지라 강호까지 흘러오게 되었지만 천성은 자유롭고 얽매이는 걸 싫어한다더군."

"그것도 나랑 똑같고!"

“아무튼 일월신교를 쳐부수고 강호에 평화가 찾아오자 진천벽부 위진천 련주가 갑자기 폐관 수련을 선언했지.”

“폐관 수련?”

“끄응! 그러니까 글자 그대로 문 걸어두고 방 안에서 죽어라 무공을 익히는 거지. 자신이 원하는 수준에 도달할 때까지 쭈~욱~”

“미친 짓이네!”

“그거야 네 생각이고, 강호 무인이라면 기한만 다르지 누구든 거치는 과정이야. 아무튼 이번 폐관 수련은 생각 외로 기한이 길었지.”

“며칠이었는데요?”

“며칠? 푸하하! 재미있군. 아마 너 같은 놈은 상상도 못할 게다.”

“그럼?”

사내는 대답 대신 손가락 두 개를 내밀었다.

“두 달? 후와! 나 같으면 답답해서 미쳤을 거요, 문 걸어 잠그고 두 달 동안 방구석에만 틀어박혔다가는.”

하지만 진완의 말에 사내는 고개를 저었다.

“설마 이 년을?”

“아니, 이십 년!”

“이런, 썩을…….”

진완은 입을 쩍 벌렸다가 곧 툴툴거리며 웃었다.

“세상엔 참 괴상하게 미친 사람들도 많군. 에잉! 그 바랑이

나 이리 좀 넘겨요. 먹어야 힘이 나고, 그래야 그녀도 구하니
까.”

사내는 진완의 말은 짐짓 못 들었다는 듯 나지막한 헛기침
을 뱉으며 바랑을 엉덩이 아래에 깔고 그 위에 앉았다.

“그래, 미친 짓이지. 솔직히 아무도 믿지 않았다. 더구나 원
래 자유로운 사람이었다는 걸 누구보다 잘 아는 원로원에선
더더욱 반대가 심했지. 위 련주는 마교의 잔당들이 걱정된다,
지금도 소수나찰(素手羅刹)의 재림을 기다리며 숨죽이고 있는
데 만약 진짜 소수나찰이 탄생한다면 지금의 내 공력으로도
힘든 게 사실이다, 그러므로 신공(神功)을 대성하려면 이십 년
은 족히 수련해야 한다고 주장했지만 솔직히 씨알도 안 먹히
는 이야기였지. 누구라도 알 수 있었어. 위 련주는 련주 자리
가 지긋지긋해서 도망가려 한다는 것을.”

“보기보다 똑똑한 사람이었나 보네요.”

“그렇게 생각하나?”

“당연하지요.”

“황제도 부럽지 않을 부와 권력과 명예가 걸린 자리를 자신
의 발로 뻥 걸어차고 도망가는 것이?”

진완은 눈을 동그랗게 뜨고 사내를 쳐다보았다.

“당연하지요. 먹는 거야 맛만 있으면 되고, 먹고 나서 배가
부르다면 더더욱 좋고. 집이야 발만 뻗을 수 있으면 되고, 게다
가 비만 새지 않는다면 땡잡은 거고. 명예? 먹을 수도 없고 깔
고 잘 수도 없고, 그딴 건 개나 물어가라고 해요.”

안 그래도 졸려 보이는 사내의 눈이 순간 아래로 축 처지는 듯 보였다.

그러다 뒤늦게 생각이 떠올랐다.

이놈이 이때까지 해온 일은 벌목이다.

어쩌면 너무 깊어 황량하기까지 한 숲 속에서 도끼로 나무를 찍고, 거친 음식으로 배를 채우며, 널빤지 사이로 달빛이 쏟아지는, 허름하게 대강 지은 집에서 밤을 새워왔던 것이다.

거기서 행복을 느끼고 사내라는 자부심도 키워왔을 것이다.

단순하고 성질 급한 놈이 용케 여자 하나에 빠져 허우적대는 게 더욱 이상한 일일지 몰랐다.

사내는 묘한 눈빛으로 진완을 보다가 조심스레 물었다.

"너 같아도 도망간다 이거냐?"

"그게 뭐가 좋다고……."

진완은 피식 웃고는 갑자기 노래를 흥얼거리기 시작했다.

"산신이 점지해 준 아름드리 열두 그루를 베고, 산허리 꺾고 앉아 그루터기 베고 누워 가슴에 술독 올려놓으니 여기가 신선 세계로다! 마누라 찰진 엉덩이 아무리 흔들어봐라, 내가 나무 안고 자지 여자 안고 자나! 마누라 엉덩이 만져 본 지 오래지만 토실토실 살 오른 나무가 난 더 좋더라!"

껄끄러운 목소리 때문인지 매우 듣기에 거북한 노래였지만, 정작 노래를 끝낸 진완은 엄지손가락을 치켜세우고는 다시 크게 외쳤다.

"이게 사내들 삶이지요! 그 위 뭐라고 하는 사람도 바로 이

맛을 못 잊어 도망치려 한 게 틀림없어요!"

"끄응!"

사내의 입에서 바람 빠지는 듯한 한숨이 새어 나왔다.

다시 손으로 뺨을 벅벅 긁으며 고개를 갸우뚱거리던 사내가 중얼거렸다.

"그게 그렇게 멋스러운 일이었나? 여자 엉덩이보다 더 좋다라……. 어쩌면 위 련주 역시 그랬을지도 모르겠군. 태생이 너와 같으니."

"틀림없다구요."

"아무튼 중요한 건 그런 게 아니다. 중원을 받치고 있던 기둥이 이십 년간 사라지겠다고 말했으니 무심련이 발칵 뒤집힌 게 문제였지."

"아무나 대신 맡아하면 되지요, 뭘."

"그 아무나가 한두 명이라면 모르지만 수가 많았으니 문제였지."

"많았나요?"

"많았지. 대략 꼽아도 수십 명? 어쩌면 더 많을 수도 있고."

"후와~ 세상엔 미친놈들도 꽤나 많네요."

사내는 진완의 벙찐 표정을 보며 생각했다.

'이놈아, 개중 제일 미친놈이 너다! 무심련의 련주 자리를 개가 핥던 뼈다귀만큼도 여기지 않는 놈이 있다니! 하긴 무심련이 어떤 규모인지 산골 무지렁이가 뭘 알겠냐마는.'

진완이란 '괴상한 존재'가 가져다주는 충격 때문에 몇 번 헛기침을 내뱉던 사내가 다시 이야기를 이어나갔다.

위진천. 당금 무림의 모든 것이라 할 수 있는 무심련의 련주.

그 사람이 마교의 소수나찰을 핑계로 이십 년 폐관 수련을 선언했다.

당연히 무심련뿐만 아니라 강호의 모든 무인들은 충격에 휩싸였고, 그중 진천벽부 위진천의 그림자라 일컬어지던 원로원의 충격이 제일 심했다.

개개인이 강호를 오시할 만한 능력을 가지고도 위진천의 그림자로 만족해야만 했던 원로원 사람들은 절대 불가를 외쳤다.

이십 년 폐관 수련, 못 믿겠다. 정 폐관 수련을 할 거라면 차기 련주 하나를 정해두고 가라, 이것이 원로원이 내세운 조건이었다.

'좋다! 아무나 데려와라! 내가 당장 최고수로 만들어주겠다!'

위진천은 당당하게 외쳤고, 원로원은 그때부터 분주히 사람을 찾아다녔다.

하지만 위진천을 대신할 만한 사람은 그 어디에도 없었다.

위진천은 위진천이었지, 그 어떤 사람도 위진천 그가 될 수 없었던 것이다.

자질이 뛰어나다 해도 품성이 올바르지 않았다.

품성이 올바르면 자질이 뒤떨어졌다.

품성과 자질이 괜찮다 싶은 사람을 발견했을 때는 그 뒷배경이 되는 가문과 문파가 문제였다.

자질과 품성 둘 다 가진 사람은 강호에 드물지 않았지만 항상 그런 사람은 명문대파에서 길러진 사람이었다.

화산파 무인 중에 괜찮다 싶으면 소림과 무당이 펄쩍 뛰었다.

화산파에서 다음 무심련 련주가 탄생한다면 화산파의 위명은 높아질 게 분명했고, 자연 소림과 무당의 위세는 떨어질 수밖에 없었기 때문이다.

구대문파뿐만이 아니라 오대세가 역시 마찬가지였다.

자신의 가문에서 차기 련주가 탄생하질 못하는 한이 있더라도 다른 가문에서 차기 련주가 탄생하길 원치 않았다.

사람이 괜찮으면 가문과 문파가 문제였고, 가문과 문파가 문제가 안 되면 사람이 덜떨어지기 마련이었다.

그런 상황을 살피던 위진천이 시간이 없음을 핑계 삼아 폐관수련을 빙자한 도피를 꿈꾸자 원로원은 최후의 패를 내밀었다.

'까짓거, 적당한 사람이 없으면 만들면 되지!'

원로원이 요구한 것은 바로 그것이었다.

'애 하나 만들어주고 가라! 위진천 바로 당신 자식을! 그럼 우리가 이십 년 동안 키워 써먹으마!'

그 얘기에 위진천이 노발대발 길길이 뛰었지만 원로원의 완강한 고집을 꺾을 수는 없었다.

끝내 위진천이 항복하며 물었다.

'좋다, 아이 하나 만들어주마! 하지만 누가 내 아내가 될 것이며, 또 내가 없는 이십 년 동안 마교의 암수로부터 아이를 진정 보호할 능력은 있는가?'

다시 원로원의 고민이 시작되었다.

진천벽부 위진천. 그의 아내가 된다는 것은 천하의 반을 가진다는 의미였다.

하지만 위진천의 다음 후계자를 구하는 것보다는 쉬운 일이었다.

그저 무공의 자질이 뛰어난, 하지만 가문과 문파는 별 볼일 없는 착하디착한 처녀를 구하면 되는 일이었으니까.

그러나 아이가 문제였다.

마교의 암수는 독랄하고 음흉하기로 유명했고, 그래서 위진천이 없는 이십 년 동안 위진천의 아이를 보호할 자신이 없었다.

늙은이들이 머리를 맞대고 고민한 끝에 절묘한 계책을 생각해 냈다.

'위 련주, 련주께서는 우리가 선택한 사람을 차기 련주로 삼는 것에 반대하지 않으시지요?'

'당연하지요.'

'그럼 됐습니다.'

원로원의 늙은이들은 그 즉시 강호에 방을 붙였다.

강호의 선남선녀들은 지금 즉시 작업에 들어가라! 기간은 일 년. 적어도 내년 봄 이전에 잉태되어 출산한 아이는 누구든 무심 련의 련주 후보가 된다. 만약 그 아이가 위진천의 후손보다 더 자 질이 뛰어나다면 그 아이가 무심련의 주인 자리에 오르게 될 것 이다!

다른 사람도 아닌 무심련의 원로들이 약속한 사항이었다.

더구나 위진천이 친히 공증까지 했다.

그때부터 강호에는 피바람 대신 뜨거운 춘풍이 몰아닥쳤다.

생식 능력이 되는 사람이라면 누구든 방구석에 처박혀 차기 련주 생산에 매진했기 때문이다.

만약 기회가 닿는다면, 하늘이 돌본다면, 약간의 행운만 있 다면 자신의 자식이 무심련의 차기 련주가 되는 것이다.

상황이 이렇게 돌아가자 위진천 역시 원로원이 비밀리에 마 련한, 그래서 그 누구도 정체를 알 수 없는 처자와 갑작스런 혼 인을 올리게 되었고, 일 년 후 자손을 보는 데 성공했다.

후사를 이은 것은 위진천뿐만이 아니었다.

강호 역시 노력을 게을리 하지 않아 위진천의 아이와 생년 월일이 비슷한 아이 수천이 태어나게 되었다.

아들을 본 사람들 모두가 자신의 아이를 데리고 무심련으로 향했다.

갓 태어난 아이 수천이 무심련에 모여 한꺼번에 빽빽 울어 대는 가운데 강호의 원로들이 모두 모여 수천의 아이 중 근골과 혈맥들을 보아 자질이 뛰어나다 평가받은 소수의 아이들을 추려내었다.

추려낸 아이와 위진천의 아이까지 합쳐 한곳에 두자 갓 태어난 어린아이라 누가 누군지 부모조차 알아보기 힘들었다.

그리고 바로 그것이 원로원의 늙은이들이 노린 점이었다.

나중에 아이들의 구별을 위해 신생아들 몸에는 원로원 늙은이들만 알아볼 수 있는 용 문양의 문신이 새겨지게 되었고, 각기 능력이 출중한 고수들이 아이 한 명씩을 맡아 강호에서 사라지게 되었다.

그 뒤 강호에 떠도는 소문으론 그렇게 사라진 아이들이 모두 수천이 넘는다더라, 아니, 십여 명에 불과하더라라는 말이 떠돌았지만 그 누구도 정확한 숫자를 알 수 없었다.

그렇게 위진천의 아이 하나와 태어나면서부터 위진천 아이와 경쟁자 관계에 놓인 또 다른 아이들은 그 누구도 행방을 찾을 수 없도록 강호에 뿔뿔이 흩어져 비밀리에 키워지게 되었다.

"거참, 비정하네. 탯줄이 갓 끊긴 어린아이들인데……."
거기까지 들은 진완이 인상을 찌푸리며 중얼거렸다.
"비정한가? 원래 강호가 비정한 곳이다."
"부모들이 뭐라고 하진 않았나요?"
"처음엔 반발이 심했지. 얼굴도 익히기 전에 이십 년을 떨어져 살아야 한다니까. 하지만 곧 어쩌면 자신의 자식이 이십 년 후 무심련을 물려받게 될지도 모른다는 생각에 자연 불만의 소리는 점차 사라졌지. 만약 무심련의 련주가 되지 못한다 해도 강호에 이름난 명숙들이 비밀리에 자신의 아이를 무사히 키워줄 것이고, 성년이 된 후엔 못 되어도 무심련의 쟁쟁한 자리 하나는 꿰어찰 것이란 계산까지 하고는 크게 기뻐하는 사람들까지 있을 정도였지."

"하긴 우리 아버지 역시 그런 입장이었다면 껄껄 웃는 걸로도 모자라 춤까지 덩실덩실 췄을 거우. 내가 갓난아이였을 때 징징 운다고 창문 밖으로 집어 던진 사람이었으니까 대신 키워준다고만 해도 엄청 고마워할걸요? 근데 왜 그 얘기를……."

사내가 곧 은밀한 목소리로 대답했다.

"내가 모시는 교 나으리께서 그 아이들 중 하나를 맡으셨으니까."

"으잉? 아까 그 백발의 노인이?"

"끄응, 그렇단다."

"어쩌다가? 애 기저귀 갈아 채워줄 정도로 마음이 고운 사람은 아닌 것 같던데요?"

"마음이 곱기는. 쩝, 없으니까 하는 얘기지만 성질 하나는 개떡 같은 양반이야."

"그런데?"

사내가 한숨을 푹 내쉬며 고개를 숙였다.

"원로원 때문이지."

“그럼 형님의 주인 되는 교 나으리께서 원로원 사람이었어
요?”

“아니, 원로원이라면 이빨을 드드득 가는 양반이지. 재주도
없으면서 나이만 잔뜩 처먹어 운 좋게 원로원에 들어간 사람
들이라고 생각하시거든. 원래 무심련에 계셨던 것도 위진천
바로 그 양반이 맘에 들어 있었던 건데, 위 련주께서 이십 년
동안 떠나 계셔야 한다니 무심련에 머물 마음이 없어지신 게
지. 련주가 없는 무심련에서 원로원 늙은이들이 주인 행세를
할 게 분명하니까.”

“그래서 떠났다?”

“그래, 그렇게 된 것이지. 무외자 교 나으리께서 련주가 안
계시다면 나도 은거하겠다고 말하자 원로원이 요구하길, 가려
면 애 하나 데리고 가라! 안 그러면 못 보낸다! 그래서 교 나으
리가 말씀하시길, 좋다, 련주의 아이가 아닌 놈으로 하나 다오!
귀찮으니까 돼지우리에 집어넣고 키울련다! 아무튼 니들 면상
보기 더러워 얼른 가고 싶으니까 돼지우리에 길러도 되는 놈
으로다가 하나 다오! 그러자 원로원의 늙은이들이 말하길, 아
무거나 발에 채이는 거 하나 집어 들고 가라! 솔직히 우리도 어
느 애가 누구 앤지 헷갈려 죽겠다! 애 데리고 가기 싫으면 무심
련에 남아서 애들 기저귀나 빨든가! 화가 난 교 나으리께선 정
말 아무거나 눈에 보이는 걸로다 대뜸 잡아서 문을 꽝 걷어찬
다음 걸어나오셨지. 굵은 가래침 하나 뱉어놓으시긴 했지
만……”

"성격 하나는 시원시원하시구랴. 그런데?"

진완이 흥미가 당기는 얼굴로 묻자 사내가 한숨을 폭 내쉬었다.

"교 나으리께선 그 길로 나와 아이를 데리고 기련산맥에 파묻혀 사셨지. 애는 내가 다 키웠어. 교 나으리께선 손가락 하나 까딱 안 하셨지. 그래서 장가도 못 가본 내가 죽어라 이십 년 동안 빽빽 우는 애 하나를 키운 거야."

"쯧쯧, 고생하셨구랴."

"말도 마라. 아무튼 그렇게 키우는데 단 한 가지 찜찜한 게, 애가 자꾸 커가면서 위진천 그 양반 얼굴을 닮아가는 거 아니겠니."

"아니, 그럼?"

"글쎄, 모를 일이지. 하지만 내가 봐도 애가 커가면서 련주의 얼굴을 판박이로 점점 닮아가니까 그 많던 아이 중 공교롭게도 련주의 아이를 키우는 거 아닌가 싶더란 말이야. 솔직히 아무 거나 되는대로 먹여서 키우고, 말 안 들으면 개 패듯 패면서 길렀거든. 그러니 내가 얼마나 찜찜했겠어?"

"그, 그래서 죽였어요?"

진완은 그제야 일이 어떻게 돌아가는지 대강 알 수 있었다.

교욱이란 늙은이와 사마귀를 닮은 복면의 사내는 분명 자신을 보고 닮았다고 했다.

또 위진천이 아버지일지도 모른다고 했다.

그 말은 맡아 키우던 아이의 신상에 변고가 생겼다는 뜻이다.

사내는 어림도 없는 소리라는 듯 고개를 저었다.

"무슨! 아무리 담력이 크고 배짱이 좋다 해도 그런 짓은 못하지. 교 나으리께서 위진천 련주를 얼마나 좋아했는데. 나 역시 그렇고. 그런데 그분의 자식일지도 모를 아이를 어떻게……."

"하지만 죽은 건 맞잖아요."

"끄응, 맞아. 죽기는 죽었지. 하~ 사람 목숨이 그렇게 간단하게 저물지는 나 역시 몰랐다. 어느 날 아침 일어나 보니 죽어 있더라."

"그냥 죽었다구요?"

"그래, 그냥 그렇게 간단하게. 몸에 별다른 상처도 없어서 독살당한 게 아닌가 의심했지만, 교 나으리도 몰라볼 수법으로 중독시키려면 적어도 독개(毒丐) 소상춘(蘇常春) 정도의 실력이 있어야 할 텐데, 그 정도의 사람이 왜 기련산맥까지 찾아와 아이 하나를 죽이겠느냐. 더구나 독개는 무심련의 사람이거늘. 그러니까 결론은 이거야. 그냥 자다가 죽었다는 것. 코골며 자다가 심장이 그냥 멎어버린 것이지. 하늘도 무심하시지."

"그래서……."

"그래, 그래서 너다. 그 죽은 아이와 네가 너무도 닮았거든. 차이라면 네가 좀 더 몸집이 크다는 건데, 요즘 아이들이야 하루가 다르게 크니까. 또 다른 점이라면 그 아이는 착하고 넌 성질이 더럽다는 것인데, 교 나으리와 나 외에 그 아이가 착했다는 걸 아는 사람은 아무도 없으니 걱정 안 해도 될 일이지. 휴우~ 착한 사람은 일찍 죽는다는 옛말, 하나도 그릇됨이 없더라. 그래서 하는 말이지만 넌 오래 살 거야.”

진완은 멍하니 있다가 곧 한 가지 사실을 깨달았다.

왜 저들이 갑작스레 자신을 찾아오고, 잡아다 몸에 이상한 걸 새겼는지를.

진완이 갑자기 벌떡 일어나 몸에 감겨 있던 천을 벅벅 잡아당겨 찢었다.

그러자 가슴 한복판에 너무도 선명한 용 한 마리가 입을 쩍 벌린 채 생생하게 새겨져 있었다.

“꿈이… 아니었어…….”

진완이 고개를 숙이고는 멍하니 가슴에 새겨져 있는 용을 바라볼 때 사내가 고개를 끄덕이며 말했다.

“그래, 그게 바로 백팔룡(百八龍)의 표식이지. 백여덟 마리의 용, 백여덟 명의 아이들. 바로 무심련에서 비밀리에 사라진 아이들의 몸에 새겨진 표식이야.”

사내의 목소리엔 힘이 잔뜩 들어가 있었지만 진완의 귀에는 하나도 들리지 않았다.

비늘을 곤추세운 채 가슴과 어깨, 그리고 틀림없이 등 뒤까지 이어져 있을 용의 문신을 한참이나 들여다보던 진완이 고개를 들었다.

“이거… 정말이지…….”

사내가 짐짓 미안하다는 듯 뺨을 벅벅 긁었다.

"미안하다. 미리 말했어야 하는데 시간이 없었다. 오래된 화문처럼 보이려면 얼른 새겨놓아야 했기 때문에……."

하지만 진완의 태도는 사내의 예상과는 달랐다.

"우와! 이거 정말 죽여주는데요?"

"주, 죽인다고?"

진완은 옆으로 서서 팔을 굽혀 알통을 드러내 보이며 씨익 웃었다.

"사내답게 보이잖아요! 형님, 얼른 갑시다! 쓸데없는 이야기는 집어치우고 빨리 그녀 구하러 가자구요! 배 꺼지기 전에 얼른! 이야! 그녀가 이걸 보면 뭐라고 할까?"

"쓰, 쓸데없는 이야기라구?"

사내는 한참 신이 나 정신없이 용 문신을 살피고 있는 진완을 쳐다보며 고개를 절레절레 저을 뿐이었다.

第三章

계약

커다란 나무 세 그루를 한꺼번에 끌던 진완이었지만, 앙상
한 사내의 팔뚝만은 끌어당기질 못했다.

이상한 일은 아니었다.

사내는 무심련의 사람, 강호 칼밥을 먹으며 사는 사람이었
다.

직접 본 일은 없지만 녹림도 형제들을 통해 전해 들은 이야
기는 많았다.

하늘 위 구름을 마시고, 한걸음에 천 리를 가는 사람들.

바로 눈앞의 사내가 그런 무인이었다.

무서운 속도로 쏘아진 돌멩이를 허공에 멎게 하는 사람, 또
그렇게 멎은 돌멩이를 손도 대지 않은 채 산산이 부숴 버리는

사람. 그런 무서운 사람이 진완에게 사정을 하고 있었다.

사내는 한 손을 진완에게 붙잡힌 채 인상을 찌푸리며 말했다.

"이놈아, 급한 것은 네가 아니라 우리야!"

"아이씨! 거참 말 많네. 일단 그녀부터 구하고 다음 일을 처리하자구요. 내가 도와준다잖아요. 나보고 그 녀석 역할을 하라는 거 아닙니까. 해줄게요. 해준다니까요!"

사내의 얼굴이 순간 벌겋게 변했다.

범소(范嘯). 사내의 이름이었다.

비록 범소가 모시고 있는 교욱이란 이름에 댈 수는 없었지만 무심련 안에서 범소란 이름을 모르는 사람은 없었다.

교욱의 은거가 아니었다면 오래전에 무심련에서 맹위를 떨칠 인물이 바로 범소였다.

비록 한쪽 눈을 잃어 복면으로 가린 나머지 눈이 졸린 듯 보이고 태도가 휘적휘적 한가롭게 보였지만 범소 역시 성질이 괄괄한 사내였다.

하지만 무공을 대성한 이후 가장 심혈을 기울여 노력한 분야가 바로 어린아이 양육이었다.

말도 통하지 않는 빽빽 울어대는 아이를 키워본 이후 범소의 성격 역시 눈에 띄게 누그러졌다.

하지만 이건 아니었다.

이렇게 돼먹지 않은 놈은 처음 보았다.

그저 여자에게 홀딱 빠져 정신을 차리지 못하는 놈에겐 몽둥이가 약이었지만 성질대로 패대기칠 수도 없는 일이었다.

말을 물가까지 끌고 갈 수는 있지만 물을 먹일 수는 없는 일 아닌가!

어떻게든 죽어버린 백팔룡과 외모는 비슷하게 꾸밀 수 있지만 백팔룡으로서 행동하게끔 만드는 것은 때려서 해결될 일이 아니었다.

더욱이 범소는 성질이 특출난, 쉬운 말로 더러운 성격으로 소문난 교욱을 모셔온 지 오래였다.

그래서 더러운 성격의 사람들이 어떻게 반응할지 누구보다 잘 알고 있었다.

만약 진완이 푹 빠져 있는 여자를 사로잡아 협박을 한다면 도리어 더 큰 반발을 가져올 게 분명했다.

바로 그것이 어쩔 수 없이 무심련의 소문난 고수인 범소가 진완에게 사정하게 된 이유였다.

"이놈아, 일에는 화급을 다투는 일이 있고, 그래서 선후가 나뉘는 것이다. 네놈 일은 며칠 후에라도 늦지 않지만 지금 이 일은 당장 결정해야 하는 일이란 말이다."

진완은 범소의 말에 한참이나 범소의 눈을 바라보다가 조심스럽게 물었다.

"그러다 생쌀이 익은 쌀이 되면 어떡하우. 그녀가 시집을 가 버리면 모든 게 끝나는 거잖아요."

'다행이군.'

범소는 속으로 안도의 한숨을 내쉬었다.

그래도 앞뒤 가리지 않는 이놈이 이 정도 반응이라도 보이는 게 오 일 전 힘껏 패대기치며 보여준 무공 때문일 거라 생각하며 범소는 얼른 입을 열었다.

"우리 일은 삼 일이면 끝난다. 그냥 우리가 맡아 키운 아이가 이렇게 잘 컸다고 무심련에 보여주기만 하면 끝이란 말이다. 그러고 나면 당장 그 여자 아이 집에 달려가서, 아니, 나만 가는 게 아니라 교 나으리까지 가서서 그녀를 구해주마. 아니, 그 자리에서 혼인도 시켜주마. 바로 네놈 손에서 그녀가 생쌀밥이었다가 익은 밥이 되도록 해줄 테니 밥 퍼 먹는 건 네 손으로 하란 말이다!"

"…정말요?"

진완은 믿겨지지 않는다는 듯 감격한 표정으로 숨을 몰아쉬며 되물었다.

꿈꾸던 그녀와의 혼인이 당장 며칠 후에 이루어진다는 생각에 콧구멍까지 벌렁벌렁거리고 있었다.

진완이 잡았던 손목을 놓고 갑자기 범소 앞에 몸을 숙여 절을 올렸다.

"형님, 고맙수다. 형님, 복 받으실 겁니다."

범소는 얼른 고개를 끄덕였다.

이게 쉽게 풀린 일인지, 아니면 어렵게 풀린 일인지 잠시 헷갈리긴 했지만 적어도 의도대로 일이 되어가는 것만은 분명했다.

진완 또한 기쁘기 짝이 없었다.

이렇게 강한 사람들이 혼사를 거행한다면 그녀의 아버지뿐
만 아니라 몽둥이를 든 진완의 아버지가 설령 수백 명 떼거지
로 몰려와도 걱정할 게 없었다.

그냥 후닥닥 해치워 버리면 될 일이었다.

게다가 예정된 제비의 혼인도 몇 달, 혹은 해를 넘길 정도의
시간이 필요하다 하지 않는가.

적어도 시간은 넉넉히 번 것 같자, 진완이 머리를 굴렸다.

갓난아이 때 사라진 사람, 얼굴을 아는 이는 몇 되지 않을
것이다.

교 머시기라는 늙은이와 사마귀 닮은 복면인이 이렇게 다급
하게 자신을 찾은 것도 그저 비슷한 낯짝이 필요했을 뿐이다.

'가만, 그리고 보니?'

어찌 됐든 한 가지 걱정을 덜고 나니 이상한 점이 발견되어
진완이 물었다.

"가만, 형님. 그리고 보니 이상하네요."

"뭐가?"

사내는 또 무슨 돼먹지 않은 말을 하려는가 싶어 멀뚱히 진
완을 쳐다보았다.

"그게 말입니다, 갓난아기라고 했지 않습니까. 그것도 비밀
리에 키워진."

"그랬지."

"그렇다면 말입니다, 갓난아이가 어떻게 컸는지 얼굴을 본
사람이 없으니 그냥 죽어버렸다 해도 아무나 데려다 대강 문

신을 하지 왜 비슷하게 생긴 저를 찾으신 겁니까?"

"본 사람이 왜 없어, 외부인이 못 봤다 뿐이지."

"엥? 그럼?"

진완의 반문에 사내가 땅이 꺼져라 한숨을 내쉬었다.

"기련노마(祁連老魔) 정맹획(鄭盟獲), 그가 너를 보았다."

"그놈은 또 누군데요?"

"교 나으리처럼 무심련에서 은거한 고수지. 우연히 우리가 기련산 근처에 숨어 사는 걸 알고 때때로 찾아와 시비를 걸곤 했거든. 사실 기련노마 정맹획과 무외자 교욱 나으리 사이가 좀 안 좋아."

곤란하다는 듯 뺨을 긁으며 주절주절 늘어놓는 범소의 말에 진완이 한쪽 눈을 찡그리며 물었다.

"뭐, 이놈하고도 사이가 안 좋고 저놈하고도 사이가 안 좋고. 혹시 다른 사람들 죄다 그 교 나으리하고 사이가 안 좋은 거 아니요?"

"끄응!"

"결국 그럼 그 교 나으리 성격이 이상한 거 아니우?"

범소가 당치도 않다는 듯 손사래를 쳤다.

"우리 나으리 성격도 좀 이상하지만 기련노마 성격도 가히 좋은 편은 절대 아니다. 더욱이 경쟁심이 붙어서 더 그렇고."

"경쟁심?"

"으흠, 사실 기련노마 정맹획 역시 백팔룡, 그러니까 백여덟 아이 중 하나를 맡아서 기르는 중이었거든."

"응? 그래요?"

"그렇다. 게다가 정맹획은 야심도 커서 자신이 제자 삼아 키운 백팔룡이 무심련의 련주가 되면 자신의 직위도 높아질 거라 생각해 더더욱 열심히 길렀지. 울 주인님이야 말귀 알아듣는 개새끼 하나 키운다 생각해 신경도 안 썼지만 정맹획은 아무래도 주인님의 백팔룡이 신경 쓰였는지 가끔 와서 시비를 걸 때마다 내가 먹여 키우던 백팔룡을 눈여겨보곤 했지."

"아, 그러니까 대강 어설픈 가짜를 내세우다간 기련노마에게 들킬 거다 이 말이군요?"

"그렇지."

"또 가짜를 내세운 게 들통나면 무심련에서도 가만히 안 있을 거고."

"너, 보기보다 눈치가 매우 빠르구나."

"형님, 저 보기보다 머리 좀 쓸 줄 압니다. 예전에 아버지 술 심부름 갔다가 반병쯤 마시고 나머질 물로 채워갔더니 귀신같이 알고는 몽둥이로 개 패듯 맞은 기억이 갑자기 떠올라서 그래요. 하하!"

"끄응."

범소는 쭈그려 앉은 자세 그대로 앓는 소리를 냈다.

아무리 봐도 진환은 머리 쓰는 일보다는 주먹 쓰는 일에 더 재능이 있어 보였다.

그래도 일단은 달래놓아야만 했다.

이 일엔 교욱의 목뿐만 아니라 자신의 목 역시 달려 있었기 때문이다.

진완이 다짐을 받듯 다시 한 번 물었다.

"그런데 삼 일만 가짜 역할을 해주면 된다 이거죠?"

"일단 지금은."

"어라? 말이 자꾸 달라지면 곤란하지!"

진완이 말도 안 된다는 듯 발로 땅을 굴렀다.

쪼그려 앉아 올려다본 발을 구르는 진완의 모습은 영락없는 성난 곰 한 마리였다.

"걱정할 거 없다. 일단 우리는 무심련에 너를 데려다 주고, 네놈이 교 나으리께서 데리고 간 백팔룡이란 것만 확인하면 되니까. 거기까지 길어봐야 삼 일이다. 위 련주의 폐관 수련이 끝나기 일 년 전이 그때이니까. 또 무슨 일이 생겨 더 길어진 다 해도 널 무심련까지 데려다 주고는 곧장 그녀의 집에 가서 제비인지 닭대가리인지 하는 년을 구해서 우리가 보호하고 있 을 거니까 넌 걱정할 거 없이 천천히 나와도 되고."

"제비유, 닭대가리가 아니라."

"그래, 제비!"

그제야 걱정을 덜었다는 듯 진완의 표정이 밝아졌다.

길어봐야 삼 일이었다.

자신도 뜀박질에는 자신있었지만 눈앞의 사내는 분명 진완 자신보다 곱절은 더 빨랐다.

그렇지 않다면 진완을 붙잡아 패대기치고는 용 문신을 새겨 넣지도 않았을 것이지만.

진완이 다시 불쑥 물었다.

"혹시 삼 일 이상 더 있어라, 뭐, 일이 년쯤 더 있어라, 이런 건 아니겠죠? 우리 예쁜 그녀를 붙잡아 협박하면서 그런 부탁 따윈 안 하리라 믿어요."

'눈치 빠른 놈!'

범소는 예상보다 빠른 진완의 머리 회전에 내심 놀라 떠듬거리며 대답했다.

"서, 설마. 이 일에 너와 나, 그리고 교육 나으리의 목이 달렸는데 우리가 네 비위를 상하게 할 일을 만들겠느냐."

"좋아요. 삼 일. 그걸로 됐어요. 그나저나 그 교 나으리, 그러니까 형님의 주인 되는 양반은 어디 가신 거예요?"

"너에게 말을 편하게 할 수 있도록 주위를 둘러보고 계신다. 개미새끼 한 마리라도 우리 이야기를 엿듣는다면 큰일 나니까."

"에이, 이런 산속에 누가 있어 우리 얘기를 엿듣는다고."

진완은 피식 웃으며 대답하다가 그대로 굳었다.

누군가 있었다.

산속에서 눈을 뜨고 산속에서 잠이 들었던 진완은 알 수 있었다.

누군가 분명 있었다. 산새와 벌레들의 울음소리가 멎고, 은밀한 움직임에 나뭇잎만 바스락댈 뿐이었다.

진완이 얼른 목소리를 낮추어 범소에게 말했다.

"형님, 누군가 있수."

"걱정 말아라."
"아이씨! 누군가 있다니까!"
"어허, 걱정 안 해도 돼."

목이 달아날 일 운운하던 것과는 달리 범소는 쭈그려 앉은 자세 그대로 꾸벅꾸벅 줄 듯 태평스런 모습이었다.

바로 그때, 숲 속 사람이 움직이기 시작했다.

더구나 말을 엿듣는 걸로도 모자라 칼질까지 해대면서.

2

맨 처음 괴한을 봤을 때 진완은 검은 번개라고 생각했다.

야행의로 몸을 감싼 괴한의 신형은 너무도 검었고, 칼질은 번개보다 빨랐다.

범소가 입을 열어 나른하게 '안 해도' 를 내뱉는 순간 하늘에서 갑자기 떨어진 괴한은 범소의 '돼' 라는 말이 끝나기도 전에 사정없이 칼을 범소의 머리에 내리꽂고 있었다.

"억!"

진완이 놀라 비명을 지르는 사이 어느새 머리통 하나가 도르르 땅에 굴렀다.

사람의 머리였다.

머리통이 베어져 나간 목에서는 물총에서 쏘아진 물줄기처럼 피가 뿜어져 나왔다.

"거봐, 걱정할 거 없다고 했잖아."

범소는 나른한 목소리로 중얼거리고는 천천히 일어나 엉거주춤 고개를 숙였다.

"오셨습니까."

목이 잘려 나간 시체 옆에는 어느새 백발의 노인이 우뚝 솟아나 있었다.

"어버버……."

진완은 살인을 처음 보았다.

그것도 눈앞에서 벌어진 너무도 선명히 핏방울이 흩뿌려지는 살인.

하지만 몸이 굳어 숨도 채 쉬지 못하는 진완이 놀랄 일은 아직도 남아 있었다.

무외자 교욱, 어쩌다 백팔룡을 맡아 기르게 된 기구한 운명의 노인은 왼손에 들고 있던 검붉은 다섯 덩이 수박을 범소 앞으로 던지며 물었다.

"혹시 이 중에 아는 얼굴이 있느냐?"

교욱이 던진 것은 잘려진 사람의 머리통이었다.

모두들 자신이 죽을 줄은 몰랐다는 듯 눈을 동그랗게 뜨고 입을 쩍 벌린 표정으로 딱딱한 땅바닥 위를 구르고 있었다.

범소가 태연히 머리통 하나하나를 들어올려 살피며 말했다.

"예상보다 쥐새끼들이 많았나 봅니다. 하지만 눈에 익은 얼굴은 하나도 없군요. 그나저나 죽일 필요까진 없었는데 손을 과하게 쓰신 건 아니신지……. 어라? 다치셨습니까?"

범소가 머리통을 살펴보던 시선을 돌려 교욱을 바라보다 놀란 듯 물었다.

교욱의 백포 한 자락이 베어져 나간 것을 뒤늦게 발견했기 때문이다.

"신경 쓸 거 없다."

교욱의 냉랭한 말에 범소가 피식 웃으며 말했다.

"평소 기련노마쯤은 눈 감고도 상대할 수 있다고 하지 않으셨습니까요. 그런데 옷이 찢겨지시다니……. 몇 치쯤 더 깊었다면 가슴이 베어져 나갈 뻔하셨습니다."

교욱의 표정이 더욱더 굳어지더니 발끝으로 땅에 있던 머리통 하나를 차올려 손에 잡았다.

"정가 놈의 사람들이 아니다. 기련노마가 아무리 나를 싫어해도 이 정도로 나오진 않지."

"잉? 그럼?"

"나 역시 모르겠다. 맨 처음엔 나 역시 기련노마를 의심했지만 기련노마 정맹획 따위가 데리고 있을 아이들이 아니었다."

"……."

범소는 아무 말 없이 다시 머리통 하나를 들어올려 얼굴을 찬찬히 살펴보았다.

주위의 은밀한 시선이 돌아다닌다는 것쯤은 범소 역시 이미 알고 있었다.

자신들의 행적을 알 만한 사람, 더구나 사이가 나빠 언제든지 딴지를 걸 만한 사람은 단 하나였다.

기련노마 정맹획.

그래서 맨 처음 교욱이 머리통을 베어왔을 때, 아무리 사이가 나빠도 그렇지 곧 무심련에서 만날 정맹획의 수하들을 죽이면 나중에 어떻게 해결하려고 하느냐는 의미로 손을 과하게 썼다고 말한 것이었다.

하지만 이들이 기련노마의 수하들이 아니라면 문제는 전혀 달랐다.

그래서 항상 졸린 듯 감겨 있던 범소의 눈은 더더욱 감겨 세밀하게 머리통의 주인이 누군지 살피고 있었다.

교욱이 딱딱하게 굳은 얼굴로 입을 열었다.

"그들의 우두머리를 만났다. 아무렇게나 주워 든 듯한 작대기를 귀신같이 놀리는 사내였다. 나이는 나보다 많아 보이지 않았지만 무공은 대단하더군. 절대 내 아래가 아니었어."

교욱의 말에 범소가 고개를 끄덕였다.

당금 천하에 작대기 하나로 교욱의 옷자락을 베어낼 실력자는 몇 되지 않았다.

더욱이 오만한 교욱의 입에서 무공이 쓸 만하다는 칭찬이 나온 것 역시 위진천 이후 처음 있는 일이었다.

"도망갔습니까?"

"아니, 스스로 물러나더군. 느낌이 안 좋다. 곧 강호에 피바람이 몰아닥칠 모양이야."

"아무래도 마교의 잔당들인 것 같군요."

“마교의 무공은 아니었다. 아무렇게나 휘두르는 솜씨였지만 법도가 엄정했고, 어찌 보면 현기까지 느껴질 정도였으니…….”

교욱은 말을 하던 중간 아직도 굳어 있는 진완을 흘깃 보고는 범소에게 물었다.

“사정은 대강 전하였느냐?”

“예, 적어도 안 하겠다는 말은 안 했습니다.”

“그래? 그거 잘됐구나.”

“하지만 귀찮은 일이 좀 있습니다.”

“무슨?”

범소는 진완의 여자에 대해 짧게 이야기를 전했다.

묵묵히 듣고 있던 교욱은 잠시 인상을 찡그리긴 했지만 어쩔 수 없다는 듯 냉랭하게 말했다.

“어쩔 수 없지. 귀찮은 일이긴 하지만 일이 워낙 중대하다 보니…….”

범소가 맞다는 듯 고개를 끄덕이다 은밀하게 목소리를 낮춰 물었다.

“혹시 무심련 내에 무슨 일이 벌어진 것은 아닐까요?”

“……?”

무슨 말이냐는 듯 교욱이 범소의 얼굴을 바라보자 범소가 주저하다 입을 열었다.

“누군가 무심련의 련주 자리를 노리고 백팔룡을 하나하나 죽인다든지, 그래서 우리가 기르던 백팔룡이 죽은 게 아닐까 하는……."

"함부로 말하지 말아라. 아직 모든 것은 불확실하니까."

찬바람이 쌩쌩 부는 듯한 교욱의 태도에 범소가 찔끔 놀랐는지 고개를 자라목처럼 움츠렸다.

"예."

"그리고 이 일은 무엇보다 비밀을 지키는 것이 중요하다."

"예, 아는 사람이 적을수록 더욱 좋은 법이지요."

범소가 당연하다는 듯 고개를 끄덕이고는 얼굴을 돌려 아직도 굳어져 있는 진완을 쳐다보고는 싱긋 웃으며 말을 건넸다.

"이보게, 어린 친구. 짧은 만남이었지만 즐거웠네."

말을 끝마친 범소가 몸을 공손히 세운 채 옷매무새를 정돈하더니 교욱을 향해 정중히 절을 올렸다.

"나으리를 모시게 되어 큰 영광이었습니다. 건강하시길."

"그래, 수고했다. 부디 원망 말기를……."

"원망은커녕 감사함만 가슴 가득 안고 가겠습니다."

"그래."

교욱은 머리를 조아리고 있는 범소를 쓰다듬기라도 하려는 것처럼 손을 들어올렸다.

그 광경을 보고 있던 진완은 미칠 듯한 불안감에 휩싸여 버럭 고함을 질렀다.

"잠깐!"

교욱의 손길이 멎었다.

하지만 진완은 아무런 말 없이 숨을 몰아쉬며 교욱이 펴 든 깡마른 다섯 손가락만 노려볼 뿐이었다.

맨 처음 진완은 범소가 떠나려는 걸로만 알았다.

어쩌면 자신과 약속했던 일, 즉 그녀를 구하러 길을 떠나는 걸로 알았다.

하지만 왠지 분위기가 요상했다.

교욱이 펴 든 깡마른 손가락.

허공중에 돌멩이를 멎게 하고 박살 낸 손이었다.

사람 다섯의 목을 댕강댕강 따버린 손이었다.

교욱의 손이 다정하게 범소의 머리를 몇 번 쓰다듬는다면 두세 번 문지르지 않아 범소의 머리통은 가루가 날 게 분명했다.

"……?"

무슨 뜻이냐는 듯 쏘아보는 교욱의 눈을 용케도 마주 노려보며 진완이 으르렁거렸다.

"영감탱이, 지금 내 형님을 죽이려는 게냐?!"

"형님?"

교욱이 무슨 말이냐는 듯 범소의 얼굴을 쳐다보자 범소가 씁쓸하게 웃었다.

"언제부턴가 절보고 형님, 형님 하더군요. 이봐, 동생. 내가 설명했듯 백팔룡의 일은 매우 중요하다네. 아는 사람이 적을수록 좋고, 아예 입이 있어도 말을 할 수 없는 죽은 사람이면 더더욱 좋지. 이 몸은 주인 어르신이 새로 내려준 목숨이니 스스로 거둬가셔도 아쉬울 게 없다네."

태연하게 설명하는 범소의 표정이 너무도 담담해서 도리어 진완의 등에선 식은땀이 흘렀다.

강호의 도리가 어떠해야 하는지, 또 주인을 모시는 자의 충직함이 어때야 하는지에 대해선 산에서 귀가 따갑게 들었다.

하지만 무료한 밤 시간을 채워주는 옛날이야기에 불과했다.

무인의 말엔 허언이 없고, 강호의 일엔 장난이 없다.

짐짓 강호 무인이 된 것마냥 으스대며 말하던 산 사나이 말이 이렇게 실감나게 다가온 것은 처음이었다.

사람 하나 바꿔치기한 사실을 숨기려고 가장 가까운 수하를 죽이려 드는 주인과 기꺼이 목을 내놓는 수하.

이야기로 꾸민다면 아름다운 이야기일 수도 있지만 실제 눈앞에 보이는 광경은 둘 다 미친놈에 지나지 않았다.

진완은 뛰는 가슴을 진정시키려 숨을 고른 후, 버럭 고함을 질렀다.

"그럼 내 입은? 형님 입은 죽여 막는다 해도 내 입은? 어이, 영감탱이! 만약 형님을 죽인다면 내가 무심련에 도착하는 즉시 나불댈 거야! 이 교욱이란 늙은이가 사고쳤다아~! 지가 맡아 기르던 아이가 죽… 컥!"

진완이 크게 고함을 지르던 중간 교욱이 손가락 하나를 꼿꼿이 펴자 더 이상 말을 할 수 없음을 깨닫고는 크게 놀랐다.

교욱이 허공을 격하고 아혈(啞穴)을 짚은 탓이었다.

진완은 무언가 목을 꽉 움켜쥔 듯 더 이상 입을 열 수도 다물 수도 없어 그저 목만 움켜쥐고는 괴상한 숨소리만 낼 뿐이었다.

교욱이 그런 진완을 보다 냉랭한 목소리로 범소에게 말했다.

“곤란한 아이를 골랐구나.”

범소가 쓸쓸하게 웃었다.

“아직 어린아이라 강호의 일을 잘 몰라서 그런 것입니다. 어서 일을 보시지요.”

범소가 다시 고개를 숙였지만 교욱은 뒷짐을 진 채 허공을 멍하니 올려다보다 문득 혼잣소리처럼 중얼거렸다.

“돌이켜 보니 네가 나를 모신 세월이 녹록지가 않구나.”

범소가 고개를 들지 않은 채 말했다.

“즐거운 기억이었습니다. 이 범모는 감사할 뿐입니다.”

교욱은 그 뒤로도 아무 말 없이 하늘을 쳐다보다 나직한 탄식과 함께 말했다.

“아서라. 그만두자꾸나. 나 역시 탐탁지 않은 일이었다.”

“…….”

범소가 고개를 들었다.

졸린 듯 반쯤 감긴 눈에선 감격의 빛이 역력했다.

무안한 듯 교욱이 몇 번 헛기침을 하고는 입을 열었지만 시선은 범소를 향하지 않았다.

“따져 보니 저 아이의 몸만 생각했지 마음은 헤아리질 못했다. 만약 내가 너를 해하면 저 아이가 얼마나 불안하겠느냐. 일이 무사히 끝난다 해도 비밀을 지키기 위해 자신을 죽일 거라 생각할 게 틀림없다. 그래서는 될 일도 안 되겠지. 일어나거라."

교욱의 말에 범소가 천천히 몸을 일으켰다.

하지만 그런 범소가 보기 싫다는 듯 교욱은 냉랭히 몸을 돌려 멀리 사라지고 있었다.

교욱의 뒷모습을 한참이나 쳐다보던 범소가 천천히 허리를 굽히며 들리지 않을 작은 목소리로 말했다.

"감사합니다. 이로써 세 번째 생을 내려주셨군요."

범소가 천천히 몸을 일으키고는 진완의 앞으로 다가와 손가락으로 천천히 혈을 주무르자 진완은 긴 한숨과 함께 입을 크게 벌렸다.

"후와~"

믿기지 않는다는 듯 연신 목을 훑어 내리는 진완을 보며 범소는 책망하듯 말했다.

"주제넘은 짓을 했다. 앞으론 조심해라."

하지만 진완은 말도 안 된다는 듯 교욱이 사라진 방향을 노려보며 투덜거렸다.

"미친 늙은이 아닙니까! 아주 그냥 사람 죽이는 데 재미 붙인 것처럼."

그때 범소가 진완의 목을 잡았다.

비록 깡마른 손가락에 지나지 않았지만 커다란 덩치의 진완이 아무리 발버둥을 쳐도 범소의 손아귀에서 몸을 빼낼 수는 없었다.

범소는 그렇게 진완의 얼굴을 자신의 얼굴 가까이 바싹 끌어당기고는 천천히 말했다.

"잊지 말아라. 이것이 강호다."

진완은 아무런 소리도 내질 못했다.

진완은 그렇게 처음 강호와 마주 대하고 있었다.

3

검은 마차는 힘있게 굴러가고 있었다.

진완은 마부석에서 깍지 낀 손을 머리 뒤에 얹고는 뒤로 길게 등을 기댄 채 규칙적인 흔들림에 몸을 내맡겼다.

진완은 아무런 말 없이 옆에 앉은 채 말을 몰고 있는 범소를 흘낏 쳐다보았다.

범소는 그저 졸린 눈으로 정면을 바라보고 있었다.

'아무리 봐도 미친 사람들이 틀림없어.'

진완은 속으로 그렇게 생각했다.

아무나 죽여 버리고야 마는 미친 노인네와 같은 마차 안에 있을 수는 없었다.

하지만 그래서 올라탄 마부석엔 또 다른 미친 사람이 있었다.

행복하단 표정으로 자신을 죽이려는 사람에게 절까지 올리는 사람이 제정신일 리 없었다.

범소가 진완의 시선이 껄끄러웠는지 심드렁하게 물었다.

"뭘 보냐?"

"그렇게 죽고 싶었수?"

"죽어야 할 때였으니까."

"어라? 에휴~ 아무튼 사니까 좋지요?"

"살아서 좋은 게 아니라… 아무튼 좋다."

"살아서 좋은 게지, 그럼 딴 게 좋았수?"

"그래."

"뭐가?"

"어른은……."

범소는 그때의 기억이 떠오르는지 반쯤 감긴 눈을 더욱더 가늘게 뜨고는 천천히 말을 이었다.

"한 번 꺼낸 말을 번복하시는 분이 아니셨다."

"……?"

범소는 깊게 숨을 들이켜고는 가늘게 숨을 뱉듯 천천히 말했다.

"죽인다 했으면 끝내 죽이셨다. 살린다 했으면 끝내 살리셨다. 이때까지 그렇게 살아오셨다."

진완은 아무런 말도 하지 않았다.

그저 더 깊숙이 몸을 뒤로 기대고는 두 눈을 질끈 감았을 뿐이다.

"…미친 사람들. 모두 미쳤어. 그것도 참 괴상한 방법으로."

“그래, 어쩌면 강호란 곳이 미친 사람들만 있는 곳일지도. 아무튼 주인은 그런 사람이니 너도 조심하거라.”

“……?”

진완은 한쪽 눈만 빼꼼히 떠 범소를 바라보았다.

“강호인의 말 한마디는 천금보다 무겁다. 어른이 너에게 별다른 말 없는 것 역시 네가 죽은 백팔룡의 대역을 하겠다고 말했기 때문이다. 어른은 그 한마디 말을 믿고 계시다. 나 역시 그렇고.”

진완은 저도 모르게 꿀꺽 침을 삼켰다.

말 한마디의 무게. 갑자기 아랫배 한쪽이 묵직해지는 느낌이었다.

그렇게 몇 시진 동안 아무런 말 없이 마차 바퀴의 딸그락거리는 소리만 울려 퍼진 후에야 진완이 조심스럽게 입을 열었다.

“내가 준비할 건 없어요?”

“무슨 준비?”

범소는 진완 쪽은 쳐다보지도 않은 채 계속 정면만 바라보며 태연스레 대꾸했다.

“뭐, 이런저런 거 있잖수. 예를 들어, 무공을 배워야 한다든지 그런 것들.”

“그런 거 없다. 어른은 돼지우리에 가두고 키우겠다고 분명히 말하고 백팔룡을 데려왔다. 그 어디에도 무공을 전수해 준다는 말은 없었다. 진짜 돼지우리에 가두고 키우지 않은 것만도 다행이었지.”

“그래도 그렇지, 그냥 이대로 가면 영 찜찜해서리. 가짜 역할이라도 뭔가 좀 알아야 할 거 같아서 그래요.”

“걱정할 거 없다. 위진천 련주의 무공은 독특한 것이라 나름대로의 개정대법이 있다고 들었다. 그 무공을 익히기 전 다른 잡다한 무공 따윈 익힐 필요 없다.”

진완은 범소의 대답이 찜찜한지 얼굴을 찡그리고는 물었다.

“아~ 거참, 그래도 뭔가는 알아두어야 할 거 아니우! 니가 살던 곳은 어땠나? 이렇게 물어보면 금방 들통날 거 아니우!”

“걱정할 거 없다. 기련산맥은 깊기로 유명하다. 또 우리는 지난 세월 기련산을 벗어난 적이 없다. 다행히 네가 산에 익숙한 놈이니 그냥 깊고 깊은 산 이야기만 하면 되니까 그 점에선 내 걱정을 덜었다.”

“그럼 무심련에 도착해서 그냥 살다 보니 여기까지 오게 됐네요. 나, 무공이고 뭐고 아는 건 쥐뿔도 없어요. 이러면 된다 이겁니까?”

“그래, 그게 가장 좋은 방법이다. 도리어 네가 아는 모든 것을 잊어야 한다. 죽은 백팔룡은 시장에도 가본 적이 없고, 사람들이 모여 사는 마을에도 내려가 본 적 없다. 도리어 네가 아는 게 있다면 그게 더 이상한 거다.”

진완은 범소의 옆얼굴을 쳐다보며 더운 콧김을 내뿜다가 곧 포기했는지 다시 두 눈을 질끈 감고 마차 벽에 등을 기댔다.

“좋수다! 형님 마음대로 하쇼! 난 쥐뿔도 아는 게 없고, 형님은 나한테 해줄 말이 아무것도 없는 겁니다!"

"해줄 말이 한 가지는 있다."

범소가 처음으로 진중한 기색으로 입을 열었다.

뒷머리에 깍지 낀 손을 댄 채 누워 있던 진완이 의아한 듯 고개를 돌렸다.

정면만을 바라보던 범소가 고개를 돌려 진완을 바라보며 입을 열었다.

"고맙다."

짧은 한마디만 꺼내놓고는 범소는 다시 고개를 빠르게 돌려 정면을 바라보았다.

"……?"

진완은 멍해져 있다가 곧 이유를 알아채고는 피식 웃었다.

말로만 형님, 형님 불러주는 줄 알았더니 그래도 그 무서운 귀신같은 노인네 앞에서 자신의 목숨을 구해주려 용감히 나선 일을 두고 말한 게 틀림없었다.

진완이 깍지 낀 손을 풀어 왼손으로 범소의 어깨를 툭 치며 깔깔 웃었다.

"잊지 마슈!"

"……."

범소는 아무런 말도 하지 않았다.

하지만 진완은 굳이 대답을 듣지 않아도 알 수 있었다.

강호가 어떤 곳인지, 말 한마디가 어떤 값어치를 가지고 있는지 이미 뼈저리게 느꼈기 때문이다.

한번 고맙다는 말을 한 이상 두 번 할 필요는 없었다.

하지만 진완은 그냥 이대로 끝낼 수는 없었다.

교욱이나 범소는 강호인이었지만 진완은 강호무림인과는 거리가 멀었다.

그래서 다시 한 번 다짐을 받아두어야만 했다.

진완은 웃음을 멈추고는 범소의 어깨를 붙잡고 낮게 으르렁 거렸다.

"그녀를 구하는 것도 잊지 마슈! 분명 약속했습니다?"

범소는 대답하지 않았다. 그저 고개만 가볍게 끄덕거릴 뿐이었다.

하지만 그 모습이 그 어떠한 말보다도 마음이 놓여 진완은 비로소 편안히 잠들 수가 있었다. 진완의 운명을 바꾸어놓았던 검은 마차의 마부석 위에서.

장안(長安). 예로부터 사람 많고 사람 따라 들어온 물자 또한 많은 도시였다.

그래서 한나라, 수나라 이후 당나라까지 수도로 삼아 번창했던 곳이지만, 지금은 무심련이 위치해 있는 도시로 세상에 더 많이 알려지게 되었다.

"후와~! 후와후와아~!"

진완은 눈을 동그랗게 뜨고 주위를 연신 둘러보느라 정신이 없었다.

머리털 나고 이렇게 번화한 도시는 처음이었다.

보는 것마다 처음 보는 것이었고, 고개를 돌리는 곳마다 신기한 것뿐이었다.

범소는 그런 진완을 바라보다 피식 웃었다.

진완을 잡아 문신을 새기고 내쳐 오 일을 달리고, 중간에 정신이 든 진완에게 사정을 설명한 이후 다시 삼 일을 잠도 자지 않은 채 마차를 몰아야 했다.

원래 이렇게 빠듯한 일정은 아니었지만, 교욱이 맡아 키우던 백팔룡이 갑자기 죽어버리자 비슷한 사람을 찾아다니느라 시간을 많이 허비했기 때문이다.

범소는 목적지인 장안에 도착해서야 피곤을 느꼈지만 그보다는 안도감이 더 컸다.

그래서 어리숙한 진완이 연신 탄성을 자아내는 모습에 여유 있게 웃을 수 있었다.

"형님, 정말 굉장합니다. 우와~! 저게 뭐요? 먹는 거우? 저건 또 뭡니까?"

진완의 물음에 범소가 고개를 돌렸지만 진완의 손가락이 정신없이 여기저기를 가리키고 있어 정확히 무엇을 묻는지 알수가 없었다.

어쩌면 진완 본인 역시 정확히 뭘 집어 물어야 할지 모르는게 분명했다.

보다 못한 범소가 나지막한 목소리로 말했다.

"진중해라. 교 어르신 체면 깎인다."

진완이 갑자기 웬 점잔을 빼느냐는 듯 멀뚱한 표정으로 범소를 쳐다보며 퉁명스레 말했다.

"이거 왜 이러슈? 난 쥐뿔도 모르는 놈이요. 산에서만 살아서."

"끄응."

범소는 앓는 듯한 신음을 토해내었다.

말이야 틀리지 않았다. 어쩌면 진완의 말대로 지금의 진완의 모습이 자연스러울지도 몰랐다.

산에서만 자란 열아홉 살짜리 소년이 처음 본 도시의 모습이 어떨는지는 범소 자신도 상상이 잘되지 않았다.

범소가 막 속으로 '그래, 그냥 내버려 두자'고 마음먹었을 때다.

"혹시 어디서 오신 분인지……."

백색 경장을 멋스럽게 빼입은 무인 하나가 어느새 마차 옆에 다가와 조심스러우면서도 예의 바른 태도로 물었다.

범소 역시 마부석에서 몸을 일으켜 포권을 취하며 대답했다.

"무외자 교욱 나으리와 예모검(銳矛劍) 범소라 하오."

"아!"

사내는 익히 들었다는 듯 탄성을 발하더니 곧 범소 옆에 앉은 진완을 흥미있다는 듯 쳐다보며 말했다.

"그럼 이분이 바로 백팔룡 중 한 분이시군요?"

그 순간 범소의 눈썹이 꿈틀거렸고, 마차 안에선 교욱의 나지막한 기침 소리가 터져 나왔다.

백팔룡(百八龍)!

아는 사람이라고는 위진천 련주와 원로원, 그리고 백팔룡을 거두어 기르는 사람밖에 없는 신비의 존재가 바로 백팔룡이었다.

그 외에는 백팔룡이 정확히 몇 명인지, 또 부르는 호칭이 어떻게 되는지 알지 못해야만 했다.

하지만 소매에 세 개의 원이 서로 교차하는 무심련의 독특한 표식을 새긴 무인 하나가 다가와 당당히 백팔룡을 입에 담는 것이 아닌가!

잔뜩 경계심을 돋운 범소의 태도에서 자신의 실수를 깨달은 무인이 곧 공손히 허리를 굽히며 말했다.

"아, 그 일은 이미 비밀 아닌 비밀이 되었습니다. 사실 백팔룡 중에 가장 늦게 도착하시기도 했구요. 강호엔 이미 백팔룡의 소식에 들떠 있은 지 오래입니다."

"그랬군."

갑작스레 바보가 되어버린 듯한 기분에 범소의 어깨가 축 늘어졌다.

하기야 생각해 보면 당연한 일이었다.

중원 각 지역에 퍼져 살던 사람들이 때를 맞추어 모이고 있다.

멀리 사는 사람은 좀 더 빠르게 움직여야 했고, 가까운 사람들은 천천히 출발했다.

백팔룡을 맡아 키우던, 강호에 내로라하는 고수들이 동시에 움직이기 시작했으니 소문이 퍼지는 것은 시간문제였다.

더욱이 소문은 천리마보다 더 빠른 법이라 무심련에 백팔룡 중 하나가 도착한 순간, 백팔룡의 존재에 대해서 강호에 모르는 사람이 없게 되었다.

무인이 절도있는 자세로 포권을 취하며 낭랑하게 외쳤다.

"그럼 저는 윗분들에게 마지막 백팔룡이 도착했음을 알리겠습니다."

범소는 힘 빠진 모습으로 그저 고개만 끄덕였다.

무인의 입에서 백팔룡이란 단어가 나오는 순간, 길거리에 있던 모든 사람들의 시선이 일제히 진완에게 쏠리는 것을 느꼈기 때문이다.

그중에서도 특히 진완의 존재에 대해 특별한 방법으로 관심을 표하는 사람이 있었다.

"백팔룡?"

길가 옆 객잔 이층에서 나지막한 탄성이 터져 나오는 듯하더니 회색빛 인영이 뚝 땅으로 떨어져 내렸다.

그대로 땅에 내리꽂히는 듯하던 사람은 뛰어내리던 속도보다 더 빠르게 튕겨 오르더니 한순간 마차 위로 뛰어올랐다.

그러나 보고도 믿지 못할 만큼 빠르게 마차 위로 오른 사람은 보다 더 빠른 속도로 마차 밖으로 급히 내려서야만 했다.

어느새 진완의 앞을 가로막은 범소 때문이었다.

긴 키 때문인지 허리를 굽힌 구부정한 특유의 모습으로 두 손을 가지런히 축 늘어뜨리고 있는 예모검 범소를 그 누구도 만만히 볼 사람은 없었다.

그 사람 역시 날카로운 범소의 예기 때문에 급히 물러나야만 했던 것이다.

“무량수불! 까딱했으면 골로 갈 뻔했구나!”

짐짓 놀랐다는 듯 눈을 동그랗게 뜬 사내는 이제 막 코밑이 새까매질 나이인 진완 또래의 어린 도사 차림이었다.

오른손엔 불진을 들고 회색빛 천에 태극과 각종 기이한 문양이 새겨진 도복을 걸쳤으니 틀림없는 도사였지만 행색이 꾀죄죄하기 짝이 없었다.

어린 도사는 범소의 존재가 무섭다는 듯 짐짓 고개를 옆으로 빼내어 범소 뒤에 있는 진완을 보며 웃으면서 손을 흔들었다.

“어이, 친구! 반갑네!”

진완 역시 배짱 좋게 웃으며 마주 손을 흔들었다.

“어이, 괴상한 도사! 난 하나도 안 반가워!”

진완의 답변이 예상외였는지 도사가 멍하니 서 있다가 곧 얼굴을 찌푸렸다.

“반가워야지! 자넨 틀림없이 날 반가워해야 해!”

“내가 왜 더러운 도사를 반가워해야 하지?”

진완이 어리둥절한 표정으로 되묻자 도사가 당연하다는 듯 두 손을 마주 합장한 채 고개를 숙였다.

“무량수불! 친구, 나 역시 백팔룡이라네.”

“잉? 백팔룡?”

"그렇다네. 일치고는 엄청 더럽게 꼬여 버린 거지."

한심하다는 듯 중얼거리는 도사를 보자 진완은 웃음을 참을 수가 없었다.

꾀죄죄한 도복까진 참아줄 수 있었지만 머리를 뒤로 넘겨 상투를 튼 면상이 꼭 쥐새끼처럼 보였기 때문이다.

더욱이 입을 열어 무량수불을 외칠 때마다 앞으로 툭 튀어나온 뻐드렁니가 더욱더 돌출되는 게 영락없는 쥐새끼 얼굴이었다.

미친 듯 웃어대는 진완을 보며 그런 반응을 예상했다는 듯 스스로 백팔룡이라 밝힌 어린 도사가 울상을 지으며 말했다.

"이보게, 친구. 난 할 줄 아는 게 아무것도 없는 조그마한 도사라네. 그저 향 피우고 주문을 외고 경판 두들기는 게 낙이었는데, 어느 날 사부님이 나보고 백팔룡이라고 하더군. 나보고 생긴 건 무심련주와 전혀 닮지 않았지만 재능만은 비슷해 보인다면서 기대까지 잔뜩 하시는데 미칠 지경이 되었네. 그래서 갑자기 백팔룡이 되어 무심련에 도착한 이후 이렇게 술에 잔뜩 취해 다닌다네. 왜냐, 난 할 줄 아는 게 아무것도 없거든. 더더욱 무심련의 주인 자리 따윈 관심도 없는 조그마한 도사에 지나지 않는다네. 무량수불!"

진완은 일이 어떻게 된 건지 알 수 있었다.

저놈을 데려간 사람은 도사 복장을 해 조그마한 도관에 처넣고 백팔룡을 숨겨온 것이 틀림없었다.

그러다 어느 날 때가 되자 바로 네가 백팔룡 중에 하나다.

어쩌면 무심련의 주인인 위진천의 아들일지도 모른다고 했으니, 조그마한 도관에서 향만 피우던 도사로서는 감당하기 어려운 일이 갑작스레 덮친 것이다.

진완은 얼굴에서 웃음기를 지우고는 짐짓 크게 호통 쳤다.

"이봐, 친구! 자네 말은 틀렸어!"

진완의 호통에 도사의 얼굴이 핼쑥하게 변했다.

곧 손가락을 치켜들어 진완을 가리키고는 떠듬거리며 말했다.

"자, 자네도 별다를 게 없군. 무심련 안에서 봤던 다른 백팔룡과 다를 바가 없어. 모두 명예와 권력, 그리고 무공에 눈이 뒤집혀 있던 사람들, 아니, 자신이 위진천 련주의 아들이 틀림없다고 믿는 사람들, 바로 그게 내가 본 백팔룡들이었지. 실망하던 차에 마지막 백팔룡이 도착했다기에 마지막 기대를 걸어 봤거늘 자네 역시… 쯧쯧, 무량수불, 무량수불……."

실망한 듯 축 처진 어깨를 돌려 털레털레 걸어가는 도사 등 뒤에 대고 진완이 크게 외쳤다.

"뭐?! 일이 더럽게 꼬였다고?! 제길, 백팔룡 중에 제일 더럽게 꼬인 놈이 바로 나라구!"

진완의 외침이 의외였는지 도사가 문득 발걸음을 멈추고는 뒤를 돌아보았다.

진완이 더 큰 소리로 외쳤다.

"뭐? 할 줄 아는 게 아무것도 없어? 그래도 넌 무공이라도 할 줄 알지, 난 아무것도 없어! 난 아는 게 쥐뿔도 없다구!"

진완의 말에 도사의 얼굴이 괴상하게 변했다.

아니, 변한 건 도사의 얼굴뿐만이 아니었다.

눈앞에 몸을 드러낸 백팔룡 중 두 사람을 구경하기 위해 모여 있던 사람들의 얼굴까지 묘하게 변해 있었다.

'할 줄 아는 건 아무것도 없는 도사 백팔룡'과 '아는 건 쥐뿔도 없는 덩치 좋은 백팔룡'의 대화가 예상을 너무도 뛰어넘었기 때문이다.

하지만 거기까진 약과였다.

결정타를 터뜨리려는지 크게 숨을 잔뜩 들이켠 진완이 한번에 숨통을 터뜨리며 외친 마지막 말 때문에 입에 거품을 물어야만 했다.

진완이 두 손을 입에 가져다 대고 외친 마지막 말, 그것은 바로 '흥! 위진천? 그따위 물건은 개나 물어가라 그래애~!' 였기 때문이다.

第四章

백팔룡

위진천? 개나 물어가라 그래!

진완의 입에서 튀어나온 소리에 모든 사람이 놀랐지만 가장 놀란 것은 바로 범소였다.

무심련 대문 앞에서 위진천의 욕을 큰 목소리로 해대는 미친놈이 있으리라곤 상상도 하지 못했다.

그런데 문제는 그런 미친놈이 존재한다는 사실이었고, 더더욱 문제가 되는 것은 바로 그놈이 자신이 키운 백팔룡이라고 사람들이 굳게 믿고 있다는 사실이었다.

범소는 곧 몸을 돌려 진완의 멱살을 틀어쥐고 으르렁거렸다.

"너! 이게 무슨 짓이냐?!"

하지만 정작 진완은 빙그레 웃고 있었다.

아니, 너무 호들갑 떨지 말라는 듯 다정스레 범소의 어깨까지 다독이고 있었다.

진완이 조용히 범소의 귓전에 대고 속삭였다.

"형님, 걱정 마시우."

"……?"

"이래야 우리가 산다는 거 아니우."

"……?"

"이왕 백팔룡으로 온 거, 그냥 도망 나오기도 뭐하잖수. 그럼 어떻게 해야 할까요? 가장 쉽고도 간단한 방법은 단 하나. 바로 쫓겨나는 거유. 그것도 가능한 가장 빨리. 그래야 들통도 안 나고 또……."

"그녀도 만나고?"

"하하하, 내가 이래서 형님을 좋아하는 겁니다."

주위 사람들에겐 전혀 들리지 않을 작은 목소리.

하지만 그 안에 담긴 뜻은 간단하지가 않았다.

진완이 머리를 굴려 생각해 낸 단 한 가지 방법.

일이 들통나기 전에 얼른 쫓겨나기.

범소는 듣는 순간, 거참 괜찮다는 생각이 들었다.

하지만 방법이 틀렸다.

무심련 한가운데서 련주보고 개나 물어가라고 고함 지르다간 쫓겨나기 전에 목이 잘릴지도 모를 일이었다.

범소는 진완의 멱살을 붙잡은 손을 더욱 바짝 잡아당겨 귓구멍에 대고 조용히, 최대한 목소리를 낮추어 말했다.

"요령껏 해라, 이놈아. 요령껏. 그리고 사고 치기 전엔 좀 상담도 하고."

"형님, 나만 믿어요. 문제없다니까요."

하지만 둘의 대화는 거기서 끝나야만 했다.

조금 전 크게 외친 진완의 말에 감동을 잔뜩 받았는지 온몸을 벌벌 떨던 도사가 얼른 다가와 진완의 손을 덥석 잡았기 때문이다.

"아아, 무량수불. 세상에 명리와 권력, 그리고 힘을 이렇게 개똥보다 못하게 여기는 사람이 있다니. 이보게, 친구. 자고로 개똥 속에도 도가 있다고 장자께선 말씀하셨다네. 백팔룡을 넘어 무심련주마저 하찮게 여기는 자네야말로 지극히 높은 경지를 깨달은 게 틀림없네. 무량수불."

검은 마차 마부석엔 어느새 사람이 셋으로 불어나 있었다.

예모검 범소와 '아는 게 쥐뿔도 없는 덩치 좋은 백팔룡' 하나와 '할 줄 아는 게 아무것도 없는 도사 백팔룡'.

특이한 두 백팔룡에 대한 소문은 빠르게 장안에 퍼져 나갔고, 그 후 며칠 동안 장안을 들끓게 만들었다.

누구는 말로만 듣던 '백팔룡'이 기대에 못 미치는 개종자들이라고 욕을 했고, 누구는 감히 무심련 앞에서 위진천 련주의 욕을 크게 외치는 담력과 배짱은 아무나 가지는 게 아니라며 역시 '백팔룡'이라고 엄지손가락을 치켜세웠다.

하지만 정작 위진천의 얼굴을 한 번이라도 보았던 사람들의 의견은 또 달랐다.

'백팔룡 중에 마지막 백팔룡이 가장 위진천을 닮았더라!'

이십 년 전에 위진천을 봤던 사람들은 위진천을 닮은 사람으로 다른 누구보다 진완을 으뜸으로 꼽았다.

또한 위진천을 아주 가까이서 보아왔던 사람들, 그래서 누구보다 위진천을 잘 알고 있는 사람들도 자기들끼리 모여 목소리를 잔뜩 죽인 채 쑥덕거렸다.

'마지막 백팔룡, 바로 그 백팔룡이 가장 위진천을 닮았다! 외모뿐만 아니라 개 같은 성질마저도!'

사람들의 수군거림이 장안을 가득 채울 때, 정작 파문의 주인공인 진완은 태연히 무심련의 정문을 통과하고 있었다.

하지만 일단 정문 통과부터 쉽지가 않았다.

"그동안 안녕하셨습니까. 후배 범소, 인사드립니다."

범소가 정중히 허리를 굽혔지만 정문 앞에 버티고 서 있던 교수단악(巧手斷岳) 팽무숙(彭武肅)은 입을 쩍 벌리고 진완만을 쳐다보고 있었다.

보다 못한 범소가 '흠흠' 하고 헛기침을 했지만 교수단악 팽무숙은 허연 수염을 부르르 떨며 혼잣말처럼 중얼거렸다.

"아아, 똑같다. 정말 똑같애. 련주 젊을 때와 너무도 똑같구나!"

교수단악 팽무숙.

팽가에 위명을 더해준 용맹스런 무인이었고, 나이 든 지금은 무심련의 얼굴이라 할 수 있는 정문을 총괄하는 자리에까지 오른 쟁쟁한 사람이었지만, 지금은 진완의 얼굴만을 얼빠진 얼굴로 쳐다보며 중얼대는 정신 나간 늙은이에 지나지 않아 보였다.

"누구?"

진완이 조그맣게 범소에게 물었다.

하지만 범소보다 먼저 옆에 서 있던 도사가 귓속말로 알려주었다.

"무심련의 대문을 맡고 있는 노인이라더군. 저 노인네가 내가 통과할 때 그러더군. 이놈은 아니군. 통과~! 아마도 위진천 련주와 제일 안 닮은 모양이야. 그러고 보면 자넨 꽤나 닮았나 본데?"

"그으래?"

진완의 눈빛에 생기가 돌았다.

작전을 펼치기에 가장 적당한 상대가 바로 눈앞에 있었다.

연신 수염을 떨며 '아아, 똑같애. 정말이지, 예전의 그 모습과 너무도 같구나!'를 탄식처럼 중얼거리는 정신 빠진 노인네였다.

더구나 무심련의 정문을 맡고 있다지 않은가!

이 노인에게 밉보여 쫓겨난다면 혹시 운 좋게 무심련 안에 발을 디밀기도 전에 그녀를 만나러 갈 수도 있을지 몰랐다.

진완은 얼굴 가득 친근한 미소를 가득 담아 교수단악 팽무숙에게 상냥하게 말했다.

"어이, 영감탱이. 댁은 뉘슈?"

순간 범소의 얼굴이 새하얗게 질렸다.

감히 교수단악 팽무숙을 앞에 두고 새파랗게 젊은 놈이 '영감탱이, 댁은 뉘슈? 라니!

만약 이 소식이 팽씨 가문에 전해진다면 팽가의 가문은 벌집을 쑤셔놓은 듯 들고일어날 것이고, 그렇게 된다면 백팔룡이고 뭐고 짐 싸서 도망을 가야만 할 것이다.

충격을 받은 것은 교수단악 팽무숙 역시 마찬가지였다.

중얼거리던 입술이 딱 멎더니 두 눈을 크게 부릅뜨는 것이 아닌가!

보다 못해 마차에 오만하게 타고 있던 교욱마저도 마차 문을 열고 나와 조심스럽게 말을 건넸다.

"팽 형, 오래간만이구려. 내가 이놈을 거두어 키웠으나 예의범절에 소홀하여……."

하지만 천하에 두려울 게 없다던 무외자 교욱의 정성에도 불구하고 팽무숙의 얼굴은 곧 시뻘겋게 변하더니 크게 고함을 질렀다.

범소는 결국 하나밖에 남지 않은 눈을 질끈 감았다.

평소 팽무숙의 성질과는 달리 주먹질부터 시작하지 않고 다행히 고함부터 지른 게 그나마 다행이다 싶었지만, 정작 팽무숙이 내지른 말은 전혀 예상외의 말이었다.

"똑같다, 똑같애! 위진천이 예전에 강호가 좁다 하고 설칠 때와 똑같구나! 그때 위 련주가 날 보자마자 그랬었지! '어이, 영감탱이! 댁은 뉘슈? 라고! 분노한 내가 주먹질을 시작했고,

불과 십여 초 만에 땅바닥에 드러누웠지! 그때 위 련주가 날 내려다보며 그랬었어. ‘어이, 영감! 나이에 걸맞지 않게 뼈다귀가 꽤나 단단하구려?’”

보다 못한 무심련의 무사 하나가 팽무숙의 등 뒤에서 조용히 옷깃을 잡아당겼다.

그제야 자신의 실태를 눈치 챈 팽무숙이 당황했는지 더더욱 얼굴이 붉어졌다.

다른 사람도 아닌 무심련의 정문을 책임진 사람이 자신의 입으로 련주의 돼먹지 못한 행실을 낱낱이 고해바친 꼴이 아닌가.

당황한 팽무숙이 주위를 둘러보다 그제야 교욱을 알아보고는 반색을 표했다.

“이게 누군가! 무외자 자네였군.”

“예, 팽 형님.”

“축하하네!”

“예?”

팽무숙이 얼른 다가가 교욱의 손을 덥석 잡고는 위아래로 흔들었다.

“이 사람아, 축하해! 축하한다고!”

“무슨 말씀이신지…….”

교욱이 인상을 찌푸리며 손을 빼내자 팽무숙이 무안한지 너털웃음을 지으며 말했다.

“자네도 다 알면서 그러는가! 아참, 이러고 있을 때가 아니

지. 자네가 늦은 탓에 사람들이 기다리고 있다네. 얼른 영빈각
으로 가게나."

"예."

교욱이 떨떠름한 모습으로 대강 인사를 끝내고는 앞장을 섰
다.

그 뒤를 범소와 진완이 따르는데 팽무숙이 뒤에서 크게 외
쳤다.

"어이~ 자네! 마지막 백팔룡!"

진완이 뒤를 돌아보자 팽무숙이 나이답지 않은 해맑은 미소
로 손을 흔들며 크게 소리쳤다.

"너에게 기대가 크다! 내가 쭉 지켜보고 있으마!"

"맘대로 하슈! 카악~ 퉤!"

작전이 통하지 않아 심기가 불편해진 진완이 굵은 가래침으
로 작별 인사를 대신했다.

2

무심련은 진완의 상상을 뛰어넘을 정도로 컸다.

어떻게 보면 진완이 나무를 베던 산 몇 개를 부수어 넓게 널
어놓는다면 비슷할 정도로 규모가 엄청났다.

이윽고 몇 굽이 골목을 돌아 사람들이 얼마 없는 한가한 장

소가 나오자 교욱이 마침내 발길을 멈추고 몸을 돌렸다.

제일 먼저 범소가 찔끔 놀라 목을 움츠리며 섰고, 교욱의 냉랭한 기세에 따라오던 도사마저도 뻣뻣이 경직된 자세로 발걸음을 멈추었다.

하지만 정작 교욱이 쏘아보고 있는 진완만은 멀뚱멀뚱 태연한 얼굴로 교욱을 마주 쳐다보고 있었다.

"넌……."

교욱이 입을 열다 말고 힐끗 도사를 쳐다보았다.

하고 싶은 말이야 많았지만 하나같이 다른 사람 앞에서 꺼내기 어려운 이야기뿐이었다.

가볍게 한숨을 내쉰 교욱이 한결 누그러진 태도로 입을 열었다.

"사람은 한번 목표를 정했으면 모든 진력을 다해야 하는 법이다. 너는 성심(誠心)이란 말을 아느냐?"

"들어본 거 같수다."

진완의 퉁명스런 대답에 순간 교욱의 눈가가 은은히 붉은빛으로 물들었다.

그렇게 살기 어린 시선으로 진완을 노려보며 교욱이 다시 확인하려는 듯 천천히 되물었다.

"…같수다?"

상황이 심상치 않게 돌아간다고 느꼈는지 범소가 얼른 한 걸음 걸어나왔다.

"어르신, 제 잘못입니다. 제가 모자란 점이 많아……."

"형님, 비키쇼. 어쩌나 한번 봅시다. 그래, 말 나온 김에 한번 따져 봅시다. 도대체 노인장께서 나한테 해준 게 뭐 있수? 따뜻한 밥 한술 사준 적 있수? 그래도 여기 옆의 형님은 쓴 채소일망정 손수 나한테 줬수다! 노인장께선 물 한 잔 나한테 준 적두 없잖수! 어허, 또 손이 근질근질하시우?"

이미 말리기에는 너무 늦었다 싶어 범소가 한숨을 내쉬고는 고개를 푹 숙일 때였다.

"천하의 무외자 교욱이 손수 어린아이 밥을 해먹였다면 나부터 의심했을 것이다. 아무리 아이가 백팔룡일지라도 돼지우리에 던져 놓고 신경 안 썼을 인물이 바로 무외자 교욱이지!"

낭랑한 목소리였다.

일제히 고개를 돌려 바라본 곳엔 무외자 연배의 늙은이 하나가 학창의를 입고 꽤 비싸 보이는 섭선을 하늘하늘 부치며 서서 미소를 띠고 있었다.

그리고 그 뒤로는 늙은이와 비슷한 분위기를 풍기는 장정 셋이 마치 노인을 호위하듯 품(品) 자형으로 벌려 서 있었다.

학창의의 노인을 보자 교욱이 인상을 찌푸리며 소리쳤다.

"삼기수사(三岊秀士) 심상천(沈常闡)! 아직 죽지 않고 살아 있었구나!"

삼기수사라 불린 노인이 만면에 미소를 지으며 웃었다.

"천하의 교욱이 죽지 않았거늘 나 심상천이 어찌 먼저 죽을꼬!"

심상천은 맵시있게 섭선을 소리나게 탁 접고는 진완을 쳐다보았다.

"오호, 비슷하다 말은 들었거늘……."

교욱이 찌푸린 표정 그대로 심상천을 향해 으르렁댔다.

"이놈, 심가야! 네가 주제도 모르고 감히 내 앞에 나타났구나!"

하지만 심상천은 낯색 하나 변하지 않고 활짝 웃으며 대답했다.

"나 역시 원치 않지만 어쩔 수 없다네. 그럴 리야 없겠지만 혹시 있을지도 모를 가짜 백팔룡을 추려내고 진짜 백팔룡이 맞는지 확인하는 일이 내 임무니까."

심상천의 말에 교욱이 얼굴을 딱딱하게 굳힌 채 고개를 휙 돌렸다.

'가짜 백팔룡'이란 말이 튀어나온 직후 저도 모르게 심장이 쿵 내려앉는 듯해서 당황한 나머지 취한 행동이었지만, 정작 교욱의 외면을 바라보는 심상천은 전혀 다르게 해석하고 있었다.

'오만한 행동은 아직도 버리질 못했군. 넌 그 오만한 성격 때문에 지닌 실력에 비해 올라앉은 자리가 작은 게야.'

심상천은 곧 고개를 돌려 진완을 찬찬히 살펴보았다.

아무리 봐도 비슷했다. 누가 봐도 한창 젊을 때의 위진천 그대로였다.

어쩌면 교욱이 진짜 위진천의 자식을 떠맡았을지도 몰랐다.

그렇게 된다면 교욱이 맡은 백팔룡이 차기 련주가 될 수도 있는 것이다.

'하지만 다행이군.'

심상천은 불안한 가운데서도 안도의 미소를 지었다.

조금 전 교욱과 진완이 툭탁대는 모습을 봤기 때문이다.

교욱의 성질상 아무리 백팔룡이라 할지라도 따뜻한 말 한마디 건네지 않았을 게 분명했다.

또 어느덧 한참 부모에게 반항할 나이가 된 백팔룡이 그런 교욱에 대해 좋은 감정이 있을 리 없었다.

이번 기회에 온화하고 좋은 모습을 보여 점수를 좀 따둬야겠다고 생각한 심상천이 부드러운 어조로 진완에게 물었다.

"그래, 소형제는 기련산맥에서 컸다지?"

심상천이 진완에게 질문을 꺼내는 순간, 심상천의 주위에 있던 세 명의 장한이 각기 나누어 주위를 하나하나 살피기 시작했다.

혹시나 다른 사람 모르게 전음을 날려 답변을 알려주는 일을 미리 경계하기 위한 행동이었다.

심상천이 말로는 그저 혹시 있을지도 모를 일이라고 했지만 가짜를 가려내는 일을 철저하게 준비해 둔 게 틀림없었다.

그렇게 미리 철저히 준비해 둔 사람이 하는 질문이 쉬울 리 없었다.

자연 짐짓 외면한 채 뒷짐을 지고 서 있는 교욱이나 엉거주춤 긴 팔을 내려뜨리고 있는 범소로서는 등에 식은땀이 날 지경이었다.

하지만 정작 진완은 태연한 태도로 대답했다.

대답은 짧고도 간결했다.

"그랬답디다."

심상천의 표정이 묘하게 변했다.

그리고 잘못 들은 게 아닌가 고개를 갸우뚱거리더니 혼잣말처럼 중얼거렸다.

"…답디다?"

하지만 이해 못할 일은 아니었다.

아니, 도리어 교욱처럼 오만한 사람이 예의범절에 대해 가르쳤을 리 없다 생각하는 게 도리에 맞았다.

'하지만 교욱이라면 몰라도 예모검 범소는 예의를 아는 사람인데……'

심상천이 의아하다는 표정으로 다시 부드럽게 물었다.

"그랬군. 내가 듣기로 기련산에선 유월에 노란 꽃이 핀다는데 혹시 소형제는 그 꽃의 이름이 뭔지 아는가?"

심상천의 질문에 범소의 심장이 빠르게 뛰었다.

세상 물정에 대한 질문이라면 몰라도 기련산에 대한 질문에 진완이 모른다고 대답할 수는 없었다.

짧은 순간 범소의 입술이 바짝 말라갈 때, 진완이 고개를 갸우뚱거리더니 대답했다.

"글쎄? 그거 먹을 수 있는 거유?"

"먹을 수 없는 꽃이라 들었다."

"그럼 관심없수."

“……!”

심상천의 표정이 다시 묘하게 변했다.

잠시 뭔가 생각하던 표정의 심상천이 혼잣말처럼 중얼거렸다.

“하긴, 꽃 이름 따윈 중요한 게 아니지. 무공 초식 이름이라면 모를까 그런 걸 알고 있을 만한 사람도 주위에 없었을 테고.”

심상천이 교욱과 범소를 바라보며 고개를 끄덕이고는 다시 물었다.

“그럼 다시 묻겠네. 기거하던 곳에서 얼마 떨어지지 않은 곳에 아홉 굽이 작은 강이 흐른다. 그곳 이름이 무엇인지는 모를 리 없겠지.”

“아항! 그거?”

진완은 당연히 알고 있다는 듯 고개까지 주억거리며 대답했다.

하지만 정작 진완의 태도에 범소와 교욱은 오금이 저릴 판이었다.

“옳지! 그 이름이 무엇이냐?”

“모르우.”

“모른다고?”

심상천의 얼굴에 의구심이 드리워졌다.

진완이 너무도 태연히 모른다고 말하는 순간 교욱과 범소의 얼굴이 시커멓게 타 들어갔다.

하지만 진완은 너무도 태연했다.

"그런 거 관심없수."

심상천의 눈매가 매섭게 변하는 듯싶더니 추궁하듯 물었다.

"결국 모른다는 말 아니냐?"

"모른다는 게 아니라 알 필요가 없었다는 거지!"

진완이 답답하다는 듯 소리를 빽 지르고는 곧 혼잣말처럼 중얼거렸다.

"늙은이가 말귀를 못 알아들어."

일이 이쯤 되자 냉정한 심상천마저도 눈가가 붉은빛으로 은은히 빛나기 시작했다.

세상에서 똑똑한 걸로 알아주던 자신이 졸지에 새파랗게 젊은 놈으로부터 '말귀도 못 알아 처먹는 치매 걸린 늙은이' 취급을 받고 있지 않은가.

더욱이 진완은 정신이 온전치 못한 늙은이에게 설명하듯 짜증 섞인 말투로 설명해 나가기 시작했다.

"이보쇼, 예를 들어 집 안에 우물 하나가 있다손 칩시다. 또 그 우물을 어느 말귀 못 알아듣는 늙은이가 '왈차왈차 우물' 이라고 이름 붙였다고 칩시다. 그렇게 우물물을 길어 먹으며 몇 대를 살아가고 나면, 그 집안에 어느 누가 '왈차왈차 우물' 을 기억하겠수. 그저 '에미야, 저 '우물' 에서 물 좀 길어와라 그러지, 에미야, 저 '왈차왈차 우물' 에서 물 좀 길어와라 그러겠냐구요. 내게 있어 그 강이 '왈차왈차 우물' 같은 거요. 형님이 '너 어디 있다 오는 거냐' 하고 물으면 '저 강' 에서 자맥

질하다가 왔수, 그렇게 대답하고. 그럼 형님이 '그 강'에서 헤
엄치지 말아라. 깊은 곳도 있더라, 이렇게 얘기하는 거지. 그
러니까 난 강 이름이 왈차왈차건 저차저차건 알 필요 따윈 없
었다는 거요."

'그런가?

이야기를 듣던 심상천의 고개가 갸우뚱 기울어졌다.

진완이 쐐기를 박듯 다시 입을 열었다.

"내 생각엔 내가 지극히 정상이라고 생각하우. 자기가 살고
있는 곳에서 한참이나 떨어진, 가본 적도 없는 작은 강 이름 따
위를 알고 있는 노인네가 이상한 노인네지."

심상천의 얼굴에서 짧은 순간 핏기가 사라졌다.

강호에서 '가장 견문이 넓은' 자신이 '말귀도 못 알아 처먹
는 노인네'가 되더니, '세상에서 모르는 게 없는 박학다식한'
자신이 순식간에 '별 쓸데없는 괴상한 이름 따위를 꿰차고 있
는 이상한 노인네'가 돼버린 것이다.

이런 일은 심상천이 삼기수사란 명호를 얻은 후 처음 있는
일이었다.

하지만 이런 말도 안 되는 일이 벌어졌고, 더더욱 복장 터지
는 일은 저 미련한 백팔룡의 말에 옆에 붙어 서 있던 도사 백팔
룡마저도 맞다는 듯 고개를 주억거리는 모습을 봤을 때였다.

쥐새끼를 닮은 도사 백팔룡은 새롭게 깨달았다는 듯 입까지
쩌억 벌린 채 중얼거렸다.

"도가도 비상도 명가명 비상명(道可道 非常道 名可名 非常名)

이라……. 도를 도라고 말하면 항상 그러한 도가 아니며, 이름을 이름 지으면 그것은 항상 그러한 이름이 아니다. 어허~ 그렇구나. 나 역시 돌이켜 보면 주위의 모든 것을 알 수 없으며, 그 이름 또한 알지 못하거늘… 쓸데없는 이름 따위가 무슨 소용이 있으랴. 그저 허(虛)하고 무(無)할 뿐인 것을……. 다 필요 없는 일이다. 다 쓸데없는 일이다.”

‘빌어먹을 자식!’

심상천은 쥐새끼를 닮은 도사 백팔룡을 보며 이를 으드득 갈았다.

지금은 위진천 련주를 닮은 백팔룡보다 저 쥐새끼를 닮은 도사 백팔룡이 더 미울 지경이었다.

도사가 ‘다 필요없는 일이다. 다 쓸데없는 일이다’ 라고 말하는 순간 왠지 자신을 가리켜 ‘다 필요없는 늙은이다. 다 쓸데없는 늙은이다’ 라고 욕하는 것만 같았다.

그러나 심상천은 빠르게 신색을 회복했다.

정말이지, 오랜만에 자신의 심기를 어지럽히는 놈이 나타났지만 자신의 명성에 걸맞게 다시 겉으로나마 온화한 미소를 지을 수가 있었다.

“그래, 소형제의 깊은 생각을 내 미처 몰랐구나. 하지만 이걸 어쩐다? 이런 식이라면 소형제가 백팔룡이란 걸 어찌 증명할지…….”

심상천의 말에 진완이 불쑥 말했다.

“용 문신이 있잖수! 멋들어진!”

진완은 말뿐만 아니라 지금이라도 옷을 벗어 보여줄 기세였
다.

"어허, 갓난아이 몸에 새겨 넣은 화문을 이십 년이 지난 지
금 그 누가 자세히 알아볼 수 있으랴. 물론 화문 역시 조사해
야 할 터이지만 소형제가 그렇게 아무 데도 관심없는 독특한
삶을 살아왔기에 확인해 볼 방법이 없는 것 같으니……."

누가 봐도 지금 심상천의 의도는 명백했다.

진완의 퉁명스런 대답을 트집 잡아 조사를 핑계로 골탕먹이
려는 게 틀림없었다.

오만한 교육이라면 하찮은 신분 확인 절차 때문에 질질 시
간을 끄는 걸 참지 못하고 폭발할 것이고, 그렇게 되면 무심련
이 심혈을 기울인 일을 방해하고 우습게 여겼다는 죄목을 붙
일 수도 있을 것이다.

하지만 심상천의 의도와는 달리 진완이 진짜 백팔룡임을 증
명할 수 있는 사람이 한 사람 있었다.

"쥐새끼마냥 서둘러 기련산을 내려가더니 제일 늦게 도착
했구나!"

팍팍한 음성이었다. 더구나 호흡 사이사이마다 갈고리가 달
려 있는 듯 사람의 기분까지 기분 나쁘게 긁어대는 묘한 목소
리였다.

사람들이 일제히 자신을 쳐다보자, 얼굴에 명백히 거들먹거
리는 기색을 떠올린 노인 하나가 천천히 이쪽으로 다가오고
있었다.

삼기수사 심상천이 반색을 하며 말했다.

"아! 정 형이었군!"

"심 형은 여기서 무슨 일인가?"

"마지막 백팔룡이 도착해서 신분을 확인하고 있다네."

심상천의 말에 노인이 너털웃음을 웃었다.

하지만 그 독특한 음색 때문에 까마귀가 짖는 듯 귓전을 요란하게 흔드는 기분 나쁜 웃음이었다.

더구나 안 그래도 검은 얼굴에 눈 밑은 더더욱 음침한 검은 빛까지 흘러 얼굴만 봐도 보는 사람 기분이 나빠지게 만드는 묘한 노인이었다.

"커커커, 심 형. 공연한 수고할 필요 없네. 저놈이 백팔룡이란 건 내가 보증하지. 기련산에서 몇 년에 한번씩 보아왔으니."

노인의 말에 심상천이 곤란하다는 듯 미간을 찌푸리다가 어쩔 수 없다는 듯 씁쓸하게 웃었다.

"다른 사람도 아닌 기련노마 정 형의 말이니 인정할 수밖에……."

그제야 진완은 알 수 있었다.

까마귀를 닮아 얼굴이 시꺼먼 노인, 목소리는 까마귀를 더 닮은 노인이 바로 교육과 기련산에서 티격태격했다는 기련노마 정맹획이 분명했다.

그래도 멋모르고 실수하는 것보다는 단단히 확인해 두는 게 좋을 것 같아 진완이 고개를 돌려 범소의 귀에 대고 조그맣게 물었다.

“저 자식이 그 자식이우?”

자기 딴에는 소리를 잔뜩 죽여 물어봤지만 지금 이 자리에 고수 아닌 사람이 없었다.

개미 기어가는 소리도 들을 정도의 실력자들이 진완의 목소리를 못 들을 리 없었다.

범소가 깜짝 놀라 소리 죽여 대답했다.

“너 또한 삼 년 전에 뵀질 않았느냐. 비록 먼발치이긴 했지만.”

큰일이었다.

기련산에서 자란 걸로 되어 있는 진완이 기련노마 정맹획을 몰라본다면 말도 되지 않았다.

범소는 잔뜩 소리 죽인 대답을 하면서도 ‘삼 년’과 ‘먼발치’를 의도적으로 특히 강조했다.

진완이 표정이 바뀌어 있는 심상천과 정맹획을 재미있다는 듯 쳐다보다 다시 조그맣게 범소의 귓전에 대고 중얼거렸다.

“아! 그때 그거? 어떻게 된 게 삼 년 전보다 더 시커멓게 변해서 못 알아봤수다. 에휴, 애가 완전 맛이 갔네.”

기련노마 정맹획은 고수였다.

강호에 소문난 실력자인 무외자 교욱과 비견될 만한 고수 중의 고수였다.

당연히 상대가 입술만 살짝 달싹여도 무슨 소리를 하는지 알 수 있었다.

진완이 아무리 작은 목소리로 혼잣말을 중얼거렸다 해도 당연히 또박또박 선명하게 들을 수 있었다.

안 그래도 검은 정맹획의 얼굴이 더욱더 시커멓게 변했다.

정맹획은 어려서부터 자신의 까마귀를 닮은 얼룩덜룩한 시커먼 피부에 열등감이 있었다.

어쩌면 백발에 하얀 피부를 가진 교욱을 그래서 더 싫어했는지도 몰랐다.

그런데 새파랗게 젊은 놈이 시커멓다는 둥, 애가 맛이 갔다는 둥, 상상도 못할 망발을 하자 머리 위에 뜨거운 김이 솟아오를 지경이었다.

"네 이놈! 네놈 따위가 백팔룡이라니! 어림도 없다! 썩 꺼지거라!"

정맹획이 시커멓게 변한 볼살을 부르르 떨며 고함을 질렀다.

하지만 진완은 처음 들었다는 듯 눈을 동그랗게 뜰 뿐이었다.

"어라? 그런 거우?"

진완은 처음 알았다는 듯 머리를 몇 차례 벅벅 긁고는 자못 미안하다는 얼굴과 함께 말했다.

"아이구, 좀 더 있고 싶었는데……. 그럼 난 갑니다아~!"

속 시원하단 표정과 함께 손을 몇 번 흔들어 인사를 건넨 후, 미련없이 몸을 돌려 사라지는 진완의 등을 모든 사람들이 멍하니 바라보았다.

분을 참지 못하던 정맹획마저 멍한 표정으로 진완의 뒷모습을 쳐다보며 생각했다.

'어라? 진짜 가는 건가? 장난이 아닌 것 같은데?'

지금 이 일이 장난이 아니란 걸 뒤늦게 깨달을 수 있었던 것은 지저분한 도사의 탄성 때문이었다.

"아아, 세속의 모든 것에 초연한 저 모습. 떠나는 자의 뒷모습은 그 얼마나 아름다운가! 정녕 도를 깨달은 자만이 보일 수 있는 깨끗한 모습이로다!"

제일 다급해진 것은 심상천이었다.

백팔룡을 가려서 통과시키는 임무가 바로 심상천이 해야 할 일이었다.

이대로 진완이 떠난다면 제일 먼저 곤란해지는 게 바로 심상천 본인이었다.

그는 다급히 발을 놀려 진완의 앞을 가로막고 서서 이해 못하겠다는 듯한 표정으로 진완을 쳐다보며 물었다.

"소형제, 어디 가는가?"

진완이 뭘 그런 걸 다 묻느냐는 듯 쳐다보며 대답했다.

"보면 모르슈? 꺼지는 중이우."

"꺼져?"

"아참, 여기 노인네들은 왜들 다 이 모양인지……. 방금 들었잖수. 기련노마 노선배가 나보고 꺼지라고 말씀하신 걸. 아참, 이 양반, 말귀를 못 알아듣는 양반이었지?"

순간 심상천의 콧구멍이 벌렁거렸다.

하지만 진완의 심드렁한 말에 진정 다급해진 사람은 바로 기련노마 정맹획이었다.

자신이 백팔룡 중 한 사람에게 화가 나 꺼지라고 말했다.

그러자 그놈이 진짜 꺼지고 있다.

그런데 털레털레 길을 떠나고 있는 백팔룡이 사실은 위진천 련주를 제일 닮은 놈이란 게 문제였다.

누가 봐도 명백했다.

자신이 키운 백팔룡을 무심련의 주인 자리에 앉히기 위해 련주와 제일 닮은 백팔룡을 핍박하여 쫓아냈다더라!

안 봐도 다른 사람들이 무어라 수군거릴지 분명했다.

그렇게 된다면 원로원이 가만있질 않을 것이다.

진상 조사를 핑계 삼아 들들 볶아댈 것이다.

아니, 그 이전에 어린 백팔룡을 쫓아낼 정도로 명리에 눈이 어두운 강호 원로가 되어버리는 것이다.

정맹획이 몸을 날려 심상천의 옆에 나란히 서서 진완을 노려보았다.

하지만 정작 진완은 왜 갈 길 바쁜 사람 앞길을 가로막느냐는 듯 불만에 찬 표정을 지을 뿐이었다.

성질 같아선 늘씬 패주고 싶었다.

패줄 이유는 넘칠 정도로 많았다.

강호에서 위아래를 못 알아보고 날뛰는 종자는 선배 된 자로서 훈계를 내려야만 했다.

막돼먹은 말투로 아무렇게나 퉁명스레 대답하는 후배는 선

배한테 얻어터져도 할 말이 없었다.

하지만 그렇게 된다면?

강력한 련주 후보를 쫓아내려는 걸로도 모자라 반쯤 패 죽여 버렸다 하더라고 강호 호사가들이 수군덕댈 게 분명했다.

패줄 수도 없고 쫓아낼 수도 없다.

정맹획은 갑자기 머리가 욱신거리고 장이 배배 꼬이는 고통을 느꼈다.

심상천이 얼굴을 굳히고는 말했다.

"소형제, 이대로 갈 수는 없네. 지금 백팔룡의 회합 기념 연회가 열리고 있네. 모두 자네가 도착하기만을 기다리고 있어. 꼭 참석해야만 하는 자릴세."

"꼭?"

"그래. 꼬옥."

"에이, 일 한번 더럽게 안 풀리네."

진완이 아쉽다는 듯 투덜대다가 곧 몸을 돌려 걸으며 말했다.

"뭐 하슈? 앞장서슈."

"앞장서라고? 나 삼기수사 심상천이 조그마한 아이 길 안내를 위해서?"

"당연하잖수! 난 길을 모르니까!"

"그야 그렇지……."

심상천은 무심코 고개를 끄덕이고는 앞장서 걸어가며 골똘히 생각에 잠겼다.

체면이 깎였다. 자신의 제자들 앞에서 변변한 말대답도 하질 못하는 추한 꼴을 보였다.

토라져 떠나려는 사람 앞을 가로막았다. 게다가 이젠 앞장서서 길 안내까지 하고 있다.

천하의 삼기수사 심상천이!

약간 억울하고 뭔가 이건 아니다 싶긴 했지만 심상천은 곧 생각을 고쳐먹었다.

'그래, 데려다 주는 거야!'

막돼먹은 후배 교육을 위해서 자신이 손수 못난 꼴을 보이며 나설 필요는 없었다.

자신의 책임은 진짜 백팔룡인지 아닌지를 가려내고 원로원에 데려다 주는 것뿐이었다.

심기가 깊기로 유명한 자신마저 울렁증에 걸리게 만드는 놈이라면, 원로원의 괴물들 속은 얼마나 휘저어놓을지 안 봐도 뻔했다.

'그래, 나만 손해 본 게 아니야. 이 정도 수모는 원로원의 늙은 괴물들이 미쳐 날뛰는 꼴을 구경하는 것으로 값을 치른다 생각하고⋯⋯.'

심상천의 얼굴에 다시 미소가 번지기 시작했다.

3

진환은 솔직히 정신이 없었다.

시선이 닿는 곳마다 규모부터가 달랐다.

웬만한 전각 지붕은 어릴 때 한참 뛰어놀던 뒷동산보다 더 클 것 같았고, 지붕을 떠받치고 있는 기둥 하나를 자른다면 그 위에 진환이 살아왔던 집 한 채가 너끈히 올라갈 것만 같았다.

사람들의 모습 또한 익숙하지 않았다.

진환이 살던 마을에선 지금 이맘때부터 술에 취한 아저씨들의 고함 소리가 시작돼야 마땅했다.

그러면 곧 온 동네 개새끼들이 따라 왈왈 짖어대고, 늦은 저녁 준비를 마친 동네 아낙들의 자신의 아이를 부르는 소리까지 합쳐 떠들썩했다.

하지만 여긴 절간이나 도관처럼 쥐 죽은 듯 조용하기 그지없었다.

사람들이 없는 것은 아니었다.

하지만 각각 복색을 갖춰 입은 무인들은 절도있는 태도로 바람처럼 스쳐 지나갈 뿐이었다.

때때로 기련노마 정맹획이나 삼기수사 심상천 등등을 알아본 무인들이 포권을 취하며 맵시있게 인사를 올릴 때마저 절도있는 동작이었다.

기상이 엄정하고 기강이 바로 선 모습이었지만 보는 진환으로서는 도저히 적응이 되질 않았다.

하지만 정작 적응이 안 되기로는 무심련의 무인들 쪽이었다.

건들건들, 유유자적 걷다가 몇 걸음 떼지 않아 눈알 부라리며 굵은 가래침 몇 덩어리 찍찍 갈겨놓는 진완을 하늘에서 뚝 떨어진 괴물 보듯 바라보고 있었다.

어쩌면 당연한 일이었다.

진완은 지금 시빗거리를 만들고 싶어 안달이 난 상태였기 때문이다.

어떻게든 만만한 놈 하나를 잡아 찝쩍거려야 했다.

그래서 상대의 약을 바짝 올려 길길이 날뛰도록 해야 했다.

말이 변해 욕이 되고, 그러다 보면 언젠가 주먹질도 오가게 될 것이다.

그게 진완이 원하는 일이었다.

될 수 있으면 높은 직위의 상대를 원했다.

그렇게 된다면 쫓겨나는 일이 좀 더 빨라질 수 있을 것이므로.

하지만 그런 의도를 너무도 잘 알고 있는 사람이 있었다.

"쫏쫏쫏……."

"……!"

진완의 눈이 커졌다.

누군가 분명 자신의 귀에 대고 말을 했는데 그 목소리가 이상했다.

마치 자맥질할 때 물속 깊이 머리를 디밀면 귓전에 뚜둥 하고 울리는 소리와 비슷하게 들렸다.

“전음이라는 거다. 너만 들을 수 있고 다른 사람은 못 듣지.”

목소리가 비슷하다 느껴져 혹시나 뒤를 돌아보자 범소가 비웃듯 쳐다보고 있었다.

“용쓴다. 하지만 그러다 죽는 수가 있다.”

“진짜 형님이우?”

소곤소곤 가까이 가서 조심스럽게 묻자 범소가 오른 눈을 살짝 찌푸렸다.

“눈치없는 놈. 너만 들을 수 있다니까. 그냥 태연히 가던 길이나 계속 가는 척하거라. 대답할 필요도 없고.”

요상하고 괴상망측한 귀신 재주가 분명했다.

하지만 생각해 보니 손도 안 대고 허공중의 돌멩이를 박살내는 무림인이 뭔 짓인들 못할까 싶어 얼른 고개를 돌렸다.

“멍청아, 내가 요령껏 하라고 했잖느냐. 니가 볼 때 이 정도 규모의 단체가 잘 굴러가려면 뭐가 필요할 거라고 생각하느냐?”

그 정도는 알 수 있었다.

진완은 짐짓 표시 안 나게 손을 뒤로 돌려 범소만 볼 수 있게 엄지와 검지를 동그랗게 말았다.

“돈? 미련한 놈. 사람은 돈으로 부리는 게 아니라 마음으로 부리는 것이다. 호의를 가진 자에겐 정성으로, 악의를 가진 자에겐 힘으로. 그래야 좋은 마음을 가진 사람은 더 힘을 내게 되고 나쁜 마음을 먹은 자는 감히 마음속 뜻을 실천에 못 옮기게 되지. 보통 사람들에겐 규율과 질서로 다른 마음 못 품게 만드는 것이다. 네놈은 그중 맨 마지막 규율과 질서를 어그러뜨리고 있어. 위아래 못 가리고 설쳐 대는 놈은 어떻게 되는지 아느냐?"

진완은 손을 등 뒤로 돌린 채 펴 든 검지와 중지 두 개로 걸어가는 모양새를 취했다.

"쫓겨나? 그렇겠지. 죽어서 관에 파묻힌 채."

'죽어?'

진완은 눈을 동그랗게 떴다.

하긴 산에서도 일은 못하면서 술만 진탕 마시고 판을 깨는 사람에게 농담 삼아 '아무도 모르게 산에 파묻어 버린다' 라고 으르렁대곤 했다.

물론 반은 협박이고 반은 농담이었지만, 이 정도 규모의 일을 벌이는 사람들이라면 태연히 농담을 진담으로 만들 수도 있을 것이다.

더구나 비밀 하나를 위해 교욱이 범소를 직접 죽이려는 것도 보지 않았는가!

가슴 한구석이 싸해지는데, 범소가 한마디를 더 꺼내놓았다.

"물론 넌 백팔룡이니까 죽이진 않겠지. 하지만 집법원에서 징계를 내릴지도 몰라. 가벼우면 면벽 이 년쯤? 면벽이 뭔지는 알지? 그냥 퍼질러 앉아 벽만 뚫어져라 쳐다보는 것 말이다."

"……!"

"그러니까 요령껏 하란 말이다. 나중에 백팔룡끼리 모이고 나면 내가 네 뒤를 돌봐줄 수도 없으니까."

'제길, 수틀리면 도망가면 되지!'

잠시 고민하던 진완은 그냥 되는대로 행동하기로 결심했다.

실제 도망도 가보았고, 범소에게 잡혀 용 문신까지 새겨진 것은 까맣게 잊은 것처럼.

어쩌면 복잡한 것 없이 자유롭게 산에서 생활하던 진완으로서는 지금의 상황에 짜증이 난 것일지도 몰랐다.

복잡하고 채에 거른 것처럼 딱딱 맞물려 돌아가는 무심련은 아무리 봐도 체질적으로 맞지 않았다.

진완이 뒤를 바라보았다.

범소가 한쪽 눈썹을 치켜뜬 채 쏘아보는 진완을 보고는 피식 웃었다.

"이놈아, 내가 네 뒤를 봐줄 수 없다는 말 때문에 그러는가 본데, 널 여기에 내팽개치고 도망가겠다는 말이 아니다. 우리야 백팔룡을 무사히 키워줬다고 술 몇 잔 대접받으면 끝이다. 또 너만의 그녀를 구하러 가야 하기도 하고."

그녀라는 말이 나오자 진완의 표정이 오뉴월 햇살에 얼음 녹듯 사르르 풀렸다.

"그러니까 넌 요령껏 굴다 나오란 말이다. 큰 사고 치지 말고."

어투는 퉁명스러웠지만 걱정과 염려 때문에 한 말이란 것쯤 은 알 수 있었다.

그래서 진완은 기쁜 마음에 큼지막한 주먹을 흔들어 보이며 크게 외쳤다.

"형님! 내가 형님 좋아하는 거 잊지 마슈!"

진완의 목소리는 컸다. 깊은 산 숲 속에서 의사를 전달하려면 목소리가 커야만 했기 때문이다.

하지만 조용한 무심련인지라 천둥소리처럼 크게 들렸을 게 뻔했다.

아나나 다를까, 왠지 분위기가 썰렁해졌다고 느낀 진완이 천천히 고개를 돌렸을 때, 한 무리의 사람이 일제히 자신을 쳐다보고 있는 게 보였다.

얼핏 봐도 얼추 백여 명 정도 되는 진완 또래의 청년들이 한가운데 나란히 정렬해 서 있고, 그 주위를 대략 사 장여 거리를 두고 나이 든 사람들이 에워싸고 있는 걸 보아하니 백팔룡과 그들을 키워온 사람들이 분명했다.

수백 개가 넘는 눈동자가 일제히 자신을 쳐다보자 범소는 붉어진 얼굴을 획 돌리고는 천천히 한쪽 구석으로 걸어갔다.

흡사 '난 저런 망나니 종자는 모르는 사람이에요' 라는 표정이었다.

진완이 그런 범소를 향해 '형님, 있다가 봅시다!' 라고 또 한 번 고함을 질렀지만 범소는 대답 대신 발을 재촉해 얼른 사람들 사이로 사라지기에 바빴다.

삼기수사 심상천이 곧 사람들을 향해 외쳤다.

"광풍쾌도(狂風快刀) 심진격(沈眞格)의 백팔룡, 무외자 교욱의 백팔룡, 또한 기련노마 정맹획의 백팔룡까지 모두 모였습니다!"

심상천의 광풍쾌도 심진격의 백팔룡이란 말에 쥐새끼를 닮은 도사가 진완을 툭 치고는 손가락으로 자신을 가리키며 빙긋 웃었다.

또 기련노마 정맹획의 백팔룡이란 말에는 손가락으로 한쪽 구석을 가리키는데, 거기에는 진완 또래의 한 사내가 정맹획을 향해 공손히 고개 숙여 인사를 올리고 있었다.

계집애처럼 하얀 피부, 곱상한 눈썹, 부드러운 입매, 하얀 목덜미.

보지 않아도 알 수 있었다.

자신의 검은 피부로 열등감이 있는 정맹획이 냉큼 고른 백팔룡은 하얗고 뽀얀 살결을 지닌 갓난아이였을 것이다.

정작 키운 사람은 까마귀처럼 검은 피부인데, 그 아래에서 자란 백팔룡은 하얀 피부에 계집애처럼 곱상한 얼굴이라니…….

진완은 어이없다는 듯 웃다가 곧 한숨을 내쉬었다.

어찌 됐든 자신도 교욱이란 괴상한 노인네가 기른 백팔룡이라고 사람들이 생각하지 않겠는가.

호리호리한 교욱과 대나무처럼 삐쩍 마른 범소가 기른 곰 같은 백팔룡. 자신이 생각해도 적응이 안 되는 한 쌍임이 분명했다.

교욱이 천천히 다가와 진완에게 말했다.

"다른 말은 않겠다. 성심(誠心)이란 두 글자는 잘 알고 있으리라 믿는다."

진완이 어이없다는 듯 교욱을 바라보았다.

"성심이란 이름이 첫사랑이었수? 입만 열면 성심, 성심……."

교욱의 눈꼬리가 파르르 떨렸다.

한동안 진완을 노려보던 교욱이 천천히 범소 옆으로 걸어가 나란히 섰다.

기련노마는 조금 전 자신이 당한 일도 잊고, 그것참 샘통이란 표정과 함께 교욱이 서 있는 반대편으로 향했다.

"무량수불. 친구, 우리도 가서 서자고."

쥐를 닮은 도사가 진완의 소매를 끌었다.

진완 또래의 백팔룡들의 시선이 일제히 진완을 향했다.

경쟁자를 노려보듯 이글거리는 시선도 있었고 호기심이 가득 담긴 눈빛도 있었다.

하지만 정작 진완은 멀뚱멀뚱 아무런 고민 없는 얼굴로 백팔룡이 모여 있는 맨 끝에 걸어가 서고는, 당당히 두 팔을 위로 뻗어 늘어지게 하품을 한 후 입맛을 쩝쩝 다실 뿐이었다.

第五章

득익관

"노부는 원익완(元益完)이라 하오."

짧고 굵게 말을 시작한 원익완은 형형한 눈빛으로 단하를 내려다보았다.

그러자 뿌듯함이 가슴을 꽉 채웠다.

눈앞엔 자신들이 뿌린 씨앗이 당당히 용이 되어 이 자리에 돌아와 있었다.

이제 창공을 날아오를 날개를 달기 위해서, 무심련을 떠받치기 위하여 십구 년의 세월을 기다리다 이 자리에 와 있는 것이다.

또한 그 옆에는 자신들이 키운 용이 날개를 다는 모습을 보기 위해 모인, 백팔룡을 힘들게 조련한 실력자들이 뿌듯한 시선으로 단상 위의 자신을 쳐다보고 있었다.

갸륵한 일이다. 고마운 일이다. 원익완은 정녕 그렇게 생각했다.

위진천 련주가 무심련에 없는 동안에도 무심련이 흔들리지 않고 굳건할 수 있었던 것은 자신과 같은 원로원 사람들과 그 밑의 사람들이 모두 똘똘 뭉쳤기 때문이다.

십구 년 후 돌아올 것이다.

떠날 때는 갓난아이였지만 되돌아올 때는 용이 되어 있을 것이라 믿었다.

그리고 드디어 돌아왔다.

이제 이들을 맞아 일 년의 조련을 거쳐 진짜 날개 달린 용으로 만들어줄 것이다.

입에 여의주까지 물려줄 것이다.

무림은 이들의 세상이 될 것.

"어이~"

원익완의 들뜬 감상을 굵고 짧은 목소리 하나가 깨뜨렸다.

"……?"

들뜬 가슴을 진정시키고 다시 멋진 말을 이어가려 했던 원익완이 고개를 숙이자 저 뒤편에서 큼지막한 손바닥이 보였다.

그리고 손바닥 아래에선 젊을 때의 위진천을 꼭 빼닮은 낯짝이 보였다.

그 낯짝이 입을 열었다.

"밥은 언제 먹수?"

“낸중에.”

“어디서?”

“영빈관에서.”

“돈은?”

“공짜지.”

끄덕끄덕.

위진천을 닮은 낯짝이 마음에 든다는 듯 고개를 끄덕이는 모습을 보고서야 원익완은 퍼뜩 정신이 들었다.

이게 무슨 짓인가.

백팔룡의 신성한 귀환을 축하하기 위한 성스러운 자리에서 객잔에서나 오갈 법한 대화라니!

오늘 요리는 신선한가? 아이고, 말도 마십쇼. 저 뒤 주방에서 생선이 눈을 감았다 떴다 하고 있습니다요. 그래? 그럼 한 마리 잡아주게. 아이고, 예. 한 냥 닷 푼 되겠습니다요.

객잔에서 오가는 이런 식의 대화와 다를 것이 없었다.

더구나 그 대화 중에 점소이가 할 법한 대사를 무심련의 원로인 자신이 떠듬떠듬 중얼거리다니…….

한동안 멍해져서 눈만 끔뻑이던 원익완의 머리가 점차 뜨거워지기 시작했다.

‘고얀 놈!’

아무리 봐도 젊은 놈이다.

게다가 서 있는 자리로 보아 백팔룡 중 한 명이 틀림없었다.

그놈이 옆에 서 있는 쥐를 닮은 젊은 도사의 어깨를 툭 치며 말했다.

"공짜래. 맘에 드는데?"

그 말을 들은 도사의 얼굴이 얼어붙었다.

도사는 연신 원익완의 눈치를 살피며 억울하다는 듯 볼멘소리를 내뱉었다.

"내, 내가 언제 돈 내고 먹는다고 했더냐! 또 내, 내가 언제 배고프다고 했더냐! 왜 나, 나한테 그 말을……."

"얘가 왜 이리 흥분을 할까?"

진완은 이해하지 못하겠다는 듯 젊은 도사를 흘겨보고는 고개를 돌려 심드렁하게 원익완을 쳐다보았다.

원익완은 그 뻔뻔한 표정을 보며 진정으로 '그냥 뛰어내려가 한 방에 패 죽여 버릴까?'란 고민을 거듭해야 했다.

하지만 자신은 원로원의 사람, 상대는 자신들이 만든 새파랗게 젊은 놈이었다.

더욱이 숨어 살다 지금 막 도착했으니 자신을 알아볼 수도 없을 것이다.

또 처음 단상에 올라 한 말 역시 '원익완'이라고 이름만 달랑 소개했으니 자신의 신분을 몰랐다 해도 탓할 수는 없었다.

'가만, 저놈이 오만하고 건방진 교욱이 키웠다던 그놈이 맞지?

들은 것 같았다. 위진천 련주를 꼭 빼닮은 백팔룡이 있다는 말을.

원익완이 교욱을 노려보았다.

오만한 건 알고 있었다. 또한 원로원에 좋지 않은 감정을 지닌 것도 알고 있었다.

'돼지우리에 처넣고 키우겠다!'

백팔룡을 데려갈 때 했던 말은 화가 났기 때문일 거라 생각했거늘 그렇다고 애를 이 지경으로 키워놓았다니…….

원익완이 매섭게 흘겨봤지만 교욱은 냉랭한 표정으로 담담히 마주 볼 뿐이었다.

'좋아. 기억해 두겠어!'

원익완이 치를 떨며 교욱을 바라볼 때 진완이 배를 큼지막한 손으로 쓰다듬으면서 소리쳤다.

"밥은 아직 멀었수?"

원익완이 고개를 홱 돌려 진완의 얼굴을 쳐다보며 대답했다.

"내 이야기가 끝난 후에!"

"그럼 빨리 말하든가."

진완이 턱 끝을 들고 심드렁한 표정으로 대답했다.

원익완이 간신히 부들부들 떨리는 볼살을 진정시키고는 다시 입을 열었다.

"에, 그래설라므네……."

할 이야기는 무진장 많았다.

준비해 둔 말도 엄청나게 많았다.

어떻게 해야 이 감격스런 순간에 어울리는 열정적인 사자후를 터뜨릴 수 있을까 고민도 많이 했고, 열심히 다듬었다.

하지만 머리 속이 하얗게 비어버린 지금 달랑 한마디만 남길 수 있었다.

"에… 그러니까… 축하하는 바이다."

원익완은 백팔룡을 쭉 돌아보고는 신경질난다는 듯 마지막 말을 내뱉었다.

"끝!"

몸을 돌려 주재자 의자로 돌아가는 원익완은 뒤도 돌아보지 않았다.

갑자기 뒤에서 두툼한 박수 소리가 터져 나왔다.

아마도 두껍고 커다란 손으로 치는 박수 소리라 두툼하게 들렸는지도 몰랐다.

돌아보지 않아도 알 수 있었다.

예상외로 밥을 빨리 먹게 된 마지막 백팔룡이 저렇게 홀로 신나서 박수를 치고 있을 게 분명했다.

원익완이 물러난 단상에 또 다른 사내가 올랐다.

이번에 나타난 사람은 진완도 아는 사람이었다.

자신의 진위를 가리려 했던 삼기수사 심상천이었다.

맵시있게 섭선을 하늘거리며 우아한 모습으로 단상에 오른 심상천은 먼저 포권을 취해 보였다.

"대략 저를 모르시는 분은 없으리라 생각합니다. 이번에 바쁜 일이 생겨 자리를 비우신 총관을 대신해 못난 이 몸이 일을 주재하게 되었습니다. 혹시 모자란 부분이 있더라도 많은 양해 바랍니다."

원래부터 명예와 권력에 욕심이 많은 자라 그런지 스스로 못났다고 말을 하면서도 높은 자리에 올라 사람들을 내려다보고 있는 지금의 상황을 꽤나 즐기고 있다는 걸 한눈에 알 수 있었다.

"총관을 대신해 나선 제가 긴말 늘어놓을 필요는 없겠지요? 그럼 곧바로 본론부터 이야기하겠습니다."

심상천은 마치 사병을 사열하는 장군이라도 된 것처럼 백팔룡을 쭉 훑어보고는 만족스런 미소와 함께 입을 열었다.

"일단 백팔룡은 모두 교육을 받게 됩니다. 그 누가 되었든 출신 고하를 가리지 않고 뛰어난 자질을 인정받은 백팔룡은 곧 차기 련주로 임명될 것입니다."

일순간 고요한 적막이 흘렀다.

무심련의 주인.

이미 강호에 신화가 되어버린 위진천의 뒤를 이어 또 다른 전설을 만들어갈 자.

바로 그 사람이 눈앞에 서 있는 백팔룡 중에서 나오는 것이다.

백팔룡 스스로는 물론 그 백팔룡을 맡아 기른 사람들까지 긴장으로 굵은 침을 꿀꺽 삼켰다.

심상천이 그런 분위기를 즐기려는 듯 잠시 여유를 둔 후 다시 말했다.

"각 교육 과정은 이렇습니다. 어린 용이 날개를 얻다, 득익관(得翼關). 날개를 얻은 용이 날아오르다, 등운관(登雲關). 용이 드디어 여의주를 얻다, 취주관(取珠關). 용이 세상을 떨쳐 울리다, 진천관(振天關). 이렇게 모두 네 단계입니다. 각 단계마다 심사를 거쳐 다음 단계로 넘어가게 됩니다. 득익관에선 기초 자질을, 등운관에선 련주의 무공을 익히기 전 기초 무공을, 취주관에선 드디어 련주의 개정대법과 함께 무공을 배우고, 그 뒤 마지막 진천관은… 아직 비밀입니다.”

충격이었다. 사람들은 충격으로 숨소리조차 내지 못했다.

애당초 백팔룡의 수호자들이 백팔룡을 맡아 기른다고 했을 때, 원로원에서 뚜렷하게 무엇을 가르치라고 요구한 바는 없었다.

심지어 무공마저도 익힐 필요가 없다고 했다.

위진천 련주의 개정대법(開頂大法).

보통 사람도 한순간에 최고수로 만든다는 신비의 무공이었다.

만년산삼이나 만년화리를 복용하는 것 이상의 내공 증진과 수십 년을 고련해야 익힐 수 있는 무공을 단 한순간에 익힌다는 신비의 무공.

듣기로는 위진천 련주 역시 뒤늦은 나이에 무공에 입문하고도 천하제일고수가 될 수 있었던 것 역시 저 개정대법 때문이라 들었다.

그리고 그 무상신공인 개정대법이 백팔룡에게 전해지려 하고 있다.

솔직히 차기 련주 한 사람에게나 전해지리라 믿었던 개정대법을 아낌없이 두 관문을 지난 모든 백팔룡에게 베풀어진다는 뜻은 결코 가볍지가 않았다.

모든 백팔룡을 진실로 차기 련주가 될 수 있는 자격이 있다고 보고 있는 것이며, 설령 마지막 관문에 들지 못해 차기 련주가 되지 못한 백팔룡 역시 천하무적의 무공을 지니게 되는 것이다.

원로원과 련주는 결코 허언을 하지 않았다.

아낌없이 모든 것을 내어준 것이다.

그 결과로 무심련은 몇 배로 강해질 터이다.

일 년 후에, 련주의 개정대법을 거치고 나온 백여덟의 초절정무인들을 가지게 될 것이므로.

심상천은 이런 반응을 이미 알고 있었다는 듯 미소를 지었다.

"이제 여러분의 백팔룡, 아니, 이제 우리 모두의 백팔룡, 그리고 무심련의 기둥이 될 백팔룡은 제일 첫 번째 관문, 즉 득익관에 들게 됩니다. 여러분의 손에서 건네받아 날개를 달아줄 교두님들을 소개해 드리겠습니다."

2

심상천이 뒤로 물러난 자리에 한 사내가 쿵쾅거리는 커다란 발소리와 함께 등장했다.

일단 겉모습부터 강렬한 인상을 주는 사내였다.

키는 덩치로 꿀려본 적 없는 진완보다 머리통 하나는 더 큰 것 같았다.

소만 한 큰 덩치에 얼굴은 밤송이 같은 굵은 수염이 뺨까지 덮여 있어 겉모습만으로도 사람 주눅 들게 만드는 사내였다.

사내는 덩치에 어울리는 큰 목소리로 외쳤다.

"안녕하십니까? 저는 탁탑천왕(托塔天王) 호광(胡鑛)이라 합니다! 그냥 철탁탑(鐵托塔)이라 불러주시면 고맙겠습니다! 먼저 여러 백팔룡과 그들의 보호자가 되어주셨던 모든 선배님들께 감사의 인사를 먼저 올립니다!"

말로는 감사의 말이라고 했지만 하나도 안 반갑다는 듯 커다란 눈알을 뒤룩뒤룩 굴리며 마치 수틀리면 한 대 패주겠다는 듯한 표정으로 사람들을 쳐다보고 있었다.

이 정도 큰 목소리를 설마 못 들은 사람은 없겠지 하는 표정으로 주위를 둘러본 호광이 다시 크게 외쳤다.

"저는 사람은 자고로 싸가지가 있어야 한다고 생각합니다!"

호광은 거기까지 말하고는 다시 주위를 둘러보았다.

큰 눈알을 두리번거리는 모습이 싹수없는 놈 하나만 걸려라 하고 칼을 가는 것처럼 보일 정도였다.

호광이 다시 입을 열었다.

"요즘 세상이 팍팍하다 보니 싸가지없는 놈들이 간혹 눈에 띕니다! 괜찮습니다! 사람 만들면 됩니다! 저 호광을 만난 이상 아무리 개잡종이라도 싸가지 팍팍 생깁니다! 안 생기면 패서라도 생기게 만듭니다! 아무리 패도 안 생기면 죽어라 팹니다!

그러다 몇 죽인 적도 있습니다! 괜찮습니다! 싸가지없는 놈은 죽어야 합니다!"

호광은 커다란 주먹으로 가슴을 쾅쾅 내려쳤다.

"나 호광이 그렇게 합니다! 호광이 그렇게 만듭니다! 나 호광이 제일교두(第一敎頭)를 맡은 이상 싸가지 꽉꽉 생깁니다! 걱정 마십시오! 꼭 생깁니다! 나 호광이 그렇게 할 겁니다! 감사합니다!"

마치 열변을 토하듯 커다란 주먹을 허공에 휘휘 휘저으며 크게 외치고는 단상을 내려갔다.

참으로 짧고 굵으며, 강렬한 인상을 가져다주는 연설이었다.

하지만 호광의 뒤를 이어 단상에 오른 사람은 더 짧았다.

마치 얇은 이불로 온몸을 감은 듯, 머리부터 덮어쓴, 품이 넓은 검은 장포 사이로 보이는 것은 깡마른 광대뼈에 얇은 새빨간 입술뿐이었다.

마치 검디검은 먹구름이 단상 위에 내려앉아 잔인하게 웃고 있는 것만 같았다.

온 전신엔 가까이 다가가기만 해도 살을 베일 듯 날카로운 살기가 넘쳐흐르는 사내가 얇은 입술을 열었다.

"제이교두(第二敎頭) 민청(閔靑)."

속삭이듯 작은 목소리였다.

마치 숨결처럼 입술 사이에서 흘러나왔지만 주위의 공기를 싸늘하게 얼려 버릴 정도로 냉기가 돌았다.

이상한 일이었다. 숨결처럼 작은 목소리였지만 모인 사람

중 못 들은 사람이 없었다.

마치 귀로 듣는 목소리가 아닌, 영혼이 먼저 반응하는 그런 목소리였다.

민청이라 이름만 소개한 사내가 마치 얼음 위를 미끄러지듯 스르르 물러날 때 주위에 모여 있던 사람들 중 한 사내가 나와 큰 목소리로 항의했다.

"무심련은 무슨 생각을 하는 것인가?!"

심상천은 뜻밖의 일에도 웃으며 친절하게 응대했다.

"산서의 나 형이었군. 그래, 무슨 일로……."

목소리를 드높이며 나섰던 사내는 곧 주위 사람들을 향해 포권을 취하며 말했다.

"나는 산서의 나모라 하는 사람이오! 이 중엔 내가 쌍창 두 개로 얻은 조그마한 이름을 아는 사람도 있을 거라 생각하오. 나 역시 무심련을 위해 백팔룡을 맡아 길렀소! 내 입으로 말하기엔 부끄럽지만 정성을 다했다고 자부하는 바이오! 하지만 무심련이 이렇게 무정하게 백팔룡을 대할 줄 알았다면 백팔룡을 맡는 일 따위는 없었을 것이오!"

"무엇이 나 형을 화나게 했는지 모르겠구려."

하지만 심상천은 이해가 안 간다는 듯 섭선을 하늘하늘 부치며 되물었다.

나씨 성의 사내가 더욱 화가 난다는 듯 손가락으로 교두들을 가리키며 말했다.

"저 호광이란 자는 예전 패력신(覇力神)의 진전을 이어받은 자이고, 저 민청이란 사람은 살막도(殺幕刀)의 진전을 이은 자가 아니오?"

패력신과 살막도란 이름이 튀어나오자 사람들이 웅성거렸다.

하지만 그런 반응 따윈 신경 안 쓴다는 듯 심상천이 태연스레 대답했다.

"맞소. 나 형의 견문이 그리 넓을 줄은 몰랐구려."

사내가 심상천의 대답에 얼굴까지 벌게지며 더욱 큰 목소리로 따져 물었다.

"패력신과 살막도는 비록 마교도는 아니었지만, 그 흉험함과 잔인함은 마교도들도 치를 떠는 바였소! 더구나 무공의 기원이 마교인지라 진전을 익히는 자들의 심성 또한 마교의 것과 다를 바가 없다 알고 있소! 패력신은 몰라도 살막도는 사람 죽이는 일을 개미새끼 죽이는 것보다 못하게 여기는 사람이었는데, 보아하니 저 민청이란 사내는 살막도의 모든 진전을 이은 듯하고, 잔인함은 오히려 더 뛰어넘는 것 같소! 어찌 우리 백팔룡을 저런 교두들에게 맡길 수 있단 말이오!"

심상천이 '아하, 그거?' 하는 표정으로 가볍게 웃었다.

"아, 나 형이 걱정하는 게 그거였소? 좋소. 그럼 내가 한번 묻겠소. 우리의 적이 누구라고 생각하오?"

"그… 그거야……."

"맞소. 그동안 강호가 평화로워 나 형이 잊고 있었나 본데, 바로 숨어서 힘을 기르고 있을 마교의 잔당들과 마교도들이 목을 빼고 기다리고 있을 소수나찰이오. 개를 잡을 땐 개 잡는 칼을 써야 하고, 소를 잡을 땐 소 잡는 칼을 써야 하오. 그래서 마교도를 잡을 땐 마교도들의 칼을 써야 한다고 생각한다오. 백팔룡은 태생부터 그 임무를 띠고 태어난 존재요. 만약 득익관을 통과 못한다면 그 알량한 재주로 어찌 마교의 흉험한 수를 피해 살아남겠소이까!"

"그… 그런……."

나씨 성의 사내는 순간 대답을 못했다.

혹시 누가 자신을 도와줄 사람이 없나 주위를 두리번거렸지만 아무도 나서는 사람은 없었다.

그러나 문득 한 사람이 눈에 띄었다.

나씨 성의 사내가 힘을 얻은 듯 그 사람을 가리키며 큰 소리로 외쳤다.

"저 아이를 보시오! 백팔룡이라지만 아직 세상 물정을 모르는 아이에 불과하오! 삼기수사도 보시지 않았소! 아직 예법에 밝지 않아 위아래도 몰라보고 숨어 살았기에 세상사 돌아가는 일에도 어둡소! 보아하니 무공을 익힌 흔적도 없고, 더구나 아직 어려 먹는 것에만 관심을 두는 어린아이일 뿐이오! 이 아이들이 패력신과 살막도의 진전을 얻은 자 손에서 살아남을 것 같소이까!"

사람들의 시선이 일제히 사내가 손가락으로 가리킨 사람, 진완을 향했다.

진완은 갑자기 사람들의 시선이 자신에게 쏠리자 눈을 끔벅 끔벅 뜨다가 나씨 성의 사내에게 말했다.

“어이, 노인장!”

사내가 고개를 돌려 진완을 바라보았다.

진완이 씨익 웃었다.

“나두 만만치는 않아!”

“……!”

순간 멍해진 표정의 사내에게서 시선을 돌린 진완이 심상천을 보며 물었다.

“잘됐네. 말 나온 김에 물어봅시다. 방금 전 나온 커다란 사람과 이불 덮어쓴 사람들이 배식 담당이요? 근데 밥은 언제 준답디까?”

“…….”

단상 위에 오른 후 심상천이 항상 보여주었던 단정한 얼굴이 처음으로 요상하게 일그러지고 있었다.

한쪽 자리에 가서 가만히 앉아 있다가 졸지에 ‘백팔룡의 배식 담당’이 되어버린 호광이 부리부리한 눈알을 데구루루 굴렸다.

민청의 얇은 입술에선 새하얀 입김이 새어 나왔다.

심상천이 얼른 정신을 차리고는 여유있는 태도로 말했다.

“소형제, 조금만 기다리시게. 급히 먹는 밥이 체하는 법이라네.”

심상천은 처음 당할 때나 황당했지 두 번째부터는 그럭저럭 적응이 되어간다는 생각이 들었다.

“우씨~”

진완의 투덜거림을 못 들었다는 듯 심상천은 얼른 마지막 교두를 소개했다.

맨 마지막 교두는 앞선 두 사람보다 더 특이한 사내였다.

불이 붙은 듯 적색의 머리카락에 적색의 눈썹, 그리고 온몸엔 붉은 장포로 둘러 온통 불이 이글이글 타오르는 것처럼 보였다.

사내는 붉은 눈썹 아래 매달려 있는 두 눈을 데구루루 굴리더니 번질거리는 시선으로 백팔룡을 바라보며 입을 열었다.

“세번째 교두를 맡은 적발귀(赤髮鬼) 엄조(嚴操)라 한다. 으흐흐~ 귀여운 것들.”

적발귀 엄조는 마치 백팔룡의 수호자들은 보이지도 않는다는 듯 백팔룡만 쳐다보며 연신 괴상한 웃음을 토해놓았다.

더구나 은은한 붉은빛을 띠는 양 손바닥을 비비며 혀로 입술까지 핥는 것이 풍성한 먹잇감을 앞에 둔 붉은 이리 한 마리와 다를 바가 없었다.

“으흐흐~ 귀여운 것들. 으흐흐~ 내가 많이 사랑해 주마. 아이구~ 귀여운 것들. 입에 넣으면 오도독오도독 씹힐 것도 없는 야들야들한 것들. 으흐흐~ 쩝쩝.”

적발귀 엄조를 보는 사람들의 등줄기에 소름이 돋았다.

앞선 철탁탑 호광이 패력신의 진전을 이었고, 민청이 살막도의 후예라면 누가 봐도 적발귀 엄조는 과거 생사판(生死判)의 진전을 이은 게 틀림없었다.

과거 무림을 누볐던 무인이라면 누구든 알고 있는 상식이
있었다.

살막도를 만나느니 차라리 패력신 둘을 만나는 게 복이다.

살 조각 하나하나가 포 떠지는 고통보다는 아예 큼지막한
주먹 한 방에 정신을 잃고 쓰러지는 게 나았으니까.

하지만 그런 살막도도 생사판에 대자면 착한 심성의 수줍은
처녀에 불과했다.

생사판은 풍질(風疾), 즉 정신병을 앓고 있는 무인이었기 때
문이다.

정신병을 앓는 무인을 스승으로 두고도 멀쩡하게 살아남은
데다 진전까지 이었다면 저 적발귀 엄조는 제 스승을 능가하
는 미친놈이 틀림없었다.

맨 처음 딴지를 걸었던 나씨 성의 고수마저도 적발귀 엄조
를 보자마자 고개를 절레절레 저었다.

그리고는 천천히 뒷걸음질쳐 뒤로 조심스레 물러났다.

그 행동 하나로 과거 생사판의 저주스런 행동이 어땠는지
충분히 알 수 있었다.

"으흐흐~ 으흐~ 흐으으으~ 으흐~ 쩝쩝~"

적발귀 엄조는 괴상한 웃음을 흘리며 빠르게 손바닥을 비벼
댔다.

그 괴이한 웃음과 함께 입가엔 침까지 질질 흘러내리고 있
었으니 누가 봐도 정신병을 앓는, 그것도 심각한 수준에 와 있
는 환자란 걸 한눈에 알 수 있었다.

지금이라도 뛰쳐나가 아무 백팔룡이나 붙잡고 아득아득 씹어 먹고 싶다는 듯 쳐다보는 엄조의 눈빛은 초점이 분명히 맺혀 있질 않았다.

그래서 더 무서웠고 괴기스러웠다.

보다 못해 심상천이 나지막한 헛기침을 토해놓았다.

"험험, 엄 교두."

"으흐흐."

하지만 엄조가 심상천을 바라보고 웃자 심상천은 더 이상 말을 잇지 못한 채 곤란하단 표정을 지었다.

다행히 엄조는 입맛을 몇 번 더 다신 뒤 아쉽다는 눈빛과 함께 단상에서 내려갔다.

심상천이 약간 굳은 미소를 띤 채 주위를 둘러보며 빠른 목소리로 말했다.

아무래도 성대하고 화려하리라 생각했던 의식이 괴상하게 돌아가자 얼른 마무리 지으려는 게 틀림없었다.

"방금 소개드린 세 분의 교두뿐만 아니라 그 뒤로도 세 분의 교두를 도와드릴 여덟 분의 부교두가 계시지만 소개는 생략하겠습니다."

심상천은 마치 준비된 원고를 읽어 내려가듯 빠른 어조로 말했다.

"이것으로 백팔룡의 입관식을 마치겠습니다. 백팔룡의 수호자 분들은 식후 원로원에서 감사의 뜻으로 조촐한 술과 찬이 준비되어 있으니 뒤편으로 따로 모여주시기 바랍니다. 백팔룡은 모두 뒤로 돌아 각기 길러주신 분들을 향하여 배상!"

갑작스런 이별이었고, 헤어짐이었다.

그래도 손 몇 번 붙잡고 정다운 이야기 몇 마디나마 나눌 수 있을 줄 알았다.

그런데 이렇게 절 한 번에 헤어져야 한다니 백팔룡뿐만 아니라 백팔룡의 수호를 맡았던 사람들까지 조금은 어이없다는 표정을 지었다.

잠시 머뭇대던 백팔룡 중에 하나가 얼른 땅에 머리를 처박으며 크게 외쳤다.

"어르신, 감사합니다. 가르침에 어긋나지 않도록 열심히 노력하겠습니다!"

뒤를 이어 다른 백팔룡 역시 땅에 엎드려 절을 올렸다.

"고맙습니다!"

"감사합니다!"

"꼭 성공하겠습니다!"

젊은 혈기가 끓어오르는 백여 명의 청년이 고개를 숙여 크게 외치자 땅이 들썩거리는 것 같았다.

백팔룡의 수호자들 역시 눈가가 축축이 젖었다.

무심련의 차기 련주, 그 자리는 결코 쉬운 자리가 아니었다.

어쩌면 목숨을 걸어야 할지도 몰랐다.

그래도 곱디곱게 키운 자식과도 같은 백팔룡이 그런 고생길에 접어들었다는 생각에 어느 누구는 짐짓 뒤돌아서서 먼 하늘을 쳐다보며 소매로 눈가를 훔쳤고, 누구는 '괜찮다. 넌 성공할 거다' 라며 더 큰 소리로 용기를 북돋아주기도 했다.

한참이나 떠들썩한 소란이 지나간 뒤 뒤늦게 커다란 고함 소리가 터져 나왔다.

"형님, 잊지 마슈! 수틀리면 다 작살을 낼 거유!"

절은커녕 커다란 주먹을 휘두르며 으름장을 놓는 백팔룡, 바로 진완이었다.

사람들의 시선이 자신에게 쏠린 것도 모르고 진완은 매우 신중하고 진지한 모습으로 다시 외쳤다.

"노인장! 성격 좀 고치슈! 그렇게 살다간 편안히 다리 뻗고 죽지 못할 거유!"

교욱의 눈가도 다른 사람들처럼 붉어졌다.

슬픔 때문이 아닌 분노와 살기 때문에.

범소가 얼른 다가와 교욱의 소매를 끌며 전음으로 말했다.

"원래 저런 놈이지 않습니까. 얼굴 보고 골랐지 성격 보고 고른 건 아니었으니……."

"……."

교욱은 아무 말 없이 진완만을 바라보았다.

진완이 다 안다는 듯 씨익 웃었다.

"다 압니다. 성심. 또 그 말 하려고……."

교욱이 고개를 저었다.

어느덧 눈가의 붉은 기가 옅어진 교욱이 얇은 입술을 열었다.

"강해져라."

"으잉?"

예상치 못한 말에 진완이 멍한 표정을 짓자 교욱이 다시 말했다.

"모든 것에."

진완은 물끄러미 교욱을 바라보다 다시 멋쩍다는 듯 씨익 웃더니 양팔을 허리에 올려놓고 크게 외쳤다.

"난 지금도 강하다우!"

교욱은 고개를 끄덕이고는 천천히 몸을 돌려 걸었다.

"약속 잊지 마시우!"

하지만 천천히 걸어가는 교욱은 뒤를 돌아보지 않았다.

사람들 역시 괴상한 백팔룡과 그의 수호자의 이별을 구경하다 얼른 정신을 차리고는 교욱의 뒤를 따랐다.

범소가 교욱의 뒤를 따르며 귓속말을 했다.

"약속은 지킬 것이니 공연한 분란 일으키지 말고 조금 쉬다 나오라고 했습니다."

교욱은 아무런 말도 없었다.

범소가 그럴 줄 알았다는 듯 다시 말했다.

"여자를 빼내어 살 집을 구해주고, 소란이 잠잠해진 후에 만나자고 했으니 아무리 성격 급한 놈이라도 한동안은 진득하니 있을 겁니다. 촌놈이 이런 곳에서 견문을 넓혀야 그녀에게도 해줄 말이 많을 거라 했더니 알아듣는 눈치더군요."

교욱은 아무런 반응이 없었다.

그 말은 곧 범소가 제법 일을 잘 처리했다는 뜻이었다.

범소가 아직 할 말이 남았다는 듯 눈치를 보다가 조심스럽게 말했다.

"그런데… 보면 볼수록 비슷하지 않습니까?"

"무엇이?"

교욱이 처음으로 입을 열고 반응을 보였다.

"위진천 련주와요."

"으음……."

"생긴 것도 그렇고, 하는 짓까지 젊었을 때 련주와 똑같지 않습니까?!"

"곤란하군. 너무 눈길을 끄는 것도 좋지 않을 텐데……."

"뭐가요?"

"너만 그렇게 느끼는 게 아니다."

"그럼……."

"원로원의 늙은이들도 그렇게 느끼고 있다."

"원로원이요?"

범소가 주위를 두리번거리더니 다시 교욱의 귓전에 대고 조그맣게 물었다.

"혹시 여기 그 늙은 귀신들도 와 있습니까? 원로원의 늙은 귀신 중에 원익완밖에 오지 않은 것 같은데요."

"눈치없는 놈. 가자."

답답하다는 듯 교욱이 쯧쯧 혀를 찼다.

그 뒤를 쭐레쭐레 따라오던 범소가 계속 고개를 갸우뚱거리다 참지 못하고 물었다.

"그런데 왜 곤란하다고 했습니까? 설마 저놈이 운 좋게 차기 련주 자리를 꿰어차면 후환이 두려워서 그러신 겁니까?"

"아니다. 난 아무도, 그 무엇도 두려워하지 않는다."

범소가 그거야 그렇지 하는 표정으로 고개를 끄덕였다.

교욱이 무외자, 즉 아무것도 두려워하지 않는 사람이란 뜻의 명호가 붙은 데는 그럴 만한 일이 있었기 때문이다.

"그렇다면 혹시 저놈을 걱정하시는 것은……."

범소의 말에 교욱이 흘낏 노려보았다.

"넌 요즘 부쩍 말이 많아졌구나."

"협!"

범소가 얼른 입을 닫고는 눈치를 살피며 교욱의 뒤를 따랐다.

교욱은 걸음을 멈추지 않은 채 먼 하늘을 보며 혼잣소리처럼 중얼거렸다.

"원로원이 진짜 위진천 련주를 위할까? 호랑이 새끼를 그냥 두고 볼까? 혹시 손안의 주사위쯤으로 여기고 함부로 굴리려 들지 않을까? 그러다 말을 듣지 않으면? 만약 원로원이 진짜 련주를 생각한다면 몰라도 만약 다른 마음을 품었다면 호랑이 새끼를 죽이려 들지 않을까? 그렇게 되면… 강호에는……."

"피바람이 일겠죠."

범소는 생각하기도 싫다는 듯 두 눈을 질끈 감았다.

3

백팔룡 중 아무도 입을 열지 않았다.

이제는 혼자다.

그 사실이 엄청난 무게로 몸을 내리누르고 있었다.

태어나기 전부터 예정되어 있던 운명이 갑자기 온몸을 덮친 듯한 중압감에 숨조차 쉬질 못했다.

이제 넓은 전각 마당엔 백팔룡과 세 명의 사람 같지 않은 교두, 그리고 여덟 명의 부교두만 남아 백팔룡을 싸늘한 시선으로 내려다볼 뿐이었다.

그나마 제법 사람 같던 심상천마저 백팔룡의 수호자들을 이끌고 수호자들을 위한 행사에 가고 없었다.

잠시 후 다행히 연단에 남은 세 교두 중 그나마 사람에 제일 근접한 철탁탑 호광이 나섰다.

민청이나 엄조가 나서지 않고 호광이 나선 데 대해 백팔룡은 안도의 한숨을 내쉬었다.

"반갑습니다. 백팔룡은 그동안 행복했으리라 생각합니다. 이제부터는 지옥입니다. 나 호광이 그렇게 만듭니다. 나 호광이랑 같이 있다 보면 싸가지 팍팍 솟아납니다."

호광은 모두들 자신의 이야기를 듣고 있는지 확인하는 것처럼 주위를 빠르게 훑어보았다.

모두들 자신에게 집중하고 있다는 걸 확인한 호광이 기분 좋은 미소와 함께 손가락 하나를 들어올려 까딱까딱 흔들었다.

곧 뒤에 물러나 있던 여덟 부교두 중 한 명이 손에 상자 하나를 들고 단하로 내려와 백팔룡의 앞에 섰다.

호광이 말했다.

"이 상자 안엔 열여덟 개의 물건이 있습니다. 여러분 중 솔 선수범하는 데 매우 열심인 사람 열여덟 명이 나와서 하나씩 잡습니다."

호광의 말에 서로 눈치만 보는데 용감히 한 사람이 나와 덥석 상자 뚜껑을 열고는 두툼한 손을 집어넣었다.

진완이었다.

진완은 꺼내 든 손에 들린 새빨간 깃발을 보며 어이없다는 듯 외쳤다.

"뭐야? 만두가 아니었잖아!"

호광은 그걸 왜 만두로 생각했을까 하는 의아한 얼굴로 진 완을 바라보았다.

진완이 마주 쏘아보았다.

진완의 시선을 대하는 호광이 콧구멍을 벌렁벌렁거리고는 곧 고개를 돌려 다시 외쳤다.

"이제 열일곱 명 남았습니다! 빨리 나와서 집어 듭니다! 싸 가지없는 놈들이 행동은 굼벵이 같습니다! 다행히 적발귀 엄 조가 굼벵이 요리를 매우 좋아합니다!"

호광의 말이 끝나기가 무섭게 뒤에 앉아 있던 엄조가 초점 풀린 눈으로 헤벌쭉 웃으며 입맛을 다셨다.

우당탕! 쿵쾅!

다행히 백팔룡 중에 눈치 빠른 놈이 열댓 명은 넘었다.

우르르 달려온 놈들이 상자에서 깃발을 뽑아 들자 어느덧 열여덟 명이 깃발을 나란히 들고 맨 앞에 앞장서 있는 모양이 되었다.

호광이 준비해 두었던 열여덟 개의 깃발을 모두 백팔룡의 손에 들려 있다는 걸 확인하고는 고개를 끄덕였다.

"좋습니다! 자고로 마교 종자들과의 싸움에서 가장 필요한 것이 희생정신입니다! 또 먼저 무언가 이루어내려는 정신!"

호광은 커다란 오른 주먹을 왼 손바닥에 쾅 하고 내려치고 는 매섭게 쏘아보며 다시 입을 열었다.

"그게 매우 필요합니다! 이들은 누구보다 먼저 깃발을 잡았 습니다! 매우 싸가지있는 사람입니다! 그래서 호광은 이들을 조장으로 인정합니다!"

"……?"

우르르 몰려나와 깃발을 잡은 사람들이나 그걸 구경하고 있 던 사람들이나 모두 멍한 표정이 되어 호광을 쳐다보았다.

하지만 호광은 당당한 태도로 다시 크게 외쳤다.

"불만있습니까? 싸가지없는 놈들 불만은 나 호광이 안 받아 들입니다! 불만있는 사람은 말하십시오! 내가 제일 먼저 때려 죽이고, 민청이 포를 뜨고 나면 엄조가 뜯어먹을 겁니다! 둘러 보면 아시겠지만 지금 여긴 우리들밖에 없습니다! 또한 여러 분의 생살여탈권을 우리 교두 세 명이 나란히 전해 받았음도 알려 드립니다! 나 호광이 말합니다! 싸가지없는 놈은 죽입니 다! 불만있는 놈도 죽입니다! 나 호광이 그렇게 합니다! 불만있습니까?!"

"……!"

당연히 아무도 불만을 토해놓지 않았다.

진완 역시 손에서 흩날리는 깃발을 보며 만족스런 미소를 띠었다.

'조장이라면… 제일 먼저 밥을 먹게 되겠지.'

그건 손해가 아니었다.

남 뒤를 쭐레쭐레 따라가 밥을 얻어먹느니 가장 앞서 가서 제일 좋은 음식과 자리를 차지하는 게 좋았다.

쫓겨나면 집까지 한참을 가야 할 텐데, 그전에 배를 든든히 채워두어야만 했기 때문이다.

별다른 불만이 없다는 걸 확인한 호광이 다시 입을 열었다.

"조장들은 제일 먼저 행동했습니다. 싸가지있습니다. 이제 조장들보다 싸가지가 없어 조장이 안 된 사람들은 각기 마음에 드는 조장들을 선택해 그 뒤에 섭니다. 싸가지있는 조장을 선택해야 합니다. 그래야 앞으로의 생활이 편해집니다. 그래서 백여덟 마리 지렁이 여러분은 각자 열여덟 조, 각 조마다 여섯 마리씩 나눠지게 됩니다. 각 조는 운명공동체로 같이 행동하게 됩니다. 자, 움직입니다. 빨리 움직입니다. 늦으면 싸가지없는 겁니다."

백팔룡들은 우왕좌왕 어쩔 줄을 몰라 했다.

각기 헤어져 숨어 살아왔는데, 그중 누가 조장으로 능력이 있고 누구는 없는지 판단할 시간이 없었다.

그래도 일단 헤쳐 모여야 했다.

그중 제일 번듯해 보이는 조장 아래로.

어쩌면 주사위를 던져 결정하는 것보다도 더 무모한 일이었지만 감히 입을 열어 불만을 토해놓는 사람은 없었다.

진완은 깃발을 재미있다는 듯 펄럭거리다 눈앞에 누가 와서 있는 걸 뒤늦게 알아차렸다.

더러운 도복, 후줄근한 표정, 쥐새끼처럼 날카롭고 길쭉하게 튀어나온 독특한 얼굴.

바로 마차를 타고 들어올 때부터 같이 행동했던 도사 백팔룡이었다.

"무량수불."

눈이 마주치자 멋쩍다는 듯 웃으며 나지막하게 도호를 외는 얼굴을 보며 진완이 그럴 줄 알았다는 듯 고개를 끄덕였다.

도사가 무안한 듯 진완의 옆에 나란히 서서 이리저리 정신없이 움직이는 백팔룡들을 쳐다보았다.

"……."

"……."

둘은 아무런 말도 하지 않았다.

진완은 깃발만 가지고 놀고 있었고, 도사는 멍하니 앞만 바라보고 서 있었다.

그러다 문득 도사가 무언가를 깨달았다는 듯 말했다.

"이상하게 우리 조만 인기가 없군."

진완이 고개를 들어 주위를 살펴보았다.

모두들 아우성이었다.

그나마 괜찮고 능력있어 보이는 조장 앞에는 수십 명이 나란히 줄을 서서 서로 조장에게 뽑히려고 노력하고 있었다.

허우대가 멀쩡하고 눈빛이 강렬하며 각진 얼굴에 결단력있어 보이는 조장일수록 더 인기가 좋았다.

그나마 그냥 그럭저럭 생긴 조장 앞에도 몇 명은 줄을 서 있었다.

진완이 조장으로 있는 조만 달랑 두 명이었다.

너 때문에 그렇다는 듯한 진완의 시선에 도사가 민망하다는 듯 고개를 숙였다.

물론 자신의 책임 역시 많을 것이다.

하지만 그것보다는 진완이 그동안 보여준 놀라운 활동 때문일 확률이 더 컸다.

누구도 저런 미운털을 제 손으로 제 몸에 가져다 팍팍 꽂아대는 조장과는 한 조에 속하고 싶지는 않을 것이다.

진완은 신경 안 쓴다는 듯 한가롭게 팔짱을 낀 채 하늘만 쳐다보고 있었다.

도사는 틀림없이 진완이 '뭐, 사람이야 적어도 괜찮아. 대신 먹을 밥이 많아지잖아?' 라고 생각하고 있을 거라는 데 내기를 걸어도 좋다고 생각했다.

기다림이 조금 지루해질 무렵, 한 청년이 천천히 다가와 진완의 앞에 섰다.

"……."

청년은 아무런 말이 없었다. 하지만 도사는 청년이 누군지 한눈에 알아볼 수 있었다.

"무량수불! 자네는 기련노마 어르신 아래에 있던……?"

청년, 새하얀 피부에 계집애같이 갸름한 얼굴을 가진 청년은 바로 기련노마가 길렀다는 백팔룡이 분명했다.

청년이 고개를 끄덕이자 도사가 얼른 진완의 눈치를 살폈다.

비록 전해 들은 것은 없었지만 진완의 뒤를 따르다가 진완을 기른 교욱과 기련노마 정맹획이 으르렁거리는 걸 보았기 때문이다.

원수도 그런 원수가 없었다.

그런데도 청년은 진완이 조장으로 있는 조에 들어온 것이다.

"넌 왜?"

"스승님께서……."

진완이 묻자 청년이 부끄럽다는 듯 고개를 숙이고 대답했다.

"왜? 날 좀 손봐주라고 하던?"

"그런 건 아니고……."

"그럼?"

"나도 몰라. 그냥 널 눈여겨보라 하시기에……."

청년은 꼭 수줍은 처녀를 보는 것 같았다.

기련노마 정맹획은 명호에서 보듯 성질이 개 같은 노인네였다.

하지만 정작 정맹획 아래에서 커온 청년은 곱상한 데다 매우 수줍고 부끄럼이 많았다.

청년의 말에 진완이 씨익 웃었다.

"눈여겨보긴, 그래 봐야 얼마 못 볼 텐데……."

"무슨?"

"그런 게 있어."

진완이 심드렁하게 대답하고는 관심없다는 듯 눈길을 돌렸다.

청년이 어쩔 줄 모르고 우물쭈물하자 도사가 부드럽게 말했다.

"내 옆에 서게. 아직 남은 자리가 한참이나 많다네."

그 뒤로도 시간이 흘렀다.

이제 어느덧 셋으로 불어난 진완의 조는 멍하니 앞만 보고 있었다.

"……."

"……."

"……."

세 명은 아무런 말이 없었다.

기대에 비해 굉장한 월척을 건지긴 했지만 그 이후로도 북적거리는 다른 조에 비해 아무도 오는 사람이 없었다.

인기있는 조장이 있는 조에선 모여드는 사람을 잘라내기에 바빴는데 진완이 조장으로 있는 조에선 그냥 멍하니 서서 사람을 기다릴 뿐이었다.

그때였다.

도사가 반갑다는 듯 한쪽을 가리키며 외쳤다.

"저 시주는 우리 조에 오겠군!"

진환과 기련노마 제자의 고개가 일제히 한 방향을 향했다.

그리고 도사가 손가락으로 가리키고 있는 사람을 확인하곤 두 사람의 얼굴이 일제히 괴상하게 변했다.

거기엔 땀을 삐질삐질 흘리는 거대한 돼지, 아니, 뚱뚱한 청년 하나가 어떻게든 사람들 사이를 비집고 조에 들려고 발버둥 치는 게 보였다.

하지만 너무도 거대한 덩치 때문에 자연 행동은 굼뜰 수밖에 없었고, 다른 사람들 역시 같은 조가 될까 걱정되는지 은밀하게 어깨로 뚱보를 밀어내고 있었다.

진환이 버럭 화를 냈다.

"저놈은 안 돼!"

"왜?"

도사가 억울하다는 듯 되물었다.

"잘 처먹게 생겨서 그래? 내 밥이라도 준다니까! 일단 조원을 모으는 게 중요하지!"

"그래도 저런 떨거지를……."

진환이 혀를 쯧쯧 차자 도사가 그걸 몰랐냐는 듯 빽 맞고함을 질렀다.

"우린 이미 떨거지 조네! 그걸 조장만 모르고 있다구!"

"……?"

진환은 못 믿겠다는 듯 눈을 동그랗게 뜨고는 주위를 돌아보았다.

떨거지 조가 맞았다.

다른 조에는 못 들어가 발버둥 치는 사람들이 진완의 조에
는 안 오려고 발버둥 치고 있었다.

진완은 이렇게 명백한 사실을 확인하고는 활짝 웃으며 박수
를 쳤다.

"맞아! 이 방법이 있었군!"

떨거지 조. 마음에 들었다.

어디에도 적응 못하는 능력없는 놈들만 모아놓는다면 자연
경쟁에서 도태될 것이다.

그렇게 된다면 아주 수월하게 쫓겨날 수 있었다.

떨거지 중의 떨거지들만 모아놓는다면?

쫓겨나는 시간이 더욱더 빨라지리라.

진완은 손에 든 깃발을 옆의 기런노마 제자에게 맡겼다.

"이걸 왜 나한테……?"

"난 조원 영입에 나서야 하니까! 아참! 네가 들고 있으면 멋
져 보여서 안 되겠군!"

진완은 다시 깃발을 뺏어 쥐새끼 닮은 도사 가슴에 안기고
는 바쁜 일이 생겼다는 듯 후닥닥 사람들 사이로 파고들었다.

진완이 제일 먼저 선택한 상대는 도사가 지목했던 뚱보였다.

빠르게 다가가 냉큼 손목을 잡아끌자 뚱보가 당황했는지 진
완을 쳐다보았다.

진완은 다른 백팔룡을 알지 못해도 다른 백팔룡은 진완을
너무도 잘 알고 있었다.

‘위진천! 개나 물어가라 그래!’ 사건부터 무심련에 들어올 때 정문을 지키고 있던 팽가의 원로인 팽무숙에게 ‘영감탱이, 댁은 뉘슈?’ 사건까지.

그리고 조금 전 심상천에게 대거리질을 한 것은 눈으로 직접 보기까지 했다.

뚱보가 기겁했다는 표정으로 진완의 손아귀에서 손을 빼내려 했지만 불행히도 진완은 통나무 세 개를 한번에 묶어 끌었던 사람이다.

뚱보가 질질질 끌려오면서 울상을 지었다.

“놔라! 이보게, 이 손 좀 놓게!”

“그럼 튈려구?”

진완이 고개를 들어 뚱보를 잡아먹을 듯 노려보았다.

이런 ‘떨거지’ 는 쉽게 구해지는 게 아니었다.

여기서 놓치면 이런 ‘횡재’ 는 다시 오기 힘들 것이다.

“……!”

뚱보가 무슨 말이냐는 듯 멍하니 진완을 쳐다보았다.

“걱정 마. 밥은 많이 줄게.”

“……!”

뚱보는 어느새 나란히 서 있는 두 사람 틈새에 끼워져 있다는 걸 깨달았다.

그중 쥐새끼를 닮은 도사가 자신의 의견이 받아들여져 행복하다는 듯 함빡 웃으며 인사를 건넸다.

“반갑네, 친구. 여기도 사람 사는 세상이라네. 그렇게 죽을

상 할 필요가 없어. 무량수불… 예전 선인들도 말씀하셨네. 잘생긴 나무는 먼저 베어지지만 못난 나무는 천수를 누린다고 말일세.”

뚱보는 이게 무슨 일인지, 또 도사가 하는 말이 무슨 뜻인지 해석이 안 돼 멍해져 있을 때 어느새 진완은 바쁜 걸음을 놀리고 있었다.

진완이 정신없이 주위를 둘러볼 때 저쪽 구석에서 욕설이 터져 나왔다.

“에이, 씨팔! 이러면 재미없어! 야, 이 개새끼들아! 내가 어때서 싫다는 거냐?!”

진완의 고개가 욕설을 토해놓는 청년 쪽으로 빠르게 돌아갔다.

그리고는 곧 행복한 미소를 지으며 속으로 생각했다.

‘어때서 싫긴, 딱 봐도 싫구만.’

한눈에 보기에도 불량스러운 청년이었다.

그것도 질이 매우 안 좋은 뒷골목에서 살아온 티가 팍팍 나는 사내였다.

빡빡 밀어버린 머리엔 붉은 전갈 문신이 떡하니 새겨져 있었다.

왼쪽 뺨에서 턱까지 칼자국이 길게 이어져 있었고, 길게 세모꼴로 찢어진 눈은 잔인함으로 번질거렸다.

이 백팔룡을 숨긴 수호자는 무슨 생각을 했는지 의심스러울 정도였다.

일단 숨긴다는 게 도시 빈민들이 모여 있는 뒷골목이었나 본데, 거기서 어떻게 살아왔는지 보지 않아도 알 수 있었다.

진완이 반갑게 웃으며 청년의 앞으로 다가가 손부터 덥석 잡았다.

"에이, 씨발! 이 자식은 뭐야?!"

"나다."

"어라? 이거 안 놔? 나 독갈룡(毒蠍龍)을 어떻게 보고 이 지랄……!"

"예뻐. 너, 예뻐. 예뻐서 그래. 그러니까 이리 와."

질질질.

보통 사람 세 명은 합쳐 놓은 것 같은 뚱보도 한 손으로 질질 끌고 왔던 진완이다.

설령 독갈룡이 아니라 독갈룡 할아비라 하더라도 두 손이 잡힌 이상 땅에 질질 끌려올 수밖에 없었다.

어느새 진완의 조원들 틈에 서게 된 독갈룡이 주위를 둘러보았다.

"…에이, 씨발!"

사내가 굵은 가래침을 퉤 하고 내뱉었다.

하지만 예상과는 달리 뿌리치고 반항하지는 않았다.

그래도 남들은 시선도 마주치지 않고 슬슬 피해 다니던 것에 비하지면 예쁘다고 두 손 덥석 잡아 영입해 준 게 나름대로 고마웠던 게 틀림없었다.

진완이 곧 몸을 되돌려 다른 사람을 영입하려 나서려 할 때,

어느새 한 청년이 진완의 조 앞에 와 서 있었다.

진완 또래보다 어깨 하나는 더 작은 체구의 청년이 부끄러운 듯 고개를 숙이고 있었다.

진완이 위아래를 훑어보고는 물었다.

"내 조에 들어오려고?"

청년은 말없이 떨군 고개를 끄덕끄덕 주억거렸다.

"영입해!"

도사가 반갑다는 듯 외쳤지만 진완은 고개를 가로저었다.

"쓸 만하지 않잖아! 넌 불합격!"

진완이 퉁명스레 말했다.

사람이 오지 않아 고민했던 모습은 어디로 가고 지금은 거들먹거리듯 팔짱까지 끼고 있었다.

청년이 그럴 줄 알았다는 듯 낮은 한숨을 쉬더니 몸을 돌려 걸어갔다.

하지만 그 걸어가는 모습이 이상했다.

왼발을 앞으로 딛고는 오른 다리를 질질 끌어 왼발 앞으로 가져다 붙였다.

다시 왼발을 앞으로, 오른발을 끌어 왼발 옆으로.

그랬다. 청년은 한쪽 다리를 저는 게 틀림없었다.

그것도 상태가 심각한 듯 걸음걸이가 위태해 보일 정도로 다리를 절었다.

진완의 표정이 갑자기 환해졌다.

"취소! 취소! 합격! 넌 합격이야!"

청년의 걸음이 멈췄다.

뒤를 돌아보는 청년의 얼굴엔 스스로도 믿지 못하겠다는 듯한 표정이 떠올라 있었다.

진완이 얼른 다가가 한쪽 손을 잡고 질질 끌고 오며 감탄했다는 듯 혼잣말로 중얼거렸다.

"훌륭해! 완벽해! 맘에 들어!"

다리가 불편한 청년을 도사 옆에 가져다 세워놓고는 자신의 조원들을 훑어보며 중얼거렸다.

"한 놈만 빼면 정말 완벽해! 이렇게 쓸 만한 놈들만 빼내오기도 힘들 거야!"

마치 명품을 감상하듯 그윽한 눈빛으로 하나하나 쳐다보던 진완이 크게 기지개를 켜고는 한쪽으로 걸어갔다.

어찌 되었든 목표로 했던 여섯 명은 다 채웠으니 이제 낮잠이라도 자려는 것이 틀림없었다.

진완의 조에 속한 사람들이 모두 서로의 얼굴을 쳐다보았다.

한 놈만 빼면 정말 완벽하다니……. 아마도 진완이 가리킨 한 놈이란 기련노마의 제자가 틀림없었다.

독갈룡이 이해가 안 간다는 듯 몇 번 고개를 갸우뚱거리다 번질거리는 눈빛으로 쥐새끼를 닮은 도사를 보며 물었다.

"씨발! 저 새끼, 미친 거 아니냐?"

도사가 시선을 피하며 대답했다.

"나도 몰라."

第六章

첫 시험

단상 위의 호광이 큰 목소리로 말했다.

"이제 백여덟 마리 지렁이들이 제각각 헤쳐 모였습니다. 하지만 이 호광이 볼 때 매우 싸가지없습니다. 행동이 꿈뜬 거, 이 호광이 싫어합니다."

떨거지 조인 진완의 조마저 다 꾸려졌는데, 다른 조 역시 안 꾸려질 리 없었다.

아니, 도리어 진완이 사람들을 영입해 간 이후 빠르게 조가 구성되었다.

호광이 주위를 둘러보며 말했다.

"원래 여기서부터 여러분을 굴려야 합니다. 지렁이는 꿈틀대지 못할 때까지 밟아야 합니다. 그러나 여러분을 기다리고 있는 사람들이 있어 아쉽습니다. 자, 이제 여러분은 나 호광을 따라 조별로 줄을 맞추어 걸어갑니다. 걸어갈 곳은 저 너머 있는 지옥입니다. 다른 이름이 붙어 있는지 모르겠지만, 그곳은 이제부터 지옥이 될 겁니다. 그래도 여러분은 목에 힘주고 걸어야 합니다. 가는 길 중간에 여러분을 너무도 보고 싶어하는 사람들이 있기 때문입니다.”

보고 싶어하다니? 누가? 모두들 어리둥절해서 호광을 바라보았다.

호광이 의문을 풀어주려는 듯 입을 열었다.

“바로 여러분의 친부모님입니다. 비록 길러주시진 못했어도 낳아주신 분들입니다. 원래는 일 년 후에 만나야 하겠지만 먼발치에서 얼굴이라도 보고 싶다고 해서 모신 겁니다. 이야기는 할 수 없습니다. 가슴에 안고, 보고 싶다고 울고 이런 거 없습니다. 그냥 그 사이로 우리는 걸어갑니다. 보더라도 누가 누구의 부모이고, 또 자식인지 알아볼 수 없습니다. 그냥 걷는 겁니다. 쭉~ 나 호광이 그렇게 만들 겁니다.”

부모란 말이 튀어나오자 모두들 웅성거리기 시작했다.

친부모.

익숙하진 않았지만 듣는 순간 가슴 한쪽이 찡 하고 울렸다.

부모들 역시 마찬가지였다.

얼굴 한번 제대로 보지 못한 자식이다.

핏덩이를 떠나보낸 지 십구 년이 지났다.

백팔룡이 모였다는 말을 듣고 정신없이 달려왔을 것이다.

원래 기한은 이십 년이었지만 일 년을 더 참을 수는 없었다.

비록 누가 진짜 자신의 자식인지 확인할 수 있는 것은 이십 년이 될 일 년 후겠지만, 그냥 먼발치에서나마 지켜보게 해달라고 탄원했을 것이다.

친부모. 나를 낳아준 부모. 그 존재를 처음으로 오늘 대하는 것이다.

호광이 웅성거림을 잠재우려는 듯 손바닥을 주먹으로 쾅 내려치고는 말했다.

"우린 걸어갑니다. 고개도 돌리지 않습니다. 말도 안 겁니다. 그렇게 지옥으로 갑니다. 말 안 듣는 지렁이는 지옥에도 가기 전에 부모 보는 앞에서 꾸욱 밟아줍니다. 나 호광이 그렇게 합니다. 보는 부모, 가슴 찢어집니다. 괜찮습니다. 내 자식 아닙니다. 그러니까 그냥 쭉 걸어가는 겁니다. 일조부터 십팔조까지 차례대로 걷습니다. 고개 들고 당당하게 그렇게 걸어갑니다. 알겠습니까?!"

"네!"

각기 무리 지어 열여덟 개 조로 나뉜 청년들이 일제히 고함을 질렀다.

"우린 십일조군. 무량수불……."

들고 있는 붉은 깃발 위에 쓰여진 숫자를 본 도사가 고개를 끄덕였다.

먼저 호광이 출발했고, 일조가 뒤를 따랐다.

친부모의 얼굴을 처음 본다고 생각했는지 모두들 긴장된 표정이었다.

진완의 조 역시 앞선 십조의 뒤를 따라 걸었다.

몇 굽이 돌아 동산으로 이어진 길에 멀리서 보기에도 수백 명의 사람이 모여 있었다.

마치 회랑(回廊)처럼 양옆으로 나뉘어 선 사람들은 모두 백팔룡의 행진을 긴장된 눈으로 쳐다보고 있었다.

무림인 출신이어서 그런지 중년의 나이보다 훨씬 젊어 보이는 여자가 남편인 듯한 남자의 가슴에 안겨 손수건으로 눈을 닦고 있었다.

일조의 걸음이 느려졌다.

고개도 돌리지 말라고 했지만 그럴 수는 없었다.

부모일지도 모를 사람들이다.

천천히 걸으면서 연신 눈알을 좌우로 돌려 양쪽에 서 있는 사람들의 얼굴을 살펴보기 바빴다.

"빨리 걷습니다. 지금은 봐도 누가 부모고 자식인지 알 수 없습니다."

호광이 앞에서 독촉하듯 말하자 양옆에 서 있던 사람들이 일제히 호광을 노려보았다.

하지만 투덜거릴 수도 없었다.

지금 이 자리나마 눈물로 호소해서 간신히 얻은 기회였다.

아니, 호광을 탓하는 시간에 이렇게 고맙게도 훤칠하게 자라준 아이의 얼굴을 보는 게 더 중요했다.

부인들이 계속 손수건으로 눈물을 빠르게 훔쳤다.

훤칠한 청년들을 보기만 해도 눈물이 났다.

하지만 눈물을 흘리고 있을 수는 없었다.

바로 앞에 자신의 자식일지도 모를 청년이 지나가고 있었기 때문이다.

"저 아이일까요?"

"글쎄, 저 아이가 더 비슷한 거 같구려."

부부들은 서로의 귓가에 소곤거리며 보다 자신을 닮은, 또한 배우자를 닮은 아이들을 찾느라 정신이 없었다.

특히 훤하게 잘생기고 허우대가 멀쩡한 청년일수록 부모들의 시선을 더 많이 받았다.

그래서 백팔룡 모두는 어깨를 당당히 편 채 자신감 넘치는 표정을 지으려 노력했다.

이렇게 잘 자랐다고, 훌륭하게 자랐다고 보여주고 싶었다.

이젠 호광이 호통 치지 않아도 백팔룡은 서로 약속이라도 한 듯 발을 맞추어 힘차게 굴렀다.

고개도 돌리지 않은 채 정면만을 보며 씩씩한 모습을 보여주려고 노력했다.

일 년 후, 보다 훌륭한 모습으로 만나뵙겠습니다.

멋진 날개를 달아 하늘을 날아오르는 모습을 보여 드리겠습니다.

말은 안 했지만 백팔룡 모두가 느끼는 생각과 감정이었다.

호광이 흐뭇하다는 듯 웃으며 크게 외쳤다.

"마음에 듭니다! 지금 여러분은 싸가지가 파파팍 생기고 있습니다! 이렇게 걷는 겁니다! 하나, 둘~! 하나, 둘~!"

이윽고 부모들 사이를 마지막 열여덟 번째 조가 지나가자 지켜보던 어머니들이 풀썩 주저앉았다.

"으흐흑!"

참았던 슬픈 울음소리가 강물처럼 흘러넘쳤다.

"어허, 당신이 이러면 아이들 마음이 어떻겠소. 일 년만 더 참으면 된다오, 일 년만."

아내를 달래는 남편들의 호소가 백팔룡의 마음을 무겁게 만들었다.

굳게 참았던 눈물을 뒷모습을 보이게 된 지금에서야 흘리는 백팔룡도 있었다.

하지만 발걸음은 아직도 힘차게 굴렀다.

마지막 뒷모습까지 훌륭하고 씩씩하게 보여주어야만 했기 때문이다.

그렇게 백팔룡은 부모들의 흐느낌 사이를 걸어 호광이 '지옥' 이라 불렀던 곳에 도달했다.

호광이 지옥이라 불렀던 곳은 정녕 지옥이라 부를 만했다.

무심련을 통과해 뒤편에 있는 동산을 하나 넘은 곳에 커다란 공터가 있었고, 거기가 바로 '지옥' 이었다.

한쪽 구석엔 백팔룡의 거처라고 생각되는 허름한 목옥(木屋)들이 대강 얼기설기 세워져 있었다.

천장 사이로 샐 비가 문제가 아니었다.

눈이 조금이라도 와서 지붕에 쌓이면 무너지지 않을까 걱정해야 할 정도였다.

황량한 공터에 초라한 목옥.

하지만 친부모 사이를 지나왔다는 감격 때문에 백팔룡은 주위를 돌아볼 정신도 없었다.

호광이 말했다.

"자, 여러분은 이제 죽어나는 일밖에 남지 않았습니다. 각 조별로 힘을 합쳐 살아남아야만 합니다. 우리가 이렇게 조를 짠 것은 다 이유가 있기 때문입니다. 여러 지렁이들은 주위에 같은 조가 된 지렁이들을 돌아보시기 바랍니다. 별로 볼 것 없을 겁니다. 일부러 그렇게 짰습니다. 나 호광이 그렇게 한 겁니다."

호광의 말에 백팔룡은 불안한 듯 같은 조원들을 돌아보았다.

호광의 말은 계속되었다.

"세상 살다 보면 이놈 저놈 다 만나게 됩니다. 그저 그런 놈들 중에 여러분은 좀 더 일찍 만난 것뿐입니다. 어느 지렁이는 무공을 좀 할 줄 압니다. 무공을 모르는 지렁이는 꿈틀댈 줄 압니다. 그중엔 제법 머리 쓰는 지렁이도 있을 겁니다. 그래 봐야 그 지렁이가 그 지렁입니다. 그래도 힘을 합쳐야 합니다. 무공을 아는 지렁이는 모르는 지렁이에게 무공을 알려줍니다. 각기 다른 재주를 나눠 가져야 합니다. 그래야 동지애가 생깁니다. 그래야 백팔룡이 똘똘 뭉치게 됩니다. 그래야 싸가지가 생겨납니다. 나 호광이 그렇게 만듭니다."

한마디로 각기 다른 재주를 나누어, 힘을 합쳐서 난관을 헤쳐 나가라는 이야기였다.

대체 저놈은 무슨 재주를 가지고 있을까 싶어 의구심 섞인 눈빛을 교환하는 백팔룡의 귀에 호광의 목소리가 울려 퍼졌다.

"이제 처음 힘을 합칩니다. 저 산을 넘으면 나무로 만든 패 열여섯 개가 있습니다. 열 개도 아니고 스무 개도 아닙니다. 딱 열여섯 갭니다. 나 호광이 하나하나 헤아려 봤습니다. 이제 여러 지렁이들은 그걸 가져와야 합니다. 그걸 가져와야 밥을 먹습니다. 그걸 가져와야 편안한 침대에서 잠을 잡니다. 지렁이는 열여덟 조, 나무패는 달랑 열여섯 개. 자연히 두 조는 밥을 못 먹습니다. 잠도 편안히 못 잡니다. 잠자는 시간에 나 호광이랑 놀아야 합니다. 민청이랑 놀아야 합니다. 엄조와 놀아야 합니다. 남은 두 조는 우리 세 교두와 밤새 놉니다. 알아들었습니까?!"

"넵!"

살 떨리는 얘기였다.

밥을 못 먹는 것보다, 잠을 못 자는 것보다 패를 못 가져온 두 조는 세 교두랑 어울려 놀아야 한다는 게 제일 살 떨리는 이야기였다.

호광이 고개를 끄덕이고는 다시 입을 열었다.

"아, 미리 말해둡니다. 그 패를 가지러 가는 동안 지금 여기

없는 여덟 부교두가 사이사이 숨어 있습니다. 만나면 꽤나 괴로울 겁니다. 괴로워도 참아야 합니다. 이겨내야 합니다. 그래야 싸가지있는 지렁이가 됩니다. 밥도 먹고 잠도 자는 지렁이가 됩니다. 못 가져온 지렁이는 나 호광이 밟습니다. 재미있게 놉니다. 나 호광이 합니다. 민청도 합니다. 엄조도 합니다. 나무패만 중요한 게 아니라 서로 도와서 낙오자 없이 모두 들어와야 합니다. 낙오자가 생기면 자근자근 밟습니다. 자, 이제 나무패를 가져옵니다. 추~울~발~!"

우다다다!

백팔룡은 호광의 입에서 출발이란 말이 튀어나오자 호광의 손가락이 가리키는 방향을 향해 눈썹이 휘날리도록 뛰었다.

쥐를 닮은 도사 역시 마찬가지였다.

한참을 달리다 문득 발걸음을 멈추었다.

있어야 할 게 없었다.

그것도 매우 중요한 것이.

도사만 그렇게 생각한 게 아닌지 진완의 조원들 모두 멍청하게 서서 서로의 얼굴을 바라보았다.

제일 중요한 진완이 없었다.

도사가 뒤를 바라보고는 인상을 찡그렸다.

다리가 불편한 조원 역시 폐를 안 끼치려 그러는지 미친 듯 다리를 끌며 따라오려 노력하고 있었다.

그 옆엔 뚱보가 얼굴이 하얗게 질린 채 손수건으로 이마를 연신 닦으며 달렸다.

그러나 저 뒤편에서 진완만이 편안한 얼굴로 서 있었다.

바로 출발했던 그곳이다.

도사가 신법을 발휘해서 진완 옆에 서서 큰 목소리로 따져 물었다.

"뭐 하는 짓이냐?! 입만 열면 밥, 밥 그러더니!"

"밥 먹으려고 준비하고 있잖아!"

진완이 심드렁하게 대답했다.

도사가 고개를 돌려 앞을 바라보았다.

다른 조의 사람들은 이미 멀리 사라져 뿌연 흙먼지만 허공에 떠돌고 있었다.

답답해진 도사가 버럭 고함을 질렀다.

"그럼 얼른 가서 가져와야지!"

한참을 뛰어나갔는지 대머리에 전갈을 새겨 넣고는 스스로 독갈룡이라 말한 놈이 되돌아와 진완의 멱살을 잡고 으르렁댔다.

"씨발! 뭐 하는 짓이야! 이 개새퀴가 배대지가 불렀나!"

진완은 자신의 멱살을 쥐고 있는 독갈룡의 손목을 잡았다.

커다란 나무 세 개를 옮기던 손이다.

독갈룡의 표정이 일그러졌지만 두 손목을 꼼짝할 수가 없었다.

진완이 여유있는 표정으로 말했다.

"나무패는 가져올 거야."

"누가?!"

“열심히 달려가는 놈들이.”

진완의 대답에 독갈룡이 멍청한 표정으로 서 있다가 곧 무언가 깨달았다는 듯 야비하게 웃었다.

“옳아! 빼앗자는 것이군!”

진완이 고개를 끄덕였다.

어찌 보면 단순한 계획이었다.

앞선 놈들이 열심히 땀 흘리며 나무패를 가져온다.

그럼 태연히 기다리고 있다가 그걸 빼앗는다.

그걸로 밥을 먹는다. 편안히 잠도 잔다.

어쩌면 단순한 계획이었지만 독갈룡의 구미에는 딱 맞았다.

하지만 마음에 들어하지 않는 사람이 있었다.

“아니, 어떻게 그런 짓을…….”

조금 왜소한 체격에 오른 다리를 저는 사람이었다.

그런 일은 상상조차 못했다는 듯 입을 떡 벌렸다가 다른 다섯 조원들이 일제히 자신을 쏘아보자 곧 입을 다물고는 벌게진 얼굴을 푹 숙였다.

눈치가 그리 없는 놈은 아니라고 생각하며 진완이 제자리에 털썩 주저앉았다.

“이리들 모여. 통성명이나 하자구. 난 진완.”

구태여 가명을 댈 필요가 없었다.

아닌 말로 녹색 고깔을 쓴 거북이라고 말해도 들킬 위험이 없었다.

범소의 말을 듣자면, 교욱은 자신이 키우던 백팔룡의 이름조차 지어주지 않았다고 했다.

범소 역시 갓난아이 때부터 그저 '돼지야' 라고 불렀다고 했
다.

돼지우리에 가둬놓고 키운다고 했으니 그리 불렀나 본데,
그래서 죽은 백팔룡은 '돼지' 외에 마땅한 이름이 없었다.

기세를 죽여야 한다고 생각했는지, 민대머리에 전갈을 새겨
넣은 청년이 가래침을 거칠게 뱉고는 말했다.

"난 반두홍(半頭紅). 그냥 독갈룡(毒蠍龍)이라고 불러. 여긴
전갈(全蠍)."

반두홍이 정수리에 새겨 넣은 전갈 문양을 손가락으로 가리
키고는 다시 가슴께를 가리켰다.

"여기는 용. 그래서 독갈룡이지."

반두홍은 마치 비밀스런 이야기를 하듯 눈을 음침하게 뜨고
주위를 바라보았다.

기련노마의 제자가 알겠다는 듯 고개를 끄덕이고는 말했다.

"난 옥기영(玉己英). 반가워."

뚱보가 손수건으로 이마를 닦으며 입을 열었다.

"이 몸은 육상산(陸商山)이라 하네. 여러 친구를 만나 반갑
소."

마지막으로 남은 다리가 불편한 사내가 부끄러운지 얼굴을
발갛게 물들이며 자기소개를 했다.

"난 손형인(孫炯刃)."

원래 천성이 부끄러움을 많이 타는지, 아니면 불편한 다리

때문에 소극적이 된 것인지는 몰라도 손형인의 목소리는 다 기어들어 가고 있었다.

마지막 남은 도사가 마치 제 자리라도 되는 것처럼 진완 옆에 철퍼덕 앉으며 입을 열었다.

"무량수불, 오늘 뽑은 괘가 수산건(水山蹇) 오효(五爻)였으니, 곧 크게 험난한 가운데 벗이 찾아오는 형상을 뜻하네. 이것을 괘사에서는 이서남 불리동북 이견대인 정길(利西南 不利東北 利見大人 貞吉)이라고 했고, 오효의 효사에 보면 '크게 막히면 벗이 오리라' 했으니 여러 친구들을 만난 게 하늘의 뜻이라 생각하네. 반갑소, 도우(道友)들. 이 몸의 도호는 허주(虛舟)라고 한다오."

독갈룡 반두홍이 어려운 이야기에 잠시 멍해져 있다가 가래침을 뱉고는 말했다.

"이건 또 뭐야! 씨발!"

2

나무패를 가져오는 일은 제일교두 호광의 말처럼 쉬운 일이 아니었나 보다, 이렇게 오랜 시간이 걸리는 것을 보면.

그래서 진완의 십일조는 모두 편한 자세로 눕거나 앉아 멍하니 하늘에 흘러가는 구름만 바라보고 있었다.

하지만 태평스럽거나 평화로워 보이기보다는 무언가 씁쓸하고 어두운 분위기였다.

"씨발! 아무리 생각해도 기분 더럽네! 썅! 누가 죽기라도 했냐!"

독갈룡 반두홍이 가래침과 함께 욕설을 내뱉었다.

반두홍의 말에 따로 떨어져 앉아 젖은 눈으로 하늘을 올려다보던 손형인이 얼른 두 무릎 사이에 고개를 파묻었다.

도사 허주가 고개를 갸우뚱거리면서 물었다.

"무슨 일이라도?"

뚱보 육상산이 손수건으로 이마를 쓰윽 닦으며 퉁명스런 목소리로 대신 대답했다.

"모르겠나? 아까 친부모 사이를 지나올 때, 모두들 저 아이쪽으론 시선도 돌리지 않더군! 이런 마음이겠지! 저런 다리 병신이 내 아이일 리는 없어! 후후, 이십여 년 만에 만나는 아들이 다리를 질질 끌고 다니리라고 그 누가 믿고 싶겠어?"

도사 허주가 설마 그럴 리가 하는 눈빛으로 반문했다.

"그래도 부모인데… 아무려면……."

반두홍이 번질거리는 눈빛으로 허주를 쏘아보았다.

"씨발, 눈치도 없는 놈이네. 너만 모르는 거냐? 우리 조원 중엔 제법 곱상하고 잘생기고 허우대 멀쩡한 옥기영만 시선을 받았다고. 카악~ 퉤! 저 다리 병신이나 뚱보 새끼, 그리고 나 독갈룡은 아예 시선이 마주치려 하면 필사적으로 고개를 돌리더군. 썅!"

“욕하지 마라.”

싸늘한 목소리였다.

독갈룡 반두홍이 ‘어쭈?’ 하는 눈빛으로 돌아보자 거기에 곱상하게 생긴 기련노마의 제자 옥기영이 깊은 눈매로 반두홍을 노려보고 있었다.

“욕하지 마라. 듣기 껄끄럽다.”

옥기영의 말에 반두홍이 피식 웃었다.

“에이, 씨발! 오늘 기분 뭣 같네. 어이, 빌어먹을 개종자야! 니가 그렇게 목소리 깔아 짖으면 내가 겁먹을 줄 알았냐? 니가 나 독갈룡 반두홍을 몰라서 지랄하나 본데……!”

반두홍이 건들거리며 다가가자 옥기영 역시 천천히 마주 다가갔다.

누가 봐도 알 수 있었다.

이제 두 사람이 마주치는 순간 피 튀기는 싸움이 일어날 것임을.

독갈룡 반두홍이 번질거리는 눈으로 쏘아보며 각지 낀 손가락을 움직이자 우두둑 소리가 요란하게 튀어나왔다.

한쪽 입꼬리를 끌어당긴 묘한 비웃음과 함께 오른쪽 무릎을 살짝 굽힌 채 옥기영을 노려보았다.

옥기영은 태연히 두 팔을 양쪽으로 늘어뜨리고 사뭇 담담한 표정으로 반두홍을 쳐다보았다.

하지만 담담한 얼굴 한가운데 깊이 가라앉아 있는 두 눈매는 가슴 한쪽을 서늘하게 만들고 있었다.

뚱보 육상산이 보기만 해도 숨이 막히는지 숨을 헐떡거리며 손수건으로 이마를 훔쳤다.

도사 허주나 아픈 발을 주무르고 있는 손형인 역시 말릴 생각을 하지 못했다.

그때 진완이 말했다.

"손이 근질근질한가 본데, 나중에 쓰일 일이 있을 거야. 일 끝나고 나서야 툭탁거리든지 말든지 내 알 바 아니지만 지금은 아니라구."

이마에 전갈을 새겨 넣은 독갈룡 반두홍과 곱상한 외모와는 달리 날카로운 예기를 뿜어내고 있던 옥기영이 동시에 진완을 쳐다보았다.

진완은 두 사람을 쳐다보지도 않은 채 한가롭게 신발을 벗어 탁탁 부딪쳐 먼지를 떨어내었다.

"내가 말이야, 언제든 쫓겨날 각오는 되어 있거든. 하지만 말이야, 다른 사람 피해 주고 배까지 곯아가면서 쫓겨나긴 싫다 이거지. 나랑 같이 쫓겨나고 싶다면야 환영이지만 이런 식으로 쫓겨난다면 내가 대가리를 부숴 버릴 거다 이거야."

독갈룡 반두홍이 번질거리는 눈빛으로 진완을 쳐다보았다.

"꼴에 조장이라고 어깨에 힘 좀 줘보겠다 이건가? 아서라. 그러다 작살난다. 척추가 부러질 때 무슨 소리가 나는지 한번도 들질 못했지?"

비웃듯 하는 말에 진완이 재미있다는 듯 피식 웃더니 하품이라도 하려는 듯 깍지 낀 두 손을 위로 쳐들며 말했다.

“척추 부러지는 소리? 물론 듣지 못했지. 하지만 내가 아름드리나무를 몇 개 꺾어보긴 했는데 그때 나는 소리랑 비슷하지 않겠어?”

한가로운 진완의 말과는 달리 진완의 깍지 낀 두 손에선 연신 우두둑거리는 소리가 튀어나왔다.

독갈룡 반두홍은 저도 모르게 침을 꿀꺽 삼켰다.

인간의 척추가 아무리 강해도 아름드리나무보다는 못할 것이다.

또 조금 전 진완의 두 손에 꼼짝 못하고 끌려온 걸 보면 저 놈의 힘은 상상을 초월하는 것이었다.

저 곰 같은 놈이 나무를 껴안고 힘을 주면 아무리 큰 나무라도 허리가 꺾일 게 틀림없었다.

하지만 그런 협박에 기가 죽을 반두홍이 아니었다.

“싸움은 힘만 가지고 하는 게 아니지!”

독기를 풀풀 뿜어내는 반두홍의 세모꼴 눈을 보면서 진완이 피식 웃었다.

“그래, 너 잘났다. 그러니 조금만 참아. 얼마 안 있으면 힘쓸 데가 생길 테니까.”

진완은 곧 몸을 일으켜 침울하게 앉아 있는 손형인에게 다가갔다.

진완의 두툼한 손이 어깨에 얹히자 손형인이 움찔 놀라며 불편한 다리를 뒤로 돌려 다시 고쳐 앉았다.

마치 불편한 다리가 보여주어선 안 될 몹쓸 물건이라도 되는 듯한 모습이었다.

진환이 시선을 피하려는 듯 고개를 숙인 손형인에게 말했다.

"어떨 땐… 부모란 없는 게 더 편한 물건일지도 몰라."

손형인이 의외라는 듯 진환을 쳐다보았다.

진환은 한동안 그저 싱긋 웃기만 하더니 다시 입을 열었다.

"네가 좋은 부모가 되면 된다."

"……?"

손형인은 그저 멍한 표정으로 몸을 돌려 걸어가는 넓은 진환의 등판만을 쳐다보았다.

진환은 원래의 자리로 돌아가 아무렇지도 않게 맨땅에 훌러덩 팔베개를 하고 드러누웠다.

어떨 때는 부모가 귀찮을 때가 있었다.

특히 술에 취해 몽둥이를 들고 마을을 종횡무진 누비던 아버지를 어깨에 메고 집에 올 때는 더더욱 그랬다.

지독한 술 냄새가 코를 찌르고, 심할 때는 토사물이 등 위로 흘러내릴 때도 있었다.

몇 년의 벌목 일을 끝내고 집에 왔을 때 첫 인사말이 '그래, 돈은 얼마나 벌었냐?' 였을 때는 섭섭하기도 했다.

남들이 개망나니로 부르는 아버지와 그런 아버지와 붙어사는 착하기만 한 어머니를 이해 못하기도 했지만, 지금은 왠지 너무나 보고 싶었다.

울적한 마음과는 달리 누운 채 올려다본 하늘은 너무도 파랬다.

진완은 두 눈을 질끈 감고 나지막이 욕설을 내뱉었다.

"망할……."

마음속을 꽉 틀어막고 있는 답답한 무언가를 게워내려는 듯
진완은 노래를 흥얼거리기 시작했다.

"내게 도끼 하나만 다오. 그리고 말하라. 무엇을 베어 넘길
지. 원한다면 산을 베어 보이마. 하늘을 쪼개 보이마. 땅을 갈
라 보이마. 그대여, 말하라. 무엇을 베어 넘길지를……."

산 사나이들이 벌목 일이 힘들 때면 큰 소리로 부르던 노래
이다.

하지만 그 사실을 모르는 다른 사람들은 그 노래 내용이 '시
끄럽게 굴면 네 머리를 베어 보이마' 로 들려 오금이 저릴 지경
이었다.

3

삼조에 속해 있는 여섯 명의 조원들은 비록 몸은 피곤했지
만 마음속은 뿌듯함으로 가득했다.

제일 먼저 해낸 것이다.

백팔룡 중 자신이, 아니, 열여덟 개의 조 중에 자신이 속해
있는 삼조가 제일 먼저 첫 시험을 통과한 것이다.

시험은 까다로웠고 또한 어려웠다.

하지만 자신들 중 무공이 출중한 사람이 넷이나 있었다.

나머지 두 명 역시 대강 자신의 몸을 지킬 정도의 무공은 있었다.

비록 다리가 후들거리고, 목은 갈증으로 타 들어갔으며, 옷은 해지고 찢겨졌지만 제일 먼저 시험을 통과했다는 자부심 하나만 있으면 됐다.

"조금만 가면 된다!"

삼조의 조장 이응(李鷹)이 뒤를 돌아보며 용기를 북돋웠다.

곧 뒤따르는 동료들이 자신과 눈을 맞추며 고개를 끄덕였다.

그 눈에 신뢰감과 자부심으로 가득 차 있음을 확인한 이응 역시 고개를 끄덕였다.

다른 건 몰라도 이응은 이런 일엔 자신이 있었다.

백팔룡으로 태어난 자신을 갓난아이 때부터 길러온 사부에게 제법 통솔력과 결단력이 있다는 칭찬을 들은 이응이었다.

이응의 사부는 이응을 맡자마자 하남으로 내려가 응양문(鷹陽門)을 세웠다.

곧 거리의 아이들을 데려다가 이응을 그중 대사형으로 삼아 한데 모아 길렀다.

자연히 한 문파의 대사형으로서 아랫사람들과 동료들을 어떻게 이끌고 대해야 하는지 잘 알고 있는 이응이었다.

아니, 무리를 이끌며 자연스레 지도자로 자라났다고 봐야 했다.

어쩌면 이응을 맡아 키운 사부 역시 그 점을 노렸는지도 모른다.

그렇게 자라난 이응이 열여덟 개의 빨간 깃발 중 하나를 먼저 나서 잡은 것은 어쩌면 자연스러운 일이었는지도 몰랐다.

그렇게 잡은 깃발이 열여덟 명의 조장을 뽑는 것임을 알았을 때 이응은 속으로 외쳤다.

이것은 천명(天命)이라고.

맨 처음엔 백팔룡이라는 것만으로도 뿌듯했지만 이젠 아니었다.

자신은 백팔룡을 뛰어넘어 차기 련주가 되어야만 했다.

그리고 그 다짐은 모여 있는 부모들의 한가운데를 지나갈 때 확신으로 변했다.

모여 있는 부모들의 시선이 제일 많이 향한 곳이 자신이었다.

그것은 분명 자신의 아이가 저 아이였으면 하는 선망의 눈빛이었다.

이응 스스로도 자신의 외모와 무공, 그리고 통솔력이면 능히 무심련을 이끌 재목으로 차고도 넘친다고 생각했다.

그것은 자신만큼이나 시선을 많이 받은 '떨거지들의 모임'인 저주받은 십일조를 이끌고 있는 조장을 봐도 알 수 있는 일이었다.

제법 호남형으로 생기긴 했지만 산에서 막일이나 하다 내려온 것 같은 촌스러운 모습, 거기다 '뭘 보슈? 어디 구경 났수?' 하는 눈빛으로 멀뚱멀뚱 부모들의 시선을 마주 대하던 놈보다는 자신이 몇백 배는 더 나았다.

그리고 지금 그 신념은 확신으로 변했다.

열여덟 개의 조 중 자신이 맡은 삼조가 제일 먼저 시험을 통과해 당당히 들어오고 있는 것이다.

이응의 뒤에 따라오던 거대한 체구의 청년이 빙글빙글 웃으며 말했다.

"우리가 조장은 잘둔 것 같아."

덩치에 맞게 우웅 하고 울리는 커다란 목소리의 주인공은 웅패(熊覇)였다.

종남파(終南派)의 속가제자 생활을 했다던가?

그래선지 덩치에 어울리게 시원시원한 성격에 서늘한 눈빛을 지녔는지 몰랐다.

웅패가 자신의 말에 동의를 구하려는 듯 주위를 둘러보자 웅패 옆에 있던 서원달(徐遠達)이 고개를 끄덕이며 웃었다.

"물론이지. 좋은 조장이 좋은 련주도 될 수 있을 거야."

서원달은 예전 소림 무공에 기원을 둔 십팔난도문(十八亂刀門)에서 생활했다고 한다.

이응이 뒤를 돌아보며 웃었다.

"예끼! 자네들이 날 놀리는 게지! 농담치고는 너무 심해!"

웅패와 서원달의 뒤에 있던 상관패(上官唄)가 농담이 아니라는 듯 낯빛을 굳힌 채 말했다.

"농이 아닐세. 사람 많은 낙양에서도 내가 자네 같은 인물을 몇 못 보았다네."

웅패와 서원달에 이어 상관패까지 그렇게 말하자 이웅은 그저 멋쩍게 웃을 수밖에 없었다.

지금 눈앞에 서 있는 사람들은 절대 자신의 하수가 아니었다.

그런 사람들이 지금 자신을 차기 련주 후보로 바라보고 있는 것이다.

더구나 이들이 누구던가.

웅패는 종남파와 연이 닿아 있었고, 서원달은 남부무림에 커다란 위명을 떨치고 있는 십팔난도문과 인연이 있다.

더구나 상관패는 뛰어난 무공과 더불어 낙양의 일곱 공자, 즉 낙양칠수재(洛陽七秀才) 중 한 명이었다.

낙양칠수재 중엔 무림뿐만 아니라 관가까지 인연이 닿아 있으니 이들과 좋은 관계가 된다면 무림과 관가를 아울러 커다란 세력을 얻게 되는 것이다.

이웅은 동료들을 바라보며 싱긋 웃고는 말했다.

"아무튼 빨리 가세나. 배가 출출해진 지 오래이니……."

첫 시험에서 제일 먼저 성공했다는 기쁨 때문인지 삼조에 속해 있는 사람들의 발걸음엔 힘이 실렸다.

하지만 그 걸음은 그리 오래가질 못했다.

한눈에 보기에도 큼직한 그 무엇이 길 한가운데를 막고 떡하니 누워 있었기 때문이다.

“……?”

이웅이 의아하다는 듯 바라보자 커다란 덩어리가 몸을 일으
켜 세우며 태연히 말했다.

“으응? 왔나? 생각보단 늦었군.”

“누구……?”

이웅이 물었다.

하지만 큼직한 덩어리는 대답 대신 조그마한 나뭇조각으로
이빨을 쑤시다 끄윽 하고 커다란 트림을 토해놓았다.

“꺼억! 응? 나? 난 육상산이라고 하네.”

육상산이라 소개한 뚱보 사내 옆에 서 있던 땟국물 줄줄 흐
르는 쥐새끼 면상의 도사가 공손히 합장했다.

“무량수불. 난 허주라고 한다네.”

“그런데 여긴 왜……?”

이웅의 질문에 육상산이 졸립다는 듯 나른하게 두툼한 눈을
감으며 말했다.

“그거야 배부르고 나른하니까. 따스한 햇빛 가리지 말아달
라고. 그나저나 그 오리 고긴 정말 맛있었어.”

꼬질꼬질한 도사가 장단을 맞추듯 말했다.

“그나저나 그 소채는 뭐였지? 난 머리 틀어 올리고 도사 생
활을 한 후 그렇게 맛있는 소채는 정말 처음이었어.”

마치 감격했다는 듯한 표정으로 도사는 그 맛을 기억하려는
듯 두 눈을 꼭 감고 두 손을 마주 잡았다.

꿀꺽!

그 모습을 본 삼조의 조원들이 일제히 침을 꿀꺽 삼켰다.

하지만 이응은 배가 고픈 게 문제가 아니었다.

자신들이 제일 먼저 도착했을 줄 알았더니 별 시답지 않은 떨거지 조원들이 먼저 와 있는 것이 문제였다.

"자네들이 어떻게 먼저……?"

이응의 물음에 뚱보 육상산이 눈을 나른하게 떴다.

눈꺼풀 역시 몇 겹으로 접혀 있어 사실 눈꺼풀 뜨기도 꽤 힘들어 보일 지경이었다.

"샛길을 알고 있거든. 우리 조 중에 냄새 잘 맡는 놈이 하나 있어서."

이응은 혹시 그럴지도 모른다는 생각을 했다.

떨거지 중에 상대하고 싶지 않은 진짜 떨거지들만 모아놓은 조다.

어쩌면 냄새 잘 맡는 개 같은, 아니, 개보다 더한 놈이 한 놈쯤 있다고 해도 이상할 게 없었다.

굼벵이도 구르는 재주가 있다고, 숨겨놓은 물건 잘 찾는, 이를테면 도둑질에 도가 튼 그런 놈이 있을지도 모른다.

백팔룡을 맡아 기르던 사람들은 상상도 못할 곳을 찾아 숨어 들어가곤 했으니…….

첫 순위를 뺏겼다는 사실에 마음이 상한 이응이 인상을 찡그린 채 막 육상산을 스쳐 가려는 순간이었다.

도사 허주가 조심스럽게 육상산에게 물었다.

"그런데 쟤들 것은 진짜일까?"

육상산이 신경 안 쓴다는 듯 퉁명스레 대답했다.

"뭐 어때. 교두 성질 드러운 거 지들도 알 텐데 뭐. 멍청하게 가짜를 골라 가져왔으면 한 번 더 갔다 오면 되는 거지."

"그래도 불쌍하잖아."

이웅의 발걸음이 멈췄다.

가짜? 혹시 그럴지도 몰랐다.

세 교두의 모습은 분명 정상이 아니었다.

그렇다면 숨겨놓았다던 열여섯 개의 패 중에 가짜를 뒤섞어 놨을지도 몰랐다.

이웅의 뒤에 묵묵히 걸어오던 곰 같은 덩치의 사내 웅패가 뒤를 돌아보았다.

"가짜? 패 중에 가짜가 있단 말인가?"

하지만 정작 육상산은 한가롭게 팔베개까지 하고 돌아누울 뿐이었다.

"몰라. 진짜일 거야. 우리 것도 진짜였으니."

심드렁한 대답에 웅패가 고개를 돌려 이웅을 바라보았다.

이번엔 서원달이 물었다.

"가짜가 어떻게 생긴 것인가?"

도사 허주가 눈을 몇 번 깜빡거리더니 머리를 긁었다.

"낸들 아나. 우리가 가져온 것은 진짜였는데."

이웅이 미천한 종자들을 내려다보듯 눈을 깔아 보며 품속에서 패를 꺼냈다.

나뭇조각은 요상한 조각과 함께 금색 천이 패의 뚫린 구멍

사이로 연결되어 매듭이 지어져 있었다.

"그럼 진짜는 알아볼 수 있겠군."

허주가 선뜻 받지 못하고 육상산 쪽을 바라보았다.

육상산이 왜 귀찮은 일을 사서 하냐는 듯 허주를 흘겨보았다.

허주는 어쩔 수 없다는 듯 패를 건네받고는 중얼거렸다.

"글쎄, 비슷한 거 같기는 하군. 하지만 햇빛에 천을 들고 비추어 보면 문양이 나타나는……."

허주가 몸을 일으켜 패를 들고는 하늘에 비추어보는 시늉을 했다.

그 모습을 보던 상관패가 다행이라는 듯 이응을 바라보며 싱긋 웃었다.

하마터면 큰일 날 뻔했다는 뜻이다.

누가 천에 그런 장난이 되어 있으리라고 생각했겠는가.

더구나 맨 처음 도착한다는 기쁨에 들떠 있었는데, 진짜도 아닌 가짜를 들고 신나하는 모습이라도 보여줬다면 다른 조원들의 비웃음거리가 될 것이 뻔했다.

허주가 한참이나 바라보는 모습이 답답했는지 육상산이 끄응 하는 신음과 함께 몸을 일으켜 허주 옆에 서서 패를 바라보았다.

"이런, 미련한 도사가 물건을 몰라보는군. 내가 당전(唐錢)을 만져 봐서 잘 알지. 왜 거, 일종의 차용증 있지 않은가. 이거 원리가 그거더라고."

도사 허주가 억울하다는 듯 울상을 지었다.

"내가 미련한 게 아니라 햇빛에 눈이 부서서 그런 거라네."

육상산이 친절하게 알려준다는 듯 허주의 등을 밀며 앞으로 걸어나갔다.

"요게 햇빛에 미묘하게 반응하는 것이거든. 각도를 잘 맞춰야 해. 요렇게 걸어가면서 햇빛에 비추어보면 말일세, 문양이 점차 변하기 시작하는데… 그래도 잘 안 보이면 더 걸어가서……. 애고, 무식한 놈들이 제대로 만들지도 못했군. 자자, 그럼 몇 걸음 더 걸어가야 각도가 맞겠군. 음, 음, 자, 이제 됐지? 튀어!"

우다다다다!

이웅을 비롯한 사람들은 멍하니 두 사람의 등만을 바라보았다.

나란히 어깨를 맞대고 서서 조금씩 걸어가며 쳐든 패를 햇빛에 요리조리 비춰보는가 싶더니 얼추 거리가 좀 멀어졌다 싶은 순간 무작정 앞으로 뛰어가는 것이 아닌가!

"어, 어, 어……!"

삼조에 속해 있는 여섯 개의 머리통이 일제히 한 방향을 향했다.

'속았다!'

이웅의 얼굴이 순간 흙빛으로 변했다.

다른 사람도 아닌 떨거지들이라 손가락질했던 놈들에게 멋지게 속아 넘어간 것이다.

"잡아!"

급한 마음에 이응이 짧게 외치고는 신형을 날렸다.

마음이 통한 것인지, 아니면 이대로 보낸다면 맛있는 밥과 따듯한 이부자리가 날아간다고 생각한 때문인지 몰라도 바람처럼 앞을 가르는 이응의 뒤를 나머지 다섯이 따랐다.

도사와 뚱보는 예상을 뛰어넘는 모습을 보여주었다.

잡힐 듯하면서도 용케 일 장여 거리를 유지한 채 달리고 있었다.

하지만 아무래도 경공술에선 도사가 더 뛰어났다.

아니, 저 정도 솜씨라면 강호에서도 찾아보기 어려울 정도의 높은 수준이었다.

'숨어서 경공만 연습한 모양이군.'

이응은 그렇게 생각했다.

백팔룡은 자신의 진정한 정체도 모른 채 각기 중원에 퍼져 다양한 삶을 살아왔다.

그 결과로 백팔룡 중에는 경공술이 뛰어난 자도 있었고, 무공이 뛰어난 자도 있었다.

'그중엔 사기꾼 한 마리도 살고 있었나 보군!'

멋지게 속아 넘어간 게 믿겨지지 않았는지 이응은 이를 으드득 갈아붙였다.

이응은 자신의 능력을 믿었다.

이제 얼마 안 있어 놈들은 자신의 손에 붙잡힐 게 분명했다.

놈들도 그걸 알았는지 곧 대나무가 쪼개어지듯 방향을 나누어 뛰고 있었다.

짧은 순간 이응의 결단력이 빛을 발했다.

이응이 도사 쪽을 가리키며 짧게 외쳤다.

"서원달!"

서원달이 그럴 줄 알았다는 듯 도사의 뒤를 쫓았다.

비록 소림에 기원을 두고 있지만 십팔난도문의 무공은 빠른 발과 손으로 유명했다.

도사의 빠른 발을 잡으려면 이응 자신보다는 서원달이 유리했다.

웅패 역시 서원달의 뒤를 쫓았다.

이응이 뚱보를 선택한 이상 뚱보 육상산이 이응의 손에 잡히는 것은 시간문제였다.

그렇다면 좀 더 빠른 도사를 붙잡는 데 신경 쓰는 게 나았다.

상관패는 이응의 뒤를 따랐다.

결국 삼조 중에 무공이 제일 뛰어난 네 사람이 각기 둘로 나뉘었다.

웅패와 서원달은 도사 허주를, 이응과 상관패는 뚱보 육상산을.

이응의 판단이 옳았는지 육상산의 신형이 눈에 띄게 느려졌다.

아니, 이응의 신형이 더욱 속도를 높였기에 그리 보이는지도 몰랐다.

이웅이 손만 뻗으면 육상산의 등을 붙잡을 수 있겠다 싶었
을 때, 어디선가 커다란 호통 소리가 터져 나왔다.

"숙여!"

육상산이 그 말을 기다렸다는 듯 그 자리에 납죽 엎드렸을
때, 바람을 매섭게 가르는 소리가 이웅의 귀를 때렸다.

쐐애액!

무언가 무서운 속도로 이웅의 머리를 향해 날아오고 있었다.

그것이 무언가 알아볼 시간도 없었다.

바람 소리보다 살기가 먼저 다가왔다.

얼굴을 따갑게 만드는 살기는 우습지 않게도 주먹만 한 돌
멩이에서 뿜어져 나오고 있었다.

마치 이빨을 드러내고 으르렁거리는 것처럼 느껴지는 돌멩
이는 어느 순간 이웅의 얼굴 앞에 바짝 다가와 있었다.

이미 신형은 극한의 속도로 끌어올린 상태에서 대비할 방법
이란 없었다.

꼴사납지만 이웅은 자라목처럼 목을 움츠린 채 납죽 고개를
숙였다.

그리고…….

퍼억!

마치 잘 익은 박이 터지는 듯한 소리가 이웅의 바로 뒤에서
들려왔다.

짧은 순간 뒤돌아본 이웅의 눈에 이미 머리에선 핏줄기를
내뿜으며 입에 거품을 물고 널브러지는 상관패의 모습이 들어

왔다.

"좋았어!"

어느새 몸을 일으킨 육상산이 한쪽 방향을 향해 주먹을 불끈 쥐고 환호성을 토해냈다.

그리고 육상산이 바라보는 곳에는 커다란 청년 하나가 또 다른 돌멩이 하나를 하늘 위로 던져 올렸다 손바닥으로 받아 들며 씨익 웃는 것이 보였다.

"한 마리 잡고."

놈은 그렇게 웃으며 혼잣소리처럼 중얼거리고 있었다.

第七章

강탈

이웅은 상대를 노려보았다.

히죽~

상대는 그렇게 웃고 있었다.

'한 마리 잡고?'

이웅은 순간 놈의 입에서 튀어나온 단어를 되새김질하듯 떠올리고 있었다.

'한 사람'도 아니고 '한 놈'도 아닌 '한 마리'였다.

결국 놈은 날아다니는 날짐승이나 땅에 기어다니는 들짐승을 보듯 자신들을 내려다보고 있는 것이다.

하지만 그런 것에 신경 쓸 여력이 없었다.

장난처럼 손바닥 위에서 퉁기던 돌멩이를 놈이 두 손으로 감싸 쥐었다.

이어 놈의 신형이 활처럼 뒤로 휘어진다 싶더니 곧 장검처럼 앞으로 쏘아지듯 손을 크게 내뻗치는 순간,

쒸—이—잉!

퍼억!

“두 마리 잡고!”

놈이 크게 외쳤다.

이응은 마음이 바빠졌다.

쥐를 닮은 도사, 허주라 스스로 소개한 도사 뒤를 쫓는 웅패와 서원달은 약이 바짝 올라 있는지 뒤따르던 다른 조원 머리통이 깨져 나가는 것도 알아차리지 못하고 있었다.

이응은 귀신같은 몸놀림의 도사 허주를 보며 순간 빠르게 머리를 굴렸다.

‘니추공(泥鰍功)인가?’

그럴지도 몰랐다.

상대의 가슴팍에 안긴 것처럼 가까운 거리에서도 진흙탕 속의 미꾸라지처럼 기어나가는 신법은 그것밖에 없었다.

빠름에 있어선 웅패보다 나았다.

쾌도로 유명한 십팔난도문의 절기를 익히고 있는 서원달이었지만 도사 허주의 교묘한 몸놀림을 좀체 따라잡지 못했다.

벌써 같은 자리에서 몇 번이나 맴돌았지만 웅패와 서원달은 얼굴만 시뻘겋게 달아올랐을 뿐 허주를 잡지 못했다.

속도도 빠르고 근접전에서의 신법도 귀신같다면 아무리 종

남파 속가제자인 웅패나 쾌도로 유명한 십팔난도문이라 해도 소용이 없었다.

이응은 얼른 상황을 판단했다.

자신들은 지쳤고, 놈들은 기다리고 있었다.

기세 면에서 이미 크게 지고 들어간 상태였다.

어떻게든 시간을 벌어야겠다는 생각에 돌멩이를 던진 놈에게 낭랑한 목소리로 물었다.

"귀하의 존성대명을 알고 싶소!"

막 세 마리째를 잡아가려던 찰나였는지 놈은 몸과 손을 뒤로 잔뜩 웅크린 자세 그대로 이응을 바라보았다.

눈을 몇 번 깜빡인다 싶더니 곧 옆에 서 있는 험악하게 생긴 놈에게 물었다.

"저건 또 뭐냐?"

전갈 문신을 대머리 한가운데에 새겨 넣은 놈이 눈살을 찌푸리며 대답했다.

"낸들 알아? 씨발, 재수없게 생겼네."

이응은 그 순간 분노했다.

아무리 생각해 봐도 놈들은 자신들의 패를 빼앗으려 하는 도둑놈이었다.

백팔룡 중에 살아온 환경 때문에 덜떨어진 놈들이 있는 것이야 이상할 게 없었다.

하지만 자신을 상대로 그 천한 손바닥을 내밀어 도둑질을 하려 하고, 상스런 입술을 열어 욕설을 내뱉는 걸로도 모자라

재수없다고 말할 수는 없었다.

이응의 옆에 어느새 웅패가 다가와 섰다.

도사 허주는 잡지 못했지만 그렇다고 계속 허주만 따라다닐 수도 없었다.

쥐새끼를 닮은 도사 한 마리 잡으려다 잘못하면 조원 모두가 위험해질 수 있었다.

웅패에 이어 서원달 역시 게거품을 물고 쓰러져 있던 상관패를 조심스럽게 부축한 뒤 이응의 옆으로 왔다.

이응이 옆으로 돌아보자 상관패가 이마의 피를 닦아내며 괜찮다는 듯 씨익 웃었다.

하지만 이응은 그렇지 못했다.

웃고 있는 상관패의 두 눈이 아직도 초점을 맞추지 못한 채 흔들리고 있는 것을 보았기 때문이다.

"흠……."

낮은 한숨과 함께 이응은 정면을 쏘아보았다.

패를 뺏어간 뚱보 육상산과 도사 허주는 어느새 돌을 던진 놈 옆에 가 서 있었다.

이응의 옆에 서 있던 웅패가 단단히 결심한 어투로 한 걸음 앞으로 나서며 말했다.

"내가 먼저 하겠네."

이응이 고맙다는 듯 고개를 끄덕였다.

놈들은 철저히 계획을 짜두었을 것이다.

그렇다면 더 이상 놈들의 계획대로 움직여 주지 않아야 했다.

다행히 자신의 삼조는 고수들이 많았다.

이응 자신도 고수였지만 상관패는 낙양칠수재 중 한 명이었고, 서원달은 십팔난도문을 이끄는 사람 중 하나였다.

더욱이 지금 나서는 웅패는 종남파의 속가제자 중 꽤 높은 평가를 얻고 있는 중이었다.

종남의 무공은 짙은 안개처럼 모습을 드러내지 않고, 어둠 속 미로처럼 오묘한 것이 특징이었다.

웅패가 나선다면 양 떼들 사이로 파고든 늑대처럼 놈들을 샅샅이 헤쳐 놓을 것이다.

그때 자신이 나서서 상대의 수뇌를 때려잡으면 뒤를 이어 서원달이 패를 빼앗아올 것이다.

이응의 뇌리에 빠르게 계획이 잡혀갈 때, 웅패가 대보운(帶褓雲)의 신법으로 놈들에게 달려갔다.

그러자 놈들 중에 한 명이 나서서 웅패를 맞아갔다.

창백하게 보일 정도로 새하얀 피부, 얇은 입술과 뾰족한 턱, 가는 눈매, 훤칠한 키.

언뜻 보면 계집애로 착각할 만큼 예쁘장한 사내였지만 그 손속까지 그런 것은 아니었다.

웅패가 귀찮다는 듯 커다란 오른손을 들어 파리라도 쫓는 것처럼 사내의 얼굴을 갈겼다.

일명 오뢰인(五雷印).

사내의 얼굴이 설령 바위로 만들어졌다 해도 잘못 맞으면 진흙처럼 으깨질 것이 분명했다.

하지만 곱상하게 생긴 사내는 빳빳이 편 오른손으로 웅패의 왼손 맥문을 찔러가고, 왼손은 칼날처럼 펴 웅패의 목을 노려 쳐갔다.

그 깨끗하고 쾌속한 솜씨에 웅패가 얼른 한 발을 뒤로 물렸 다가 곧 두 손을 바람에 흔들리는 깃발처럼 빠르게 교차시켰 다.

웅패의 건곤산수(乾坤散手)에 예쁜 사내는 몸을 활처럼 퉁겨 오르더니 허공에 뜬 채 빠르게 회전했다.

웅패의 양손과 사내의 양 발이 한 점을 중심으로 커다란 원 을 그리며 부딪쳐 갔다.

빠-빠-빠-빡!

빠르고도 격렬한 충격음이 연이어 터져 나왔다.

곧 몇 걸음 뒤로 물러난 웅패의 양손이 퉁퉁 부어올랐다.

사뿐하게 내려서서 숨을 고르고 있는 예쁜 사내의 얼굴이 시뻘겋게 달아올랐다.

웅패가 믿기지 않는다는 듯 자신의 양손을 내려다보더니 곧 침중한 안색과 함께 포권을 취했다.

"난 종남의 속가제자인 웅패라 하오."

사내 역시 크게 숨을 들이켜고는 천천히 내뱉으며 포권을 취했다.

"기련노마 어른을 모셨던 옥기영이라 합니다."

"아!"

예쁜 사내 옥기영의 말에 웅패뿐만 아니라 이응과 상관패,

그리고 서원달까지 탄성을 내뱉었다.

기련노마 정맹획이라면 강호에 이름을 떨쳐 울리는 인물이다.

기괴하고 현란한 수법으로 유명한 자였는데, 그런 자의 진전을 이은 사람이 이렇게 계집처럼 예쁘장할 거라곤 생각지도 못했다.

하지만 곧 이응의 얼굴이 딱딱하게 굳었다.

떨거지들만 모인 줄 알았더니 제법 고수도 있는 것이다.

웅패가 옥기영에게 지지는 않겠지만, 그렇다고 쉽게 이긴다고 볼 수도 없었다.

웅패가 날카로운 손속과는 달리 예쁘장하게 생긴 옥기영을 앞에 두고 힐끗 이응의 눈치를 살폈다.

이응이 콧대에 잔주름을 잡을 때, 다행히 생긴 것과는 달리 눈치 빠른 서원달이 한 걸음 나섰다.

"난 서원달이라 하오. 다행히 십팔난도문의 밥을 먹고 산 덕에 잔재주 몇 가지 피울 수 있으니 가르침을 내려줄 좋은 상대를 기대하오."

서원달의 정중한 인사를 진완이 받았다.

마치 아침 인사를 올리는 아들을 보는 듯한 눈빛과 함께 진완이 말했다.

"말 편하게 해. 다 동갑 친구들인데 뭐."

'친구? 친구 좋아하네. 친구가 밥줄을 빼앗이기는 기 봤나?

서원달은 순간 울컥했지만 지금은 그런 것을 따질 때가 아니었다.

이미 자신 쪽에선 상관패란 커다란 기둥 하나가 머리가 깨져 나가는 피해를 입었다.

남은 고수는 조장 이응과 웅패, 그리고 자신까지 셋.

저쪽은? 밉살스런 조장과 기련노마의 제자라는 놈, 그리고 도망 다니는 재주만 뛰어난 땟국물 흐르는 도사가 다였다.

뚱보 역시 거대한 몸을 날쌔게 움직여 도망치는 것을 보니 어디서 경공술 몇 수 익힌 게 다일 것 같고, 남은 사람 중엔 쓸 만한 놈이 보이질 않았다.

아니나 다를까, 자신을 상대하기 위해 저쪽에서 한 놈이 건들거리며 걸어나오고 있었다.

반질거리는 이마 한가운데 새겨진 붉은 전갈, 번질거리는 세모꼴 두 눈, 어기적거리는 특유의 걸음걸이.

한눈에도 뒷골목에서 놀던 건달임을 알아볼 수 있었다.

그렇다면 문제는 간단했다.

원래 약한 놈일수록 겉으로 더 독기를 피우고, 눈빛에 힘을 주며, 몸에 낙서를 하기 마련이라는 걸 잘 알고 있었기 때문이다.

놈이 말했다.

"씨발! 다 뎀벼!"

서원달은 놈의 말이 끝나기가 무섭게 앞으로 치달려나가 놈의 손목을 꺾고 발목을 걸어찬 다음 뒤로 밀었다.

쿵!

요란한 소리와 함께 놈이 땅에 나동그라지는 게 보였다.

하지만 애당초 서원달의 목적은 놈에게 있지 않았다.

적이 당황하는 사이 그 사이로 파고들어 돌팔매질을 하던 조장을 꺾는 것이 목표였다.

땅을 박차고 위로 솟구친 서원달의 눈에 밉살스런 십일조 조장의 낯짝이 크게 들어왔다.

'좋아!'

서원달은 속으로 쾌재를 불렀다.

허공에 뜬 이대로 저놈의 얼굴을 발로 자근자근 밟아줄 수 있을 거라 믿었기 때문이다.

하지만 회색빛 아지랑이가 눈앞에 어른거리고 있었다.

빠— 빠— 빠— 빡!

본능적으로 들어올린 두 팔뚝에 마치 소나기처럼 무언가가 날아와 박혀들었다.

날카로운 얼음 조각이 박히듯 얼얼해진 두 팔뚝을 감싸 쥐며 얼른 몇 걸음 물러서고서야 회색빛 아지랑이가 눈길도 주지 않던 절름발이란 걸 알아차렸다.

손형인은 불편한 오른 다리를 옆으로 길게 뻗은 채 온몸을 구부리고는 발갛게 달아오른 얼굴로 서원달을 노려보고 있었다.

의외였다. 그리고 놀라웠다.

불편한 오른 다리를 축으로 삼아 맴돌며 성한 왼발로 기기

묘묘한 각법을 전개한 것이다.

기묘한 각법은 그 누가 보기에도 무림에 일절로 꼽힐 만한 것이었다.

서원달은 믿지 못하겠다는 듯 벌벌 떨리는 두 손을 내려다보며 입만 벌리고 있었다.

이제 상황은 바뀌었다.

손꼽힐 만한 고수는 그저 기련노마의 진전을 이은 옥기영 정도라 생각했던 진완의 조에서 가공할 고수가 나타나고, 이웅이 이끄는 삼조에서는 네 명이었던 고수가 졸지에 두 명으로 줄어든 것이다.

갑작스럽게 드러난 손형인의 가공할 무위에도 진완은 그저 고개만 끄덕이고 있었다.

"밥값은 하는군."

퉁명스런 말이었지만 정작 손형인은 마치 커다란 칭찬이라도 받은 것처럼 쑥스러움에 발갛게 물든 얼굴을 숙일 뿐이었다.

2

주위를 살펴보는 이웅의 얼굴이 한층 굳어 있었다.

굳은 얼굴뿐만 아니라 목소리 역시 딱딱한 긴장된 목소리였다.

"내 안목이 형편없다는 걸 오늘에야 알았군. 좋아. 이렇게 된 것, 오늘 끝을 볼 생각이네."

하지만 정작 진완은 이웅의 으르렁대는 목소리가 들리지도 않는다는 듯 짜증 섞인 목소리로 투덜거렸다.

"그나저나 이놈은 왜 이리 안 와?"

이웅의 검미가 꿈틀거렸다.

백팔룡은 모두 열여덟 개 조로 나뉘었고, 그래서 한 조엔 여섯 명밖에 없었다.

하지만 지금 진완의 말을 듣자면 또 다른 한 사람을 기다리고 있는 것 같았다.

그것도 고수 중의 고수가 아니라면 상대가 저토록 태연할 수가 없을 것이다.

이웅이 더욱 긴장한 채 물었다.

"누구?"

진완이 대꾸도 하지 않은 채 한쪽을 바라보며 반색을 했다.

너무나 반가운 듯 한쪽 손을 흔들며 크게 외쳤다.

"어이! 아저씨, 여기!"

마치 길에서 마주친 옆집 아저씨에게 인사를 건네듯 진완이 한가롭게 인사를 건넨 상대는 바로 제일교두 호광이었다.

"무슨 일입니까?"

커다란 체격에 비해 매우 가볍고도 빠른 발놀림으로 가까이 다가온 호광은 주위를 둘러보며 눈을 동그랗게 떴다.

이렇게 빨리 돌아와 있을 거라곤 생각하지 못했던 것이 그 첫 번째, 그리고 돌아온 조가 둘이나 된다는 것이 두 번째 놀라움이었지만, 세 번째 놀라움에 비하자면 아무것도 아니었다.

두 조가 서로 으르렁거리며 생사를 건 듯한 분위기였다.

진완이 허주에게 얼른 패를 건네받아 분위기 파악이 안 되는지 두리번거리는 호광의 커다란 두 눈 앞으로 내밀었다.

"아저씨, 여기 밥값!"

호광이 안 그래도 큰 눈을 더욱 크게 부릅뜨고는 말했다.

"아저씨 아닙니다! 호광 교두입니다. 백팔룡의 첫 번째 교두가 바로 납니다!"

진완이 알겠다는 듯 고개를 끄덕이고는 더욱 크게 패를 흔들었다.

"교두 아저씨, 여기 밥값."

호광이 잠시 진완을 바라보다 패를 냉큼 뺏어가며 말했다.

"조원들 모두 있습니까?"

진완이 당연하다는 듯 고개를 끄덕였다.

"더러운 도사, 뒷골목 깡패, 뚱보에 계집애같이 곱상한 놈과 절름발이도 하나, 그리고 나까지. 다 왔수다, 교두 아저씨."

이응은 그 무서운 패력신의 후예인 철탁탑 호광에게 태연히 아저씨라 부르는 진완을 멍한 눈빛으로 보고 있다가 뒤늦게 항의했다.

"아닙니다, 아니라고요. 저 패는 우리 겁니다, 교두 아저씨."

호광이 매서운 눈빛으로 이응을 쏘아보았다.

저 덜떨어진 놈이야 워낙 대거리질에 유명한 놈이라 쳐도 너까지 그렇게 부를 수 있느냐는 눈빛이었다.

이응이 뒤늦게 정신을 차리고는 다시 말했다.

"우리가 가져온 겁니다. 그런데 저놈들이 뺏어갔습니다. 아무런 노력도 하지 않은 채 우리의 뒤통수를 친 겁니다. 이건 정당하지 못합니다. 옳은 일이 아닙니다."

호광은 그저 아무 말 없이 손안에 든 패만 만지작거렸다.

이윽고 생각을 정했는지 천천히 고개를 들어 진완을 쳐다보았다.

진완은 그저 멀뚱멀뚱한 눈빛이었다.

호광이 고개를 돌려 이응을 바라보았다.

무언가 굳은 결심이 깃든 눈빛이었다.

결단력도 있어 보였고, 예기치 않은 상황에서도 눈동자는 흔들리지 않았다.

호광이 짧은 한숨을 내뱉고는 말했다.

"삼조 조장에게 묻습니다. 나 호광이 묻습니다. 도대체 백팔룡은 무엇을 상대하기 위해서 존재하는 겁니까?"

이응은 '내가 무심련의 주인이 되어 부리기 위해' 라고 대답하고 싶었지만 그럴 수는 없었다.

"숨어 힘을 키우고 있을 마교도들을 상대하기 위함입니다."

호광이 맞다는 듯 고개를 끄덕였다.

"그렇습니다! 백팔룡은 마교도들을 상대합니다! 나중에 백팔룡은 마교도들을 때려잡습니다! 나 호광이 그렇게 키웁니다!”

호광이 커다란 주먹으로 가슴을 쾅쾅 내려치며 호기롭게 외치고는 다시 이응을 보며 물었다.

“그런데 그때, 마교도들의 간악한 수법에 걸렸을 때도 정당하지 못하다고 할 겁니까? 억울하다고 할 겁니까? 이때까지의 것은 무효이니 다시 시작하자고 할 겁니까?”

이응은 아무런 말도 하지 못했다.

호광뿐만 아니라 다른 삼조의 조원들 역시 마찬가지였다.

이응의 고개가 푹 숙여졌을 때 호광이 말했다.

“십일조는 식사를 합니다. 아주 맛있게 합니다. 삼조는 다시 패를 구해옵니다. 어떠한 방법이라도 괜찮습니다.”

고개를 든 이응이 진완을 노려보았다.

하지만 진완은 더 이상 이응을 바라보고 있지 않았다.

마치 옆집 아저씨와 헤어질 때처럼 제일교두이자 패력신의 후예인 호광의 어깨를 가볍게 손바닥으로 두드리며 껄껄 웃을 뿐이었다.

“우리 교두 아저씨, 말씀도 잘하시네.”

호광이 불쾌하다는 듯 진완을 쳐다보다가 곧 신형을 돌려 걸어나갔다.

호광의 발걸음에 피어오르는 흙먼지만이 호광이 지금 느끼는 은은한 분노를 알아보게 만들 뿐이었다.

“꺼억~”

육상산은 벽에 기댄 채 뚱뚱한 제 덩치만큼이나 큰 트림을 토해놓았다.

육상산의 덩치에 깔린 침상은 연신 끼이익거리는 신음을 토해놓았지만 제법 단단하게 만들어졌는지 쉽게 무너질 것 같지는 않았다.

육상산은 남들의 세 배쯤 되어 보이는 배를 슬슬 문지르며 만족스러운 듯 말했다.

"정말 맛있었어. 찬이야 변변치 않았지만 시장기가 돌아서 그런지 몇 년 만에 정말 맛있게 먹어본 것 같아."

육상산과 나란히 나 있는 침상 위에서 도사 허주가 나른한 눈빛과 함께 말했다.

"방도 제일 좋은 걸 얻은 거 같아. 제일 넓은 거 같더군. 무량수불."

방 안은 문이 나 있는 방향을 제외한 나머지 세 개의 벽에 각각 두 개씩의 침상이 놓여 있었다.

한쪽 컨에 나른하게 누워 있던 독갈룡 반두홍이 키득거렸다.

"킬킬킬, 아까 식사할 때 그 삼조 얼굴들 봤어? 개네들도 어쩔 수 없이 칠조의 패를 빼앗아왔나 봐. 칠조도 실력이 괜찮았는지 꽤나 험한 꼴을 당했나 보던데? 칠조가 삼조를 아주 죽일 듯 노려보더군. 하긴, 칠조 역시 결국 다른 조 패를 빼앗아왔으니 지들도 할 말이 없지 뭐. 식사할 때 보니까 아주 서로를 죽일 듯 노려보더라구. 만약 세 교두가 없었다면 한바탕 칼바람이 일었을 거야. 우리야 조장 잘 둔 덕분에 깨끗하게 끝냈지만. 어이, 안 그래?"

독갈룡 반두홍이 옆 침상 위에 있는 손형인을 슬쩍 보며 물었다.

손형인은 불편한 오른 다리가 부끄러워 숨기려는 것처럼 가슴에 안아 팔로 감싼 채 빙그레 웃었다.

"나도 그렇게 생각해."

항상 조심스럽고 위축된 느낌이었다.

불편한 다리가 몸뿐만 아니라 마음까지 영향을 끼친 게 틀림없었다.

진완이 부스스 몸을 일으키며 말했다.

"시답잖은 이야긴 그만두고, 더 늦기 전에 해둘 말이 있다."

그래도 조장이라는 직위 때문인지, 아니면 그런대로 숙식 문제를 해결한 능력 탓인지 다른 다섯 명의 얼굴이 일제히 진완을 향했다.

진완이 하나하나 쳐다보며 말했다.

"내가 말이야, 사실 무심련이고 뭐고 관심이 없는 놈이거든. 미안하지만 난 여기 더 머물고 싶은 마음이 없다구. 그래서 하는 말인데, 혹시 끝까지 남고 싶은 사람은 다시 조장을 뽑아야 할 거야. 누구 조장 맡고 싶은 사람 없나?"

사람들의 얼굴이 순간 멍하니 변했다.

현실이야 어떻든 바깥에서 보는 백팔룡의 존재는 신비한 구름 위의 용과 다름없었다.

신비에 싸인 운중룡(雲中龍).

어쩌면 백팔 명 중 한 명이 차기 련주로서 무림에 몸을 드러 내게 될지도 몰랐다.

그런 자리를 태연하게 관심없다고 말하는 조장의 얼굴을 보 던 독갈룡 반두홍이 제일 먼저 킬킬대며 웃었다.

"이제야 조장이 진짜 마음에 드는데? 사실 관심없기로 치면 내가 제일일걸?"

사람들의 시선이 이번엔 반두홍을 향했다.

반두홍이 민망했는지 손바닥으로 머리통 위에 새겨 넣은 전 갈 문신을 쓱 쓰다듬었다.

"생각들 해봐. 나야 뒷골목 놈들이랑 어울려 다니면서 만만 한 놈들 뒤통수나 치면서 살았던 놈이야. 조금 전 삼조 조장 얼굴 못 봤어? 이웅이라던가? 거의 자기가 무심련의 련주가 된 듯한 표정이잖아. 그 옆에는 그런 놈에게 알랑거리는 놈들밖 에 없고. 이런 곳은 내 영역이 아니야. 각 관문을 넘어 고수가 되기 위해 피똥 싸는 것보다는 멀리 떨어진 작은 땅덩어리의 조그마한 구역이나 관리하는 게 내겐 편하다구. 무심련? 난 나 를 알아. 나하고는 전혀 어울리지 않는 곳이지. 그저 창기들 엉덩이나 두들기다 술 취한 놈들 행패 부리면 가서 해결이나 해주는 게 내겐 제일 적당하다 이거야. 씨발, 말하고 나니까 속 상하네."

너무도 솔직한 이야기에 모두 아무런 말이 없었다.

한쪽에서 숨 쉬는 것조차 힘들다는 듯 헐떡거리던 육상산이 푸짐한 뺨을 씰룩거리며 입을 열었다.

“나 역시 마찬가지야. 나도 이런 데 있을 놈이 아니라고.”

독갈룡 반두홍이 피식 웃으며 육상산을 보았다.

“너 같은 돼지새끼는 아무런 곳에도 써주지 않을걸?”

육상산이 반두홍을 보며 낯색을 굳힌 채 말했다.

“날 쓸 수 있는 놈이 있다고 생각해? 내가 너를 쓰면 모를까.”

“뭐?”

반두홍이 의외라는 듯 세모꼴 눈을 동그랗게 떴다가 곧 번질거리는 시선으로 노려보며 비릿하게 웃었다.

“그 뚱뚱한 몸으로도 패를 빼앗아오는 일에 한 손을 보태서 귀엽게 봐줬더니 이젠 기어오르는구먼. 어디 너 따위가.”

하지만 육상산은 태연히 손수건으로 이마 위의 땀을 훔치며 말했다.

“내 나이 일곱에 처음 돈을 굴렸어. 그걸 두 배로 만드는 데 얼마 걸리지 않았지. 내 나이 열셋이 되니까 내 주위에 나보다 돈이 더 많은 놈은 없더군.”

반두홍이 아무런 말 없이 육상산을 쳐다보았다.

뒷골목 건달들과 부자들의 관심은 똑같았고, 지금 그 이야기를 육상산이 하고 있었기 때문이다.

육상산이 다시 입을 열었다.

“지금도 이곳 섬서(陝西) 땅에선 육 나으리 하면 모르는 사람이 드물걸? 호화상단(豪華商團)이란 이름을 들어봤는지 모르겠네?"

반두홍이 놀라 멍하니 육상산을 보다가 빽 고함을 질렀다.

"호화상단의 전귀(錢鬼) 육 어르신이 바로 너 같은 어린아이였단 말이야?"

"그래. 그게 나야."

육상산은 고개를 끄덕이고는 말을 이었다.

"내가 여기 온 이유는 너희들과 달라. 무심련에 연을 맺어볼까 해서 온 거였지. 어르신께서 이상하게 무심련이나 무림과는 돈 거래를 못하게 했거든. 그 이유가 내가 바로 백팔룡이기 때문이란 걸 뒤늦게 알았지만 말이야. 아무튼 난 몇 수 배우긴 했어도 손발 놀리는 일엔 관심이 없어. 혹시 연을 댈 수 있을까 싶어 와보니까 쓸 만한 놈들도 안 보이는 데다가 무심련에 물품 대는 일은 다르게 처리해야겠어. 아무튼 나 역시 여기 오래 있을 이유가 없다 이거야. 벌여놓은 일이 꽤 되거든."

"쓸 만한 놈이 왜 없어?!"

반두홍이 말도 안 된다는 듯 자리에서 벌떡 일어나 외쳤다.

"잘 보라구. 벌써 눈앞에 인물 하나가 떡하니 있잖아. 그래도 내가 살던 곳에선 독갈룡 반두홍 하면 꽤나 먹어준다고. 나 역시 때와 장소를 잘못 골라 이 꼴이지 만약 어깨에 날개만 단다면 한몫 단단히 할 수 있다 이거야. 조장이야 애초부터 글러먹었고, 다른 놈들 역시 무심련에 남아 있으려 할 테니까 셋이나 빠지게 생겼네? 이거 좀 미안한걸? 어이, 거기! 네놈은 남을 거야?"

반두홍의 시선을 받은 손형인이 불편한 다리를 더욱더 가슴 쪽으로 끌어당기며 손바닥을 내밀어 설레설레 내저었다.

반두홍이 고개를 끄덕이며 말했다.

"하긴, 너 역시 마지막까지 남는다 해도 환영받을 수는 없을 거야. 너는?"

남자치곤 예쁘장하게 생긴 옥기영이 조그마한 목소리로 말했다.

"난 기련산이 좋아. 거기서 스승님과 함께 살 거야."

"아참, 넌 기련노마란 괴물이 거두어 키웠다고 했지? 맨 처음 모였을 때 지켜봤는데 엄청나게 안 어울리는 사제더군. 그럼 너, 거기 더러운 새끼 도사는?"

허주가 곧 합장하며 말했다.

"무량수불, 세상에 도 아닌 것이 없다고 했네. 나 역시 촌스럽다 욕할망정 내 있던 도관에서 향불을 사르며 살고 싶은 사람이네."

반두홍이 웃기지도 않는다는 듯 피식 웃었다.

"어이구? 말은 잘해요. 너나 나 같은 놈은 어차피 이런 곳에 안 어울린다고. 그래도 주제는 아니 다행이네."

반두홍이 말하다 말고 피식 웃었다.

"씨발, 내가 다른 데서 이런 얘길 들었으면 믿지 않았을 거야. 무심련에서 보장된 자리를 걷어차는 미친놈이 여섯이나 된다니! 제길, 점점 우리 십일조가 마음에 드는데? 다행히 멋진, 아니, 미친 조장을 만나 지금 편안히 쉬는 거지 하마터면 구조나 십육조처럼 된통 걸렸으면 얼마나 작살이 났겠어?”

그때까지 아무 말 없던 진완이 입을 열었다.

“아직도 그대론가?”

도사 허주가 고개를 절레절레 흔들며 대답했다.

“그런 거 같더군. 우리 십팔 조 중에 패를 유일하게 못 가져
온 게 구조랑 십육조였잖나. 앞으로 본보기를 삼기 위해 일부
러 그러는 거겠지만 너무 정도가 심한 것 같으니⋯ 무량수
불⋯ 무량수불⋯⋯.”

떠올리기도 싫다는 듯 허주가 눈을 질끈 감고 연신 도호를
외웠다.

제일 재수없게 걸린 것이 바로 구조와 십육조였다.

마지막 남은 패를 두고 드잡이질을 하느라 두들겨 맞고, 뒤
를 이어 진짜 생사판의 후예라는 제삼교두인 적발귀 엄조와
밤새도록 놀아야만 했다.

늦은 저녁도 거른 채 연신 비명 소리가 요란하게 들리더니
한참 전부터는 아예 신음 소리도 내기 힘든 듯 조용했다.

진완이 궁금한 듯 물었다.

“지금은 뭐 하지?”

도사 허주가 우울한 얼굴로 대답했다.

“조금 전 뒷간에 가다 봤는데, 나무 위에 대롱대롱 매달아놨
더군. 완전 망가진 몸에 끈으로 꽁꽁 묶어 매달아놔서 눈뜨고
는 못 볼 꼴이던데? 호광 교두가 말하길, 마교와의 전쟁에서
이런 꼴을 보였다면 완전 죽은 목숨이니 죽었다 생각하고 딱

다섯 시진 동안 지옥을 체험하라고 했다더군. 물 한 방울 없이 말이야. 에휴~ 다섯 시진이라면 내일까지 매달려 있으란 얘기인데, 그건 죽으라는 거지."

진완이 인상을 살풋 찌푸린 채 말했다.

"심하군."

"심했어. 무량수불."

허주가 맞다는 듯 진저리를 치며 다시 한 번 도호를 외웠을 때다.

진완이 몸을 일으켜 문 쪽으로 걸어가며 말했다.

"잘들 살아라. 만나서 반갑지는 않았지만. 후후."

허주가 깜짝 놀라 물었다.

"어디 가는가?"

진완이 뒤돌아보며 말했다.

"내가 말했잖아. 나, 여기 있을 사람이 아니라고."

허주가 순간 침을 꿀꺽 삼키고는 진완을 쳐다보았다.

"설마… 자네, 도망을?"

진완이 말도 안 된다는 듯 피식 웃었다.

"도망은 무슨. 그럼 일이 복잡해져."

"그럼?"

"보고 있으면 알게 될 거야."

십일조에 속해 있는 나머지 다섯 개의 머리통이 산책이라도 하듯 문을 나서는 진완의 커다란 등만을 바라보고 있었다.

진완은 밤하늘을 쳐다보았다.

밤하늘은 검푸른색이었다.

별빛 사이로 그녀가 그녀를 닮은 푸르른 웃음과 함께 나타났다.

진완은 저도 모르게 히죽 웃었다.

'조금만 기다려. 금방 갈 거야.'

진완은 주먹 쥔 손을 허공에 휘두르며 속으로 외쳤다.

무외자 교욱과 범소는 될 수 있으면 늦게 나오라고 했지만, 진완은 그럴 수 없었다.

아니, 좀 편하게 있다가 나갈까 생각도 해봤지만 이건 아니었다.

젊은 아이들을 자리 하나 준다는 미끼로 탯줄이 갓 끊긴 상태에서 납치하다시피 해서 키운다는 것도 이해가 가지 않았지만, 밥도 안 주고 밤새도록 꽁꽁 묶어두는 것은 고문과 다르지 않았다.

비록 술에 취하면 작대기 하나 들고 설쳐 대는 아버지일망정 이십 년 가깝도록 살을 비비며 살아왔다.

하지만 부모 얼굴 한번 보지 못한 아이들이 개백정과 다를 바 없는 세 명의 교두에게 시달리고 있는 것이다.

진완이 성큼성큼 걸음을 옮기자 그제야 저 언덕 너머에 희미한 그림자가 보였다.

커다란 기둥을 양쪽에 박아 넣고 그 사이에 나무 하나를 걸쳤다.

그리고는 그 가운데 나무에 대롱대롱 열두 명의 청년이 신음도 내지 못한 채 매달려 있는 것이다.

“패는 거야 미리 말했으니까 괜찮아. 하지만 매달아놓을 거면 밥은 주든가, 밥을 안 줄 거면 매달지를 말든가. 게다가 패기까지.”

진완은 정말 이해가 가지 않는다는 듯 투덜투덜거리며 천천히 매미처럼 매달려 있는 구조에게 다가갔다.

구조와 십육조는 정말 매미, 아니, 애벌레처럼 보였다.

막 고치에서 벗어나 화려한 비상을 준비하는 애벌레처럼 목부터 발목까지 꽁꽁 줄로 묶인 채 기둥에 일렬로 매달려 있었다.

진완이 가까이 다가가자 몇몇이 힘겹게 눈을 뜨고 진완을 쳐다보았지만 개중에는 눈 뜰 기운조차 없는 것인지, 아니면 아예 혼절한 것인지 죽은 듯 아무런 반응도 없는 사람도 있었다.

진완이 천천히 다가가 맨 오른쪽 커다란 나무를 손으로 쓰다듬었다.

“뭐 하냐?”

갑자기 진완의 오른쪽에서 불쑥 나타난 사람이 물었다.

진완이 가볍게 놀라 쳐다보다 씨익 웃었다.

“아! 아저씨!”

예상외로 진완의 친절한 태도에 사내가 머쓱했는지 붉은 머리를 벅벅 긁으며 바보스럽게 웃었다.

“헤에~”

입가에 침이 흘러내리며 웃는 모습이 영락없이 정신적으로 문제있는 듯한 사내, 바로 제삼교두인 적발귀 엄조였다.

엄조가 소매로 쓰윽 침을 닦고는 다시 헤벌쭉 웃으며 물었다.

“뭐 해애~?”

진완이 엄조는 쳐다보지도 않은 채 기둥을 쓰다듬으며 대답했다.

“보면 모르슈?”

엄조가 진완의 손과 기둥을 번갈아 쳐다보다가 조심스럽게 물었다.

“뽑을라구?”

진완이 고개를 끄덕이며 대답했다.

“도끼라도 하나 있으면 쉬울 텐데 도끼가 없으니…….”

엄조가 붉은 머리카락 몇 올을 손가락으로 배배 꼬며 중얼거렸다.

“이거 나도 힘든 건데…….”

진완은 아예 엄조에겐 신경도 쓰지 않은 채 천천히 기둥을 가슴에 안았다.

엄조가 눈을 동그랗게 뜨고 다시 물었다.

“진짜 뽑게? 어라? 진짜 뽑네?”

진완이 숨을 한번 고른 후 힘을 주자 진완의 팔뚝이 부풀어 올랐다.

진완의 팔뚝과 허벅지 근육이 어린아이 머리통만큼 부풀어 오르고, 두 다리가 마치 태산처럼 땅을 단단히 딛자 기둥에서 드디어 조금씩 으드득거리는 소리가 튀어나왔다.

엄조가 신난다는 듯 옆에서 엉덩이를 두드리며 크게 외쳤다.

"으흐흐흐, 진짜 뽑힌다아~! 어이구나~! 진짜 뽑힌다~아~! 으흐흐흐~!"

"끄응~!"

마치 박자를 맞추듯 진완이 다시 콧구멍을 벌렁거리며 힘을 주자 기둥이 천천히 땅에서 끌려 나왔다.

엄조의 엉덩이 박자는 더욱더 속도를 높였다.

"으허허허~! 으흐흐흐흐~! 거의 다 뽑혔다아~! 조금만 더 힘내면 완전히 뽑힌다아~! 진짜다아~!"

두 눈을 질끈 감은 진완의 굵은 허리가 뒤로 활처럼 휘었다.

우지끈!

그때서야 커다란 기둥이 뿌리를 드러내듯 완전히 땅에서 뽑혔다.

쾅~!

기둥을 옆으로 내동댕이치며 힘을 채 조절하지 못해 뒤로 넘어진 진완이 거친 숨을 골랐다.

기둥에 걸친 나무에 매달려 있던 열두 명의 신형이 마치 빨랫감이 바람에 날려 땅에 떨어지듯 털버덕 소리와 함께 바닥을 굴렀다.

엄조가 누워 있는 진완의 얼굴을 위에서 내려다보며 헤벌쭉 웃었다.

"으ㅎㅎㅎ!"

진완이 위에서 내려다보는 엄조의 입가에 고인 침이 흘러내릴까 하는 걱정에 눈살을 찌푸릴 때였다.

"너 이제 큰일 났다아~! 으ㅎㅎㅎ~!"

"……?"

영문을 몰라 물끄러미 올려다보는 진완을 엄조가 재미난다는 듯 쳐다보다 다시 입을 열고 말했다.

한없이 늘어지는 괴상한 어조였다.

"넌 이제 주~욱~었~다~!"

"…왜?"

"기둥을 뽑았으니까아~! 으ㅎㅎ~!"

엄조는 이젠 아예 진완의 옆에 쪼그려 앉아 턱에 두 손을 괴고는 재미난 구경을 하듯 히죽히죽 웃고 있었다.

진완이 천천히 고개를 돌려 엄조의 얼굴을 보며 물었다.

"기둥을 뽑으면 큰일?"

"으ㅎㅎ~!"

엄조는 계속 이상한 웃음을 지으며 고개를 끄덕였다.

"왜요?"

"호광이 그랬다. 호광 알지? 으ㅎㅎㅎㅎ, 맛없게 생긴 놈. 철탑탑 호광 말이다."

"첫번째 교두 아저씨?"

엄조가 맞다는 듯 고개를 끄덕이며 계속 헤벌쭉 웃어댔다.

“그 아저씨가 뭐라고 했수?”

“호광이 그랬다. 다섯 시진. 다섯 시진 길다. 열두 명, 다섯 시진 동안 매달려 있어야 합니다! 호광이 그랬다아~! 으흐흐~!”

“그런데?”

“그러니까 다섯 시진 매달려 있어야 한다. 아니, 열두 명이니까 다섯 시진 곱하기… 그러니까… 열두 명 하면… 으흐흐~ 으흐흐~”

엄조는 손가락을 하나하나 꼽으며 숫자를 헤아리다 곧 붉은 머리를 벅벅 긁으며 말했다.

“으흐흐~ 아무튼 엄청 긴 시간이다~ 아~ 그러니까 넌 이젠 완전 죽은 거다~ 으흐흐흐~ 넌 죽은 거다~ 으흐흐~ 그 사람한테 걸리면 다 죽는다아~ 으흐흐흐~”

진완이 피식 웃었다.

눈앞의 이 미친 사람은 곤란했지만 그래도 호광이라면 이야기가 달랐다.

그래도 말귀는 통하니까.

“호광 아저씨 말이우?”

엄조가 고개를 저었다.

“아니다. 호광이라면 넌 산다. 하지만 그 사람이라면 넌 죽는다~ 아~ 으흐흐흐~”

“그 사람이 누군데 그렇게 무섭수?”

엄조의 웃음이 딱 멎었다.

“바로 나다!”

순식간에 갈고리 모양으로 만든 손으로 진완의 머리를 잡고는 마치 밭에서 채소를 캐어내듯 위로 쭉 잡아당겼다.

진완의 커다란 몸이 마치 줄을 매어 들어올린 인형처럼 제자리에 벌떡 일어나 섰다.

엄조는 진완의 머리통을 잡았던 손을 내려 진완의 목을 움켜쥐고는 진완의 두 눈을 쳐다보며 다시 헤벌쭉 웃기 시작했다.

“으흐흐흐~ 넌 죽었다.”

진완이 엄조의 눈을 보며 물었다.

“이왕 죽는 거 반항해도 되우?”

“아이고, 맛있게 생긴 놈이 말도 참 귀엽게 한다아~ 으흐흐~ 귀엽게 버둥대도 죽는 건 달라지지 않는다아~”

“내 주먹이 꽤나 아플 텐데?”

“으흐흐~ 괜찮…….”

퍽!

일부러 기회를 보아 입을 열어 말할 때 정확히 명치를 노려서 쳤다.

한데 묶은 나무 세 그루를 맨손으로 끌고, 방금 전에도 어른 허리만 한 기둥을 뽑은 진완이다.

말과 말 사이 호흡을 토할 때를 노렸기 때문에 꽤나 충격이 컸는지 엄조가 굳어진 얼굴로 잠시 눈을 감고 호흡을 가다듬었다.

진완이 목을 잡힌 채로 태연히 웃으며 말했다.

"내가 꽤나 아플 거라고 말했잖수."

엄조가 눈을 뜨고는 진완을 바라보다가 곧 바보처럼 웃기 시작했다.

"으흐흐~ 힘은 세지만 제대로 쓸 줄 모른다아~ 힘은 이렇게 쓰는 거다아~"

퍽!

이번엔 엄조의 주먹이 진완의 명치를 파고들었다.

"끄어억~"

진완의 눈앞이 노래지고 귀에선 종소리가 뎅뎅 울려 퍼졌다.

곧 새우처럼 등을 굽힌 채 입으로 토사물을 게워내기 시작했다.

하지만 그래도 얼얼한 고통은 사그라들지 않고 결국 뱃속의 모든 것을 게워내는 걸로도 모자라 똥물까지 지릴 지경이 되어서야 겨우 숨통이 트였다.

"으흐흐흐~"

엄조는 움켜쥐었던 목을 놓은 채 진완의 고통을 즐기는 것처럼 웃으며 말했다.

"손엔 닷 푼, 다리엔 세 푼, 허리엔 두 푼의 힘을. 그렇게 치는 거다. 으흐흐~ 정확히 갈빗대가 갈라지는 곳을 치면 충격이 간과 신장, 그리고 위로는 폐와 심장까지 가고, 아래로는 방광과 내장이 흔들린다. 간은 찰지고 폐는 쓴맛이 난다. 방광은 지린 맛, 내장은 쫄깃쫄깃하다. 아~ 으흐흐~ 쓰읍~”

엄조가 입가에 흐르는 침을 쓰윽 닦은 후 다시 입맛을 다시고 있었다.

그사이 진완이 겨우 몸을 일으켜 세운 후 눈물과 콧물, 그리고 게워내느라 번질거리는 입가를 닦고는 말했다.

“헉헉! 제법 힘 좀 쓰는구랴. 좋수다. 이번엔 내 차례유.”

“좋다아~ 으흐흐~ 고기는 쳐야 맛이 좋은 법이다아~”

엄조가 주먹으로 가슴을 퉁퉁 내려치고는 숨을 들이켜고 허리를 세웠다.

진완이 커다란 주먹을 천천히 내뻗어 가볍게 엄조의 배에 가져다 대고는 다시 뒤로 힘껏 뻗었다.

숨을 신중히 고르며 눈으론 엄조의 배를 노려보면서 몇 번을 거듭해 거리를 재자 엄조의 눈알이 데구루루 굴러 땅바닥에 널브러진 기둥을 쳐다보았다.

다른 놈도 아니고 기둥을 맨손으로 뽑은 놈이다.

조금 전에도 놈의 힘을 보았지만 이렇게 전력을 다해 신중히 내려치는 주먹이란 대단할 게 분명했다.

엄조는 스스로 약간 비겁하다는 생각을 하면서 진완 몰래 잔뜩 운기한 내공을 명치에 모으고는 연신 웃음소리를 냈다.

“으흐흐~”

하지만 아까와는 달리 엄조의 웃음소리엔 힘이 빠져 있었다.

엄조는 꽤 긴장한 듯한 눈빛으로 진완의 뒤로 팽팽히 잡아당겨진 주먹을 보고 있었다.

드디어 진환이 '핫!' 하는 기합성을 토해내며 주먹을 내뻗는 순간 엄조는 저도 모르게 두 눈을 질끈 감았다.

퍼억!

밤하늘을 흔드는 충격음과 함께 엄조의 신형이 뒤로 한 바퀴 굴렀다.

큰대 자로 뻗었던 엄조가 정신을 차리려는 듯 몇 차례 머리를 흔들었다.

"아이고, 아저씨! 대가리가 참 단단도 하시우!"

진환이 자못 경탄했다는 듯 크게 외쳤다.

엄조가 그제야 정신을 차렸는지 얼른 몸을 일으키며 고함을 질렀다.

"배닷! 머리통이 아니라 배였다아~! 분명 배를 쳐야 했다아~!"

억울한 듯 인상까지 찡그리며 바락바락 고함을 질러대는 엄조의 얼굴에선 한줄기 코피가 흐르고 있었다.

"내가 언제 배를 친다구 했수?"

진환의 태연한 대꾸에 엄조가 순간 멍한 표정을 지었다가 곧 다시 헤벌쭉 웃었다.

"맞다. 으흐흐흐~ 그런 얘긴 없었다. 얘기 안 했으면 됐다. 으흐흐~"

엄조가 갑자기 신이 난다는 듯 성큼성큼 다가와 진환의 목을 움켜쥐었다.

진환이 얼른 손을 내밀어 엄조의 손을 밀어내려 했지만 엄조의 손은 물을 차 오르는 잉어처럼 교묘하게 빠져나가 진완의 목을 잡았다.

“크윽~”

진완은 목을 잡히는 순간 온몸의 힘이 빠져나가는 듯한 느낌이 들었다.

예전에도 이런 경험이 있었다.

검은 마차를 타고 자신을 납치했던 범소를 통해서였다.

어떻게 그럴 수 있느냐고 묻는 진완에게 범소가 말하길, 고수에게 맥문이 잡히면 어쩔 수 없이 그렇게 된다고 했다.

몸을 축 늘어뜨린 진완을 가까이 잡아당긴 후 바로 눈앞에서 헤벌쭉 웃으며 엄조가 말했다.

“나 엄조도 무공 안 쓴다고 안 했다~ 내공 안 쓴다고 안 했다아~ 그러니까 써도 되는 거다아~ 무식하게 힘으로 하려다 내가 죽을 뻔했다아~ 으흐흐~ 그러니까……”

엄조가 진완의 목을 움켜쥔 손을 더욱 가까이 잡아당긴 후, 진완의 코와 자신의 코가 맞닿자 말했다.

“넌 진짜 죽은 거다아~!”

진완의 표정이 순간 굳어졌다.

第八章

눈엣가시

"으음……."

진완은 힘들게 눈꺼풀을 올렸다.

하지만 보이는 것이라고는 희뿌연 그림자뿐이었다.

고개를 흔들어 정신을 차려보려 했지만 목이 돌아가지 않았다.

"……?"

손을 들어올려 눈을 비비려 했지만 손이 올라가질 않았다.

손뿐만이 아니었다.

무언가 무거운 것에 눌리듯 손가락 하나, 발가락 하나도 꼼짝할 수가 없었다.

이상하게 온몸이 꼭 깊은 바닷속에 잠긴 것처럼 무겁고 나른했다.

그때였다.

“으흐흐~ 익는다~ 익는다~ 맛있게 익는다~”

엄조의 목소리였다.

무언가 매우 신이 난 듯 목소리가 약간은 들떠 있었다.

진완이 힘겹게 눈을 뜨고 눈에 힘을 주자, 점점이 흩어졌던 하얀 덩어리들이 하나로 모여 형태를 만들었다.

“……?”

매우 낯설면서도 익숙한 물건이었다.

더러운 긴 천 사이로 털이 삐죽삐죽 나온 두 개의 물건은 바로 사람의 발이었다.

돈이 없는 것도 아닌데 그저 기다란 천으로 발을 감싼 채 돌아다니는 사람은 단 한 명, 미친 사람밖에 없었고, 진완이 알기로는 엄조가 그런 사람이었다.

두 개의 발 사이로 사람 얼굴 하나가 하늘에서 떨어지듯 나타났다.

서 있던 엄조가 엎드린 채 고개를 삐뚜름하게 돌려 진완을 쳐다보는 것이었는데, 그제야 진완은 자신이 땅에 기둥처럼 박혀 있다는 걸 알 수 있었다.

깊은 구덩이를 파고 진완을 묻은 다음, 목 위 머리통만 내놓게 만든 게 틀림없었다.

정신을 잃고 있던 동안 시간이 꽤 흘렀는지 지금은 태양이 내리쬐는 한낮이었다.

“으흐흐흐~ 익는다~ 잘 익는다~”

엄조는 진완을 마치 솥 안에 든 음식으로 생각하는 듯 엎드린 채 진완을 보며 연신 헤벌쭉 웃고 있었다.

진완이 어이가 없는 듯 힘 빠진 목소리로 물었다.

“어이, 아저씨! 아무래도 여긴 솥이 아닌 거 같은데?”

엄조가 붉은 머리를 벅벅 긁으며 말했다.

“솥이 아니더라도 익는다~ 넌 벌겋게 익는다~ 으흐흐~”

엄조는 손가락을 펴며 순서를 하나하나 세었다.

“먼저 땅을 파고 초음액(醋陰液)을 뿌린다~ 둘, 중수(重水)를 진흙에 개어 몸에 바른다~ 셋째, 땅에 묻는다~ 넷째, 기다린다~ 다섯째, 뜯어 먹는다~ 아이, 신난다~ 으흐흐흐~”

진완이 어이가 없다는 듯 멍하니 쳐다보았지만 엄조는 들뜬 목소리로 계속 중얼거렸다.

“초음액이란 신비한 초(醋)다. 사람의 근육을 나긋나긋하게 만들고 힘줄을 부드럽게 만든다. 혀로 부드럽게 핥기만 해도 뼈와 고기가 분리된다.”

진완이 눈살을 찌푸렸다.

초음액인지 뭔지 몰라도 자신을 옥죄고 있는 흙은 분명 축축하게 젖어 있었다.

거기다 무겁게 내리누르는 젖은 흙을 헤집고 몸을 일으키려 해도 온몸에 힘이 들어가질 않았다.

근육이 식초에 넣은 달걀마냥 껍질까지 흐물흐물해진 느낌이었다.

엄조가 마치 책을 읽듯 계속 중얼거렸다.

"중수란 무거운 물이다. 혹자는 중수를 먹으면 위에 무리를 주어 구멍이 난다 했지만 거짓이다. 단, 중수 속에 물건을 넣으면 대단한 압력을 주는 것은 사실이다. 중수에 담근 사람은… 사람은……."

마치 암기한 내용을 내뱉듯 중얼거리던 엄조가 다음 말을 잊었는지 더듬거리다가 머리를 긁으며 으헤헤 하고 웃었다.

"으흐흐~ 아무튼 고기가 찰지게 된다. 부드러우면서도 찰기가 있는 정말 맛있는 고기가 된다."

엄조가 다시 손가락을 들어 하나하나 꼽으면서 신난 목소리로 말했다.

"하루, 이틀, 사흘……. 그 속에서 오래 있어야 한다. 그래야 고기가 찰지고 쫀득쫀득해진다. 열두 명이 매달려 있어야 할 시간 동안 네놈 혼자 흙 속에 있는다. 으흐흐흐~"

진완은 피식 웃었다.

사람을 뜯어 먹는다는 둥, 고기가 쫄깃하다는 둥 말은 하고 있었지만 정말 사람을 잡아먹는 놈은 아닐 것이다.

만약 사람 고기를 정말 먹는 놈이라 해도 무심련 안에서 보는 사람들이 많은 곳에서는 먹지 않을 것이다.

설령 미쳐서 정말로 사람을 우걱우걱 씹어 먹을 놈이었다면 무심련 측에서 세 명의 교두 중 하나로 택하지도 않았을 것이다.

엄조가 자신의 엄포에도 겁에 질려하지 않는 진완을 신기하다는 듯 쳐다보았다.

진완이 그런 엄조를 쳐다보며 입을 열었다.

"뭘 좀 입에 넣어주고 그런 말 하슈. 물기가 너무 없어서 고기가 팍팍해지겠수."

엄조가 이런 요릿감은 처음 봤다는 듯 머리를 벅벅 긁다가 난처한 표정을 지었다.

"물 없다. 음식 없다. 그냥 넌 거기서 푸욱 익는 거다. 네놈이 기둥을 박살 내서 매달아놓을 수 없으니 땅에 기둥 대신 박아 넣는 거다. 아무도 너에게 올 수 없다."

"없으면 냅두슈."

진완은 피곤함에 두 눈을 감았다.

온몸의 물기란 물기는 다 빠져나간 것 같았고, 근육과 힘줄이 갈가리 찢겨져 나간 듯했다.

정수리 위로 떨어지는 뜨거운 햇살이 바닥까지 달궜는지 뜨거운 열기 때문에 혀까지 말라 갈라질 지경이었다.

눈을 감은 진완은 아찔한 현기증과 함께 아득한 나락으로 떨어져 내렸다.

진완이 두 번째 정신을 차린 것은 작은 목소리 때문이었다.

그동안 얼마나 지났는지, 또 지금 여기가 어딘지도 알지 못했다.

단지 주위가 어두운 것이 한밤중인 것 같았다.

"어이, 조장. 조장, 괜찮아?"

“……?”

힘들게 눈꺼풀을 들어올린 진완의 눈앞에 새하얀 얼굴이 들어왔다.

“나야, 나. 손형인. 모르겠어? 거 왜 다리가 불편한…….”

잔뜩 목소리를 죽여 소곤대는 목소리에 진완이 희미하게 웃었다.

그제야 정신을 차렸다는 것을 알고 손형인이 납작 엎드린 자세 그대로 조곤조곤 속삭이듯 말했다.

“힘들게 여기까지 온 거야. 목마르지?”

손형인이 품에서 가죽 포대를 조심스럽게 끌러 진완의 입에 가져다 댔다.

꿀꺽!

보기만 해도 침이 넘어갔다.

하지만 이미 입 안의 침은 거의 남아 있지 않아 그저 울대만 위아래로 크게 오르내릴 뿐이었다.

손형인이 조심스럽게 가죽 포대의 주둥이를 진완의 입에 가져다 대었고, 진완은 미친 듯이 입술을 대고 빨아들였다.

물맛은 썼다.

어쩌면 갈증 때문인지도 몰랐다.

하지만 지금은 독약이라도 삼킬 수 있었다.

채 숨 몇 모금 몰아쉬지 않아 가죽 포대의 배가 납작해진 것을 보고서야 손형인이 조심스럽게 말했다.

“힘들지? 며칠만 참아.”

“며칠이라구?”

진완이 조금 정신이 들었는지 되물었다.

“응, 아마 그럴 거야. 아참, 반두홍이 이 말 전해달랬어. 씨발, 조장 빨리 와라! 여기 진짜 좆 같다!”

어둠 때문에 확실하진 않지만 반두홍의 말을 전하는 손형인의 얼굴은 발갛게 달아올랐을 게 틀림없었다.

소심하고 부끄럼 많은 손형인이 욕설을 입에 담기까진 모르긴 해도 반두홍의 으름장이 꽤나 큰 역할을 했을 것이다.

“크큭, 꽤나 힘든가 보군.”

진완이 그 광경이 눈에 보이는 듯해서 쿡쿡대며 웃자 손형인이 납작 엎드린 자세 그대로 하소연하듯 표정을 찡그렸다.

“말도 마. 조장의 대거리질 이후 교두들이 아예 잡아먹을 듯 대하거든. 지금도 모두들 단체 기합 받으러 갔어. 우린 오늘 밥도 굶었다구.”

“왜?”

“그 삼조 놈들 말이야. 우리가 패를 빼앗은 그놈들이 조장이 없으니까 아예 우리를 대놓고 비웃고 괴롭혀. 기련노마에게 무공을 배운 옥기영과 나는 건드리지 않고 눈엣가시 같은 반두홍이나 육상산같이 약한 놈들만 괴롭힌다구.”

진완이 혀로 입술을 핥으며 거친 호흡과 함께 말했다.

“기다리라 그래. 내가 갈 때까지.”

손형인이 그제야 희미하게 웃었다.

“안 그래도 전부 조장이 올 때까지만 기다리고 있어. 단단히 벼르고 있거든. 그래도 아직 견딜 만은 해. 조장이 구해준 구조와 십육조 아이들이 우릴 꽤 도와줘. 다른 조원들 역시 조장을 영웅시하고 우러러본다고.”

“영웅이 되려고 했던 건 아니야.”

“알아. 그래도 쫓겨나려고 이 짓을 했다고 말할 순 없잖아? 그런데 조장, 정말 쫓겨나려고 했던 거야? 독갈룡 반두홍은 조장 지랄 맞은 성격상 억눌리고 사느니 머리 디밀고 죽으려고 했던 거라 말하고, 전귀 육상산은 사고 쳐서 쫓겨날려고 했다고 그러고, 도사 허주는 도를 깨우친 자의 행동은 범인이 이해 못한다고 칭송하던데 뭐가 맞아?”

“넌 어떤 거 같아?”

“모르겠어. 여기 오고 나서부턴 하나도 모르겠어. 뭐, 원래 세상을 잘 알지도 못했고 친구도 사귀지 못했으니까.”

“나도 몰라.”

진완이 조금 정신이 드는지 툴툴거리며 웃었다.

손형인 역시 진완의 웃음을 보자 조금 마음이 놓이는지 같이 소리 죽여 웃었다.

진완이 문득 생각나 물었다.

“아참, 그런데 모두 단체 기합을 받는다면서 넌 어떻게 온 거야?”

손형인이 콧등에 잔뜩 주름을 잡고는 대답했다.

“그거야 서류 정리 때문이지 뭐. 백팔룡의 각자 특기와 특성을 분류하는 건데… 그런 간단한 작업도 할 줄 아는 사람이 하나도 없더라고. 아무튼 죽는 줄 알았어. 그 유리 눈알이 지켜 보는 가운데 서류를 정리하자니⋯⋯."

진완은 손형인의 말에 또다시 키득거렸다.

손형인이 말한 유리 눈알이 두 번째 교두인 살막도의 진전 을 이었다는 민청을 두고 한 말임을 알았기 때문이다.

교두들의 소개에서도 그저 민청이란 자신의 이름만을 말했 을 정도로 냉막하고 차가운 사람이었다.

소심한 만큼 꼼꼼한 성격 때문에 그 일을 맡은 모양인데, 안 그래도 간이 작은 손형인이 그런 사람 앞에서 글을 쓰고 정리 하느라 벌벌 떨었을 걸 상상하니 터져 나오는 웃음을 참을 수 가 없었다.

어쩌면 그런 손형인이 조원들을 위한답시고 서원달과의 대 결에 나선 것이 도리어 놀라운 일이었다.

손형인이 한숨과 함께 소곤거렸다.

"말도 마. 이제야 풀려났다고. 때가 되면 기회를 봐서 조장 먹을 거라도 좀 가져오려 했는데 그럴 수가 없었어. 미안해. 솔직히 물도 잘못했으면 못 가져올 뻔했다구. 물을 담아 오던 중에 조장을 이렇게 만든 제삼교두인 그 미친 붉은 머리랑 마 주쳤는데, 어딜 가는 거냐구 자꾸 꼬치꼬치 캐물어서 간 떨어 지는 줄 알았어."

"괜찮아. 너도 위험하니까 이젠 오지 마."

손형인이 감격했다는 눈빛으로 진완을 쳐다보았다.

자신의 처지가 이런 데도 남의 걱정을 해주는 진완의 넓은 마음에 눈가에 물기까지 언뜻 엿보일 정도였다.

손형인이 소매로 슬쩍 눈을 훔치고는 떨리는 목소리로 진완에게 물었다.

"그런데 조장, 많이 힘든 거 같아. 다른 조원들은 조장은 지옥에 던져 넣어도 살아 나올 거라며 서로들 위로 삼아 말했는데, 이렇게 힘들어할 줄은 몰랐어."

"초음액과 중수 때문이야. 아참, 너, 책 좀 읽었어? 초음액과 중수가 뭔지 알아?"

"모르겠는데? 초음액과 중수가 뭐야?"

손형인이 어리둥절한 표정으로 되묻자 진완은 한숨과 함께 지금 자신이 박혀 있는 흙에 뿌려진 액체라고 설명했다.

"아하, 그래? 그런 게 있는지는 모르겠지만 비슷한 걸 들어는 봤어. 하지만 조장 얘길 들으니 그건 아닐 거 같은데……."

"뭔데?"

"간혹 이런저런 이야기를 내가 모시던 스승님께 들었는데, 그중엔 강호인들에 대한 것도 있었어. 보통 무림인들은 태어나면서부터 벌모세수(伐毛洗髓)란 걸 한다며?"

"나도 너만큼이나 몰라."

손형인이 그럴 줄 알았다는 듯 고개를 끄덕이고는 말했다.

"아무튼 그런 게 있대. 엄마 뱃속에 있을 때는 선천지기(先天之氣)를 기르지만 태어나서 울음과 함께 시작된 호흡 때문에 백회혈이라고 하나? 그 정수리에 구멍이 막히고 단전을 비롯해 세맥도 막힌다더군. 그 다음 사람의 기운은 후천지기(後天

之氣)로 나뉘는데, 내가 왜 이걸 기억하냐면, 내가 무공을 배울 때 몸이 불편해서 그런 쪽으로 사부께서 많이 연구하셨거든.”

손형인은 말하다 말고 곧 자신의 머리통을 콩콩 내려쳤다.

“아참, 또 쓸데없는 이야기를 했군. 아무튼 그래서 무가에선 아이들이 태어나면 빠른 시간에 벌모세수 등 자신들만의 수법을 이용해서 몸을 무공을 익히기에 적당하게 만들어준다는 거야.”

“그런데?”

“그런데 너무 어린아이에게 베풀기엔 위험한 수법이라 조심스럽게 행해야 한다는 거지. 그래서 어떤 좌도방문의 기인이사들이 괴상한 방법을 생각해 냈다고 해. 즉, 약물을 이용하는 거지. 독특한 몇 가지 약물을 섞은 후, 독특한 분말과 합해서 사람의 몸을 만두 찌듯 높은 압력과 온도로 달군다는 거야. 그 과정을 거치면 보통 사람이라도 벌모세수를 거친 듯 무공에 익숙한 몸이 된다고 하더군.”

진완이 한심스럽다는 듯 한숨을 내쉬었다.

“넌 그래서 그 붉은 머리 미친놈이 나한테 그 귀한 것을 해주었다고 말하는 거냐?”

손형인이 민망하다는 듯 얼굴을 붉혔다.

“아, 아니, 그런 건 아니구, 그냥 갑자기 그 생각이 떠올랐어. 그럴 리 없겠지. 하지만 그 방법을 쓸 때 비전약물이 청록색을 띤다고 들었거든. 지금 조장이 묻혀 있는 이 녹색 흙처럼 말이야. 그래서 갑자기 그 이야기가 떠오른 거야.”

진완이 한동안 손형인을 바라보다가 살짝 인상을 찡그렸다.

손형인이 미안하다는 듯 낯을 붉혔다.

"미안. 몸도 아플 텐데 쓸데없는 이야기만 해서."

"그런 게 아니야. 아무튼 조원들한테 신경 쓰지 않아도 된다고 말해줘. 너도 이제 그만 가보고."

"걱정하지 말라고 해도 신경 안 쓸 수 없을 거야. 조장, 건강해야 해. 다음에 기회 있으면 또 올게. 먹을 것도 가져올 수 있으면 가져오고."

"안 그래도 된다니까. 그래, 잘 가라."

낮은 포복으로 살금살금 기어가는 손형인을 보며 진완이 힘겹게 미소를 지었다.

하지만 어둠 속으로 손형인의 모습이 완전히 사라지자 진완은 피가 배어 나올 정도로 아랫입술을 깨물었다.

조금 전부터 아랫배에서 엄청난 고통이 밀려왔기 때문이다.

2

마치 창자가 가닥가닥 분리되어 불에 짓이겨지는 듯한 통증이었다.

아랫배에서 불끈 솟은 열기는 이제 정수리 위로까지 치밀어 오르고 있었다.

분명 그 물이 문제였다.

하지만 손형인이 그 물 안에 이상한 걸 넣었을 리는 없었다.

'그 미친 교두겠지.'

진완은 그렇게 추측했다.

손형인이 오다가 미친 적발귀 엄조를 만났고, 어리보기한 손형인 품에서 물주머니를 바꿔치기하는 거야 엄조에겐 어린 아이 손목 비틀기보다 쉬웠을 것이다.

그래서 참았다.

만약 손형인이 자신이 한 멍청한 짓을 발견하면 아마도 소심한 성격상 스스로 자책했을 게 분명했기 때문이다.

"으으으~"

진완의 신음이 채 끝나기도 전에 진완의 눈앞에 누군가 나타났다.

비록 목까지 땅에 묻혀 있어 보이는 것이라곤 두 발밖에 없었지만 그걸로 충분했다.

맨발에 헝겊 천을 둘둘 말고 다니는 미친 사람, 적발귀 엄조였다.

"으흐흐~"

입가에 침이 흘러내리며 특유의 웃음을 짓는 엄조를 향해 진완이 고통을 참느라 떨리는 목소리로 물었다.

"하나만 물읍시다."

"뭐냐?"

"내가 마신 게 뭐유?"

“으흐흐~”

엄조는 자신이 한 행동이 들킨 게 민망하다는 듯 붉은 머리카락을 벅벅 긁었다.

대답을 들을 필요도 없었다.

미친 사람이 건네준 물이 좋을 리가 없었다.

무언가 괴상한, 그것도 보통 사람이 생각할 수 없는 괴상한 것이 들어 있을 것이 틀림없었다.

진완이 엄조를 보며 다시 입을 열었다.

“그런데 조금 곤란한 게 있수다.”

“뭔데에~?”

진완이 이를 악문 채 말했다.

“내가 죽고 싶어도 죽을 수 없는 몸이라우!”

진완은 그 말을 끝으로 정신을 놓아버려 마지막 말을 하지 못했다.

‘그녀를 만나기 전까진 죽을 수 없다’ 는 말을.

진완이 다시 정신을 차린 것은 하늘이 동쪽에서부터 벽록색으로 물드는 새벽녘이었다.

그때까지도 엄조는 진완의 얼굴 앞에 쪼그려 앉아 무릎 위에 팔짱을 낀 채 팔꿈치를 올려놓은 자세 그대로였다.

하지만 얼굴빛만은 그렇지 않았다.

마치 귀신을 본 듯 얼굴빛이 청록색으로 질려 있었다.

어쩌면 새벽 여명 때문일지 모르겠지만 그래도 굳은 얼굴 표정은 평상시의 엄조와는 달랐다.

“하아!”

진완이 저도 모르게 입을 벌리고는 한숨을 내쉬었다.

가슴속을 태워 버린 그 무언가가 재가 되어 입 밖으로 빠져나가는 것 같았다.

엄조가 진완의 숨결에서 느껴지는 달뜬 냄새 때문인지 코끝을 찡긋 거렸다.

손으로 코를 문지른 엄조가 조심스럽게 물었다.

“너, 안 죽었구나?”

“죽을 수 없다고 했잖수.”

이미 기운이 다 빠져 버린 듯한 목소리로 진완이 대답했다.

“……..”

하지만 엄조는 굳은 표정으로 진완을 쳐다볼 뿐이었다.

“왜 그렇게 보슈?”

진완이 갈라진 목소리로 퉁명스럽게 물었다.

혀로 입술을 핥으니 갈라진 입술 사이로 찝찔한 피 맛이 느껴졌다.

어쩔 수 없었다.

이미 온몸에선 물기라고는 한 방울도 남아 있는 것 같지 않았다.

하지만 엄조는 시선은 진완에게 맞추면서도 정신은 다른 곳에 있는 것 같았다.

“왜 그러슈?”

진완이 묻자 엄조가 한껏 목소리를 낮춘 채 물었다.

"혹시 내 뒤에 무언가 있지 않니?"

"……?"

진완이 눈을 가늘게 뜨고 뒤를 바라보았다.

넓은 구릉 뒤엔 자그마한 동산이 이어져 있었는데, 지금은 새벽녘이라 동산이 어둠 속에 몸을 웅크린 것처럼 보일 뿐이었다.

더구나 지금은 머리 속까지 어질어질 정신이 없어 바로 앞에 있는 엄조의 얼굴도 알아보기 힘들 정도였다.

"없냐?"

하지만 엄조는 잔뜩 긴장한 얼굴로 다시 되물었다.

그러나 진완의 짜증난다는 표정을 보고는 곧 붉은 머리카락을 손가락으로 배배 꼬며 눈알을 좌우로 데굴데굴 굴렸다.

그 순간, 엄조가 마치 선불이라도 맞은 듯 그 자리에서 펄떡 뛰었다.

그걸로도 모자라 곧 옆으로 몇 바퀴 데굴데굴 굴리더니 몸을 일으키고는 크게 외쳤다.

"진짜 있구나! 이번엔 진짜다!"

곧 엄조의 신형이 바람처럼 구릉 위로 날아갔다.

마치 솥 안의 콩이 튀듯 이리저리 정신없이 나부끼는 엄조의 신형은 안 그래도 어지러운 진완의 눈앞을 어지럽히고 있었다.

'참 미치는 방법도 가지가지군.'

진완은 그 생각을 마지막으로 까무룩 다시 정신을 놓았다.

"괜찮아?"

무언가 나직한 목소리가 귓전에 웅웅거렸다.

눈을 힘들게 뜨자 무언가 길쭉한 것이 눈앞에 있었다.

"정신이 들어?"

"으음……."

솔직히 눈앞의 얼굴보다는 목소리로 알아볼 수 있었다.

"허… 주……?"

"그래. 알아보겠지?"

진완이 두 눈에 힘을 주자 도사 허주의 반쯤은 걱정되고, 또 반쯤은 반가움이 가득 담긴 얼굴을 볼 수 있었다.

"내가 먹을 걸 가져왔어. 먹기 싫어도 먹어야 해."

허주가 꼬질꼬질한 품을 뒤져 무언가 보따리를 꺼내 앞으로 내밀었다.

그러나 정작 진완은 음식 냄새를 맡자 속이 뒤집힐 것처럼 요동쳤다.

"우욱!"

그 모습을 보고 허주가 안타깝다는 듯 인상을 찡그렸다.

"아, 미안. 내가 좀 그렇게 생겼지? 그래도 먹어야 해. 아유, 얼굴 부운 것 좀 보게. 애를 얼마나 조져 났으면. 무량수불."

아닌 게 아니라 진완은 자신의 몸 상태가 엉망이란 걸 느낄 수 있었다.

마치 돼지 방광에 대롱을 꽂아 팽팽하게 부풀린 것처럼 머리가 다섯 배는 부풀려진 것 같았기 때문이다.

혹시 미친 엄조가 자신의 머리통에 물을 잔뜩 집어넣은 게 아닌가 하는 생각까지 들 정도였다.

입술도 부풀었는지 혀로 핥아보면 웬 가지 두 개가 위아래로 붙어 있는 것 같을 정도였다.

"미안, 식욕이 없네."

진완이 물기라곤 전혀 묻어 있지 않은 껄끄러운 목소리로 말했다.

허주가 고개를 저었다.

"다른 사람이 그리 말했다면 믿겠지만 조장이 그리 말하는 건……. 먹어야 힘을 차리지."

"혹시 오다가 그 미친놈을 보았나?"

진완이 묻자 허주가 고개를 끄덕였다.

"잠깐 마주쳐 인사는 했지."

구태여 누구라고 말 안 해도 허주 역시 그 '미친놈'이 적발귀 엄조라는 것을 알아들은 모양이다.

그렇다면 절대 음식을 입에 대어서는 안 되었다.

물만 해도 그 고생을 했는데, 먹는 음식엔 무얼 넣었을지 알 수 없었다.

"아무튼 난 먹지 않을 거야. 그건 그렇고, 애들은 잘 있지?"

"그거야 뭐, 아참! 조장, 그거 알아?"

"……?"

진완이 힘없이 바라보는데, 허주는 무언가 비밀스런 이야기라도 전하듯 목소리를 한껏 낮추었다.

"아이들이 하나씩 은밀하게 사라지고 있어."

"사라진다고?"

정신이 몽롱한 가운데서도 그 이야기만은 똑똑히 뇌리에 박혀들었다.

어쨌든 지금 진완의 제일목표가 은밀히, 표 안 나게, 합법적으로, 빠른 시일 안에, 별 탈 없이 무심련을 나가는 것이었다.

만약 흔적 없이 사라질 수만 있다면 제일 먼저 진완이 배우고 싶었다.

허주가 민망한 표정과 함께 머리를 긁었다.

"아참, 사라졌다고 할 수만은 없군. 결국 찾아내었으니."

"……?"

"그게… 한밤중에 애들 몇이 사라지는 거야. 감쪽같이. 아침에 없다는 걸 알고 여기저기 찾아다니면 모두 정신을 잃은 채 어딘가에 매달린 상태로 발견된다는 거지. 그런데 그게……."

허주의 목소리는 더욱더 나지막이 변했다.

무언가 커다란 음모를 네게만 살짝 이야기해 준다는 듯한 분위기였다.

"발견될 때의 모습이 괴상하다는 거지. 두 손은 뒤로 묶인 채 어딘가에 매달린 상태일 뿐만 아니라, 바지 역시 발목 아래로 내려져 엉덩이를 드러내고 있다는 거야. 더욱이 가슴엔 채한심혈(採恨尋血)이라 적은 종이가 떡 붙어 있고. 정말 이상하지 않아? 벌써 이틀 동안 다섯 명의 백팔룡이 그렇게 당했대. 그래서 지금 세 교두와 여덟 부교두의 신경이 날카로워져 있어. 마교도들의 행동이 아닐까 의심해서 말이야."

진완은 피식 웃었다.

들은 이야기 중 머리에 남는 내용은 '이틀'이란 단어였다.

생각해 보니 이틀 동안 먹지도 또 싸지도 못한 채 땅속에 처박혀 있었지 않은가.

하지만 허주는 진완의 표정을 살피려는 듯 눈썹을 씰룩이며 다시 입을 열었다.

"채한심혈. 얼마나 무서운 문구야? 원한을 캐고 피를 찾는다는 뜻 아니겠어? 누군가 무심련에 원한이 대단한가 봐. 그 말을 들으니까 조장이 걱정되더군."

그 말을 듣는 순간 진완에겐 정신을 잃기 전 적발귀 엄조가 자신 뒤에 무언가 있지 않느냐고 긴장한 채 물었던 게 기억났다.

아마도 아이들의 기묘한 실종과 괴상한 발견 때문에 그런 것이 아닐까 하는 생각을 할 때 허주가 위로하듯 말했다.

"아마 내일쯤은 조장이 복귀할 수 있을 거야. 그때까지 참아. 그리고 뭐라도 좀 먹어두고."

허주는 싸온 음식을 자꾸 진완의 입 앞으로 들이밀었다.

하지만 달콤하고 찝찔한 기름 냄새 때문인지 진완의 뱃속은 또 한 번 요동치기 시작했다.

"됐어. 이제 가봐. 나, 잠 좀 자두게."

억지로 참고 말하는 진완의 얼굴에서 심상치 않음을 느꼈는지 허주가 얼른 고개를 끄덕였다.

"그래, 그래. 오늘만 넘기면 될 거야. 그리고 조심해. 실종됐다가 엉덩이를 깐 채 발견됐던 놈들 중에는 하얀 귀신을 본 것 같았다는 이야기를 하는 놈들도 있거든. 그러니까……."

진완은 눈을 감았다.

지금 하얀 귀신 따위가 중요한 게 아니라 얼굴 길쭉한 꼬질꼬질한 도사 얼굴이 더 두려운 상태였다.

허주가 그 이후 뭐라고 몇 마디 더 한 후 물러나긴 했지만 진완의 귀엔 전혀 들리지 않았다.

뱃속 저 아래에서 무언가 불꽃이 피어오르는 듯하더니 곧 명치와 가슴을 뚫고 솟아올라 머리 속에서 화려한 폭죽처럼 터져 버렸기 때문이다.

온몸이 마치 용암에 잠겨 있는 것처럼 뜨거웠다.

불꽃은 핏줄을 타고 온몸을 빠르게 휘감더니 곧 신경 가득 하나하나 모두 불살라 버렸다.

어찌나 뜨거운지 입 안에 허물이 잡히고, 몸 거죽 역시 흐물흐물하게 녹은 살점이 떨어져 나가는 것 같은 느낌이었다.

입을 열고 비명을 토해내려 해도 마음대로 되질 않았다.

이미 화염은 자신의 온몸을 삼킨 것으로도 모자라 영혼까지 불태우고서야 끝낼 기세였다.

이대로 죽는구나 하는 생각이 들 때쯤 정수리 근처에서 시원한 바람 한줄기가 불어오는 듯하더니 곧 아득한 어둠이 진완을 덮쳤다.

어둠 속엔 아무것도 없었다.

자신이 어디에 있는지도 알 수 없었다.

또 어느 정도의 시간이 흘렀는지도 잊었다.

영겁의 시간이 흐른 후 영원히 걷다 보면 도달하는 세상의 끝 자락, 그곳에서 진완은 깊은 강 위를 부유하듯 천천히 떠다니기 시작했다.

진완은 무언가 날카로운 것이 얼굴을 찌르는 듯한 느낌에 눈을 떴다.

그러자 거기, 자신을 내려다보는 제이교두 민청의 유리알처럼 투명한 눈이 있었다.

단지 눈빛만으로 얼굴을 따끔하게 만들 수 있는 사람이었다.

아니면 진완의 감각이 그토록 예민해졌거나.

"뭘 보슈?"

진완이 퉁명스레 말을 건넸다.

"……."

하지만 민청은 아무런 말도 하지 않았다.

그저 손을 들어올려 한쪽을 가리켰을 뿐이다.

진완이 고개를 돌려 민청이 가리킨 방향을 보다 문득 한 가지 사실을 깨달았다.

고갯짓에 따라 어깨도 돌아간다는 것.

“어라?”

그러고 보니 주위 경관도 이상한 게 분명히 자신은 땅을 등에 대고 누운 자세였던 것이다.

진환이 벌떡 일어나 앉으며 주위를 두리번두리번 쳐다보았다.

민청 옆엔 삽 한 자루가 푹 꽂혀 있었고, 그 옆엔 조금 전까지 자신이 박혀 있었던 구덩이가 움푹 패어 있었다.

진환이 씨익 웃으며 뒤통수를 긁었다.

“아이고, 손수 꺼내주신 거유? 뭐, 그런 수고까진 안 하셔도 되는데…….”

민청의 유리알 같은 눈이 더욱더 투명해졌다.

진환은 온몸이 마치 개미굴에 빠진 것처럼 따끔거리기 시작했다.

진환이 벅벅 긁으며 고개를 갸우뚱거렸다.

“똥독이 올랐나?”

민청의 투명한 눈이 순간 흐릿해졌다.

세상에, 살기를 온몸으로 느낄 정도로 예민한 사람이 그 살기 때문에 온몸이 간지럽고 따가운 것을 그저 ‘똥독’ 때문이라 해석하다니…….

이이없고 기가 막혔는지 민청이 가느다란 차가운 한숨을 내쉬고는 몸을 돌려 스르르 얼음 위를 지치듯 앞으로 걸어나가기 시작했다.

진환 역시 고개를 갸우뚱거렸다.

똥독은 아닌 것 같았다.

빠져 있던 곳이 거름을 모아놓았던 곳도 아니었고, 손으로 긁어본 자신의 피부도 이상하리만치 윤기가 자르르 흘렀다.

산에서 거친 벌목 일을 해온 진완으로서는 갓난아기 때를 제외하고는 한번도 가져보지 못한 피부였다.

진완이 고개를 돌려 자신이 박혀 있던 구덩이를 살펴보았다.

청록색이었던 주변 흙의 색이 어느새 시커먼 색으로 바뀌어 있었다.

더욱이 무언가 걸쭉하게 끓인 죽을 구덩이에 쏟아 부었는지 알지 못할 허연 것들이 부글부글 끓고 있었다.

거기에 쌓아놓은 거름 덩이보다 더 지독한 악취까지 풍기는 구덩이를 보며 진완이 혼자 중얼거렸다.

"아무래도 똥독이 내 몸에 맞나 본데?"

왠지 뿌듯해지는 진완이었다.

3

피부만 반질반질해진 것이 아니었다.

발걸음도 날아갈 듯 가벼웠다.

마치 구름 위를 밟는 것처럼 온몸이 가벼웠다.

진완 스스로도 며칠 동안 땅에 박혀 온갖 괴상한 고문을 당한 것이 믿어지지 않을 만큼 상쾌했다.

"단식(斷食)이 이래서 좋은 건가 보군."

진완은 그렇게 해석했다.

왜, 옛날 도인들 역시 도를 닦을 때 곡기를 끊은 상태로 주린 배를 움켜쥐고 수련한다고 하지 않던가.

아마도 지금 자신의 상태도 그것과 비슷할 것이라 결론을 맺은 진완이 애당초 민청이 손가락으로 가리킨 방향, 즉 훈련장으로 들어서고 있었다.

"…우아아!"

처음엔 진완이 누군지 알아보지 못했는지 멍하니 바라보던 십일조의 조원들이 나중엔 큰 함성과 함께 앞으로 달려나왔다.

오죽하면 오른발이 불편한 손형인마저 절뚝거리면서도 진완을 향해 빠르게 걸어올 정도였다.

덥석! 와락!

제일 먼저 달려든 것은 바로 어젯밤에 만난 허주였다.

"무량수불~ 반갑네, 반가워."

독갈룡 반두홍은 자신만의 언어로 반가움을 표시했다.

"씨발! 내가 저 색퀴 지옥에서라도 살아 나올 거라고 그랬지!"

뚱보 육상산은 활짝 웃으며 자신의 이마를 닦던 손수건으로 진완의 얼굴을 닦아주는 것으로 반가움을 표시했고, 기련노마의 제자 옥기영은 그저 발개진 뺨으로 미소를 띠었다.

한참이나 부둥켜안고 빙글빙글 돈 후에야 진완은 입을 열 수가 있었다.

"그동안 별일없었지?"

독갈룡 반두홍이 만면에 웃음과 함께 고개를 끄덕였다.

물론 그 웃음 띤 얼굴은 음습한 뒷골목에서 마주친다면 소름이 돋았을 낯짝이었다.

그러나 다행히도 진완은 깊은 산중에서 곰과 마주친다 해도 반가워할 인간이라 반두홍의 반가움을 솔직하게 받아줄 수 있었다.

웃던 반두홍이 곧 무언가 생각난 것처럼 낯색을 굳히고 귓전에 속삭였다.

"아참, 그 소식 들었어? 하얀 귀신이 말이야……."

"응."

진완이 고개를 끄덕였다.

"어젯밤에도 두 명이 당했어!"

반두홍이 마치 겁나 죽겠지 하는 표정으로 이야기를 전해주었지만 정작 진완은 피식 웃었다.

하얀 귀신이 밤마다 찾아와 아이들을 잡아간 후 엉덩이를 깐다던가?

허주에게 들었을 때부터 돼먹지 않은 이야기라 생각했다.

아니면 어지간히도 변태적인 행위를 즐기는 귀신이거나.

자신의 생각과 전혀 다른 진완의 태도에 독갈룡 반두홍이 머쓱해졌는지 이리저리 진완의 얼굴을 살피다가 놀랍다는 듯 말했다.

"뭐야, 이거? 우린 엄청 걱정했는데 도리어 혈색이 더 좋아졌는데?"

허주가 축 처진 눈을 커다랗게 뜨고 고개를 끄덕였다.

"맞아. 정말 그러네. 이거야말로 화가 복으로 변한……."

모두들 떠들썩하게 진완의 변화에 대해 이야기할 때, 누군가 주춤주춤 다가오는 사람들이 있었다.

진완이 '누구지?' 하는 눈빛으로 그들을 쳐다보자 얼른 허주가 나서서 소개해 주었다.

"아, 인사해. 이쪽은 구조의 조장인 엄경(嚴硬), 저쪽은 십육조의 조장인 가하준(柯昰準)."

엄경은 사각형 얼굴에 순박한 표정을, 가하준은 약간 길죽하면서도 사근사근한 표정의 사내였다.

"고맙다는 말을 이제야 하니 면목이 서지 않는군. 그때는 정말 고마웠네."

두 사람은 진완의 손을 잡으며 멋쩍은 듯 웃었다.

독갈룡 반두홍이 고개를 끄덕이며 한마디를 더 보탰다.

"괜찮아. 조장 없는 동안 구조랑 십육조 애들이 완전 한 조처럼 도와줬거든."

고마울 것이다. 다른 사람도 아닌 그 미친 적발귀 엄조의 손아귀에서 구해준 것이 아닌가.

대신 며칠 동안 구덩이에 처박혀 있어야 했지만.

진완이 괜찮다는 듯 고개를 끄덕이고는 주위를 둘러보며 물었다.

"괜찮아. 그까짓 거쯤이야. 그런데 분위기가 좀 이상하네?"

백팔룡은 모두 백팔 명이었다. 그런데 훈련장엔 그 반에도 못 미치는 숫자만 여기저기 한 무더기씩 앉아 있었다.

게다가 그들이 일제히 쳐다보고 있는 곳에는 너비 이 장 반쯤 되는 커다란 구덩이가 파여져 있었다.

허주가 별거 아니라는 듯 어깨를 으쓱하며 말했다.

"뭐, 별거 아니야. 새로운 시험 문제지 뭐. 우리야 조장이 왔으니 가볍게 뛰어넘을 수 있을 거야."

허주의 당당한 말에 구조의 조장인 엄경과 십육조 조장인 가하준의 얼굴이 붉게 변했다.

"……?"

진완이 무슨 뜻인지 몰라 눈으로 되묻자 허주가 헤벌쭉 웃으며 말했다.

"첫째 교두 호광의 시험이야. 너비가 두 장 반인데 그걸 조원 모두 뛰어넘어야 한다는군. 단, 웅덩이 밑에 받아놓은 물에 빠지지 말고 허공을 날아서. 우리야 내가 조장을 맡고, 내공이 강한 옥기영이 뚱보 육상산을 맡고, 손형인이 다리가 불편하긴 해도 반두홍이 옆에 안고 뛸 수 있다고 하니 건너간 거나 마찬가지지 뭐."

허주의 말에 부러운 듯한 표정을 짓던 엄경과 가하준이 한숨과 함께 말했다.

"그럼 십일조 조장도 쉬어야 하니 우린 가겠네. 미리 축하의 말을 전하지. 그럼."

감사의 말을 전한 후 되돌아가는 그들의 어깨는 한없이 축 처져 있었다.

"왜들 저러지?"

진완이 묻자 허주가 안됐다는 시선으로 그들의 뒷모습을 보며 대답했다.

"그야 저 웅덩이를 못 뛰어넘으니까. 저걸 뛰어넘어야 다음 훈련으로 들어갈 수 있거든. 주위를 봐. 대략 반 조금 넘는 수는 건넜지만 나머진 여기서 구경만 하고 있다고. 저걸 넘으려면 여섯 명의 조원 중 최소한 신법에 강한 고수가 세 명은 있어야 하거든. 옆구리에 한 명이라도 끼고 넘으려면 말이야. 한번 넘어간 사람은 다시 못 돌아오니까."

허주가 설명을 하는 동안 갑자기 남아 있던 백팔룡 사이에 가벼운 탄성이 터져 나왔다.

시선을 돌려보니 어디선가 한 조가 나와 막 웅덩이를 건널 채비를 하고 있었다.

그런데 그 형색이 묘했다.

모두 벌거벗어 다리 사이엔 물건 하나씩 덜렁거리며 긴장된 얼굴로 한 사람을 쳐다보고 있었기 때문이다.

벌거벗은 이유는 간단했다. 온몸에 걸친 천 쪼가리는 모조리 이어 묶어 기다란 끈을 만들었기 때문이다.

기다란 천 조각 밧줄의 한쪽 끝을 들고 있던 한 청년이 허공을 날았다.

제법 괜찮은 경신술이었지만 허공중에서 한참이나 퍼덕거리고서야 간신히 웅덩이 건너편에 가 닿을 수 있었다.

웅덩이를 넘어간 청년이 밧줄을 허리에 묶고 반대편을 바라본 채 버티고 서자, 웅덩이의 양쪽 편은 기다란 천 조각 밧줄로 이어지게 되었다.

그 모습을 본 백팔룡이 또 한 번 일제히 탄성을 질렀다.

썩 괜찮은 방법이었다.

어떤 방법을 쓰든 웅덩이에 빠지지 않고 넘어가면 되는 일이었다.

서로의 협동심과 순발력, 그리고 기지(奇智).

애당초 이런 시험 문제를 낸 호광 역시 그런 것을 바라고 마련한 함정이었을 테니까.

덩치 좋은 두 사람이 양쪽에서 버티고 서자 밧줄이 제법 팽팽해졌다.

긴장된 표정의 한 사람이 천천히 밧줄을 잡고 건너가기 시작했다.

밧줄을 잡고 건너는 사람이 점점 다른 편에 가까워질수록 남아 있는 백팔룡의 표정은 기대에 차올랐다.

성급한 다른 조원들 중에는 얼른 옷가지를 벗어 한데 묶는 조도 있을 정도였다.

"저걸 꼭 넘어야 하나?"

진완이 한심스럽다는 듯 물었을 때, 중간쯤 건너가던 사내

가 밧줄이 툭 끊어짐과 동시에 풍덩 웅덩이 안에 빠지고 말았
다.

"아하!"

그 모습을 보던 백팔룡이 아쉬운 탄식을 토해내었다.

그동안 훈련 때문에 땅을 벅벅 기면서 해어진 옷은 한창 건
장한 나이인 소년의 무게를 버텨내질 못했다.

허주가 안됐다는 듯한 표정으로 그 모습을 보다가 진완의
물음에 대답했다.

"그야 밥은 당연히 없고, 아니, 그게 문제가 아니라 무심련
에서 쫓겨나야 하거든. 저걸 못 건넌다면 말이야. 그나마 그것
도 두 시진 안에 건너가야 한다구. 세 번의 시도 안에 성공 못
하거나 세 명 이상 웅덩이에 빠지면 그 즉시 탈락이고."

"쫓겨나?"

진완의 눈이 반짝였다.

한동안 웅덩이를 보던 진완이 뚜벅뚜벅 걸어 웅덩이 쪽으로
걸어가기 시작했다.

진완의 등 뒤에 대고 독갈룡 반두홍이 외쳤다.

"어이, 벌써 시작이야? 몸도 불편할 텐데 좀 더 쉬었다가 하
지?"

반두홍의 외침에 다른 조원들이 일제히 부럽다는 시선으로
진완의 십일조를 쳐다보았다.

모두들 무심련의 고수 손에 키워졌지만 고수가 그리 흔한
것은 아니었다.

백팔룡의 수호자들 입장에서는 무공 전수보다 평범한 모습으로 은밀히 숨겨두는 게 제일 중요했기 때문이다.

하지만 묘하게도 떨거지들만 모은 십일조엔 고수가 많았다.

옥기영이야 기련노마의 제자로 당연히 고수였고, 다리 불편한 손형인 역시 숨겨진 고수였다.

더욱이 도사 허주 역시 다른 건 몰라도 경공술 하나는 알아주는 솜씨였다.

이들이 진완과 뚱보 육상산, 그리고 독갈룡 반두홍을 하나씩 맡는다면 두 장 반 길이의 웅덩이쯤은 가볍게 뛰어넘을 수 있다.

진완은 반두홍의 외침에도 불구하고 계속 뚜벅뚜벅 걸어 웅덩이 끝 자락에 도달했다.

'조장도 꽤나 고수였나 본데?'

남아 있는 십일조의 조원들은 서로의 얼굴을 쳐다보며 그렇게 생각했다.

항상 기대를 뛰어넘는 조장이었다.

저번엔 멋진 돌팔매질을 보여주었으니 이번에도 멋진 신법으로 신선처럼 날아 웅덩이를 넘으리라 믿었다.

조원들의 기대를 어깨에 가득 걸머진 진완이 가볍게 숨을 들이켜더니 허공을 날아올랐다.

"우와아!"

십일조원들이 일제히 탄성을 토해내었다.

하지만,

풍덩!

커다란 덩치만큼이나 큰 물보라 소리와 함께 진완의 몸은 웅덩이 안으로 빠르게 사라졌다.

"……?"

얼빠진 듯한 표정으로 쳐다보던 십일조의 대원들이 일제히 달려가 웅덩이 아래를 쳐다보았다.

진완은 허리까지 물에 잠긴 채 위를 쳐다보며 태연하게 씨익 웃었다.

"뭐 해? 들어와."

"잉?"

"들어오라고."

진완은 여유있는 태도로 들어오라는 손짓을 하고 있었다.

이해 못하겠다는 표정의 조원들을 쳐다보며 진완이 큰 목소리로 말했다.

"여기 남고 싶은 놈은 없는 걸로 알고 있는데? 거기, 더러운 도사! 아참, 허주라고 했지? 넌 다른 조들한테 우리 어깨를 밟고 넘어가라고 그래."

"……!"

허주의 얼굴이 진짜 쥐새끼 낯짝처럼 축 늘어졌다.

"이, 이런 개 같은 경우가!"

반두홍이 말도 안 된다는 듯 분노의 외침을 토해냈지만, 곧 이어 들리는 풍덩 소리에 눈이 동그래졌다.

풍덩 소리는 하나만이 아니었다.

풍덩! 풍덩!

뚱보 육상산의 물보라 소리가 제일 컸고, 절름발이 손형인의 물보라 소리가 가장 작았다.

하지만 역시 옥기영의 무공이 가장 훌륭한 게 틀림없었다.

가볍게 물속으로 뛰어드는 옥기영은 물소리도 거의 나지 않았기 때문이다.

멍하니 바라보는 반두홍에게 육상산이 손수건으로 이마에 튄 물방울을 닦아내며 말했다.

"어서 들어와. 생각해 보니 호화상단의 어음 결제일이 얼마 안 남았단 말이야. 여긴 밥도 맛없고 죽어라 힘들기만 하고."

육상산의 말에 반두홍의 세모꼴 눈 안에서 눈동자 두 개가 데구루루 굴렀다.

생각해 보면 무심련에 남아 있는 것보다 육상산의 뒤를 따라가 호위무사 노릇을 하는 게 더 짭짤할 게 틀림없었다.

더욱이 육상산과 자신은 백팔룡 동기가 아닌가!

자연 대접이 후할 거란 생각이 들자 더 머뭇거릴 필요가 없었다.

풍덩!

얼른 육상산 뒤에 가 선 반두홍이 아직 웅덩이 위에 남아 있는 도사 허주를 보며 외쳤다.

"뭐 해! 너두 얼른 뛰어들어 와! 그리고 애들보고는 빨리 타 넘으라고 하고! 제길! 냄새를 맡아보니 여긴 완전 똥물이군."

굳이 허주가 외칠 필요는 없었다.

어느덧 웅덩이 주위로 우르르 몰려와 있던 다른 백팔룡들이 감격한 표정으로 십일조의 얼굴을 쳐다보고 있었다.

일정한 간격으로 물속에 버티고 서 있는 십일조원들의 어깨를 밟고 남아 있는 백팔룡이 모두 넘어가는 데는 이각의 시간이면 충분했다.

누구는 미안해 죽겠다는 표정으로, 또 다른 사람은 고맙다는 말과 함께 뛰어넘었다.

건너간 백팔룡이 털레털레 맞은편으로 걸어나오는 십일조를 말없이 쳐다보았다.

진완이 젖은 옷을 비틀어 짜며 외쳤다.

"뭐 해? 다음 시험이 있다잖아! 얼른 가봐!"

그리고는 곧 고개를 돌려 허주를 보며 씨익 웃었다.

"세 명 이상 웅덩이에 빠진 조는 쫓겨나는 거 맞지?"

허주는 대책없이 욕심없고 희생정신이 투철한 자신의 조장을 감탄스럽다는 눈빛으로 쳐다보며 고개를 끄덕였다.

그때였다.

"고맙다, 친구여!"

우렁찬 외침이었다. 맞은편에 서 있던 백팔룡들이 일제히 진완의 조원들을 향해 포권을 취해 보이고 있었다.

진완은 흐뭇한 미소와 함께 손을 흔들었다.

하지만 그 미소는 자신이 저들을 보내주어 기쁘다는 흐뭇함이 아닌, 이렇게 합법적으로 빠른 시일 안에 쫓겨날 수 있다는 데 대한 만족일 게 분명했다.

“씨발, 왠지 섭섭하네.”

독갈룡 반두홍이 찜찜한 표정으로 맞은편의 백팔룡을 보며 투덜거렸다.

그때 어디선가 박수 소리가 요란하게 울려 퍼졌다.

사람들의 시선이 일제히 향한 곳에 제일교두인 철탁탑 호광이 두툼한 손으로 박수를 치고 있었다.

“좋습니다! 이 호광은 감동했습니다!”

박수를 그친 호광은 건너간 백팔룡을 쳐다보았다.

“여러분은 모두 백팔룡입니다. 그걸 잊지 말아야 합니다. 모두 조를 나누어 경쟁시킨 것은 모두의 발전을 위해서지 다른 사람을 탈락시키고 나만 올라서면 된다는 옹졸함을 위해서가 아닙니다. 그걸 여러분은 깨닫지 못했습니다. 그저 자신의 조만 통과하면 된다는 생각에 갇혀 있었습니다. 그건 싸가지 없는 행동과 생각입니다.”

호광은 한 조를 손가락으로 가리키며 말을 이었다.

“여러 방법 중에 저 조에선 좋은 생각을 해냈습니다. 옷을 벗어 밧줄을 만든다는 건 꽤나 싸가지가 있을 뻔한 생각이었습니다. 하지만 여러분은 단결하지 못했습니다. 한 조의 옷으로 밧줄을 만들기보다는 남아 있는 모든 조원들의 옷을 이어 밧줄을 만들었다면 모두 건너갈 수 있었을 겁니다.”

호광의 말에 백팔룡의 얼굴이 붉어졌다.

확실히 그랬다. 그저 자신의 조가 어떻게 건너갈지만 생각했을 뿐 다른 조원과 힘을 합치겠다는 생각은 전혀 하지 못했기 때문이다.

호광이 다시 말했다.

"남을 깔아뭉개고 자신이 올라서는 백팔룡은 없어야 합니다. 그런 싸가지없는 백팔룡은 백팔룡이 아닙니다. 설령 통과했더라도 내가 쫓아냅니다. 내가 희생해서 다른 백팔룡을 살리는 백팔룡이야말로 진정한 백팔룡입니다. 다른 이를 위한 희생정신! 그것이 이 호광이 원한 겁니다. 그 점에서 볼 때, 진정한 백팔룡은 저 십일조입니다. 십일조야말로 이 시험의 승자이자 진정한 백팔룡입니다. 그래서 이번 시험은 모두 통과입니다."

호광이 그답지 않게 그윽한 시선으로 건너편에 앉아 있는 십일조를 쳐다보았다.

독갈룡 반두홍이 어이없다는 듯 진완을 쳐다보며 중얼거렸다.

"이게 뭐야? 그럼 우리 통과야?"

진완이 말도 안 된다는 듯 몸을 일으켜 세우며 호광에게 외쳤다.

"어이, 아저씨! 이건 약속이 다르잖아! 나이도 젊어 뵈는데 벌써 노망이 났나!"

호광의 눈썹이 씰룩였다.

하지만 진완은 가만히 있질 않았다.

"이거 뚫린 입이라고 기분 따라 말을 바꾸면 안 되지!"

진완의 외침에 호광이 어금니를 힘껏 물었는지 턱 근육이 씰룩거렸다.

그러나 진완은 아예 옆구리에 두 손을 올린 채 씨근덕대며 호광을 노려볼 뿐이었다.

호광 역시 진완을 쳐다보다 크게 외쳤다.

"모두 통과! 자, 모두 다음 시험을 위해 이동합니다!"

호광은 더 이상 꼴도 보기 싫다는 듯 몸을 홱하고 돌려 걸어갔다.

"에이, 씨발! 엿 같네!"

반두홍의 욕설이 어느새 저 멀리 걸어가는 호광의 뒤통수를 둔중하게 때리고 있었다.

第九章

우격다짐

“씨발, 어째 되는 일이 하나도 없냐.”

반두홍이 굵은 가래침과 함께 나직이 욕설을 내뱉었다.

그 모습을 보던 옥기영이 낮지만 분명한 목소리로 말했다.

“욕하지 마라. 듣기 안 좋다.”

“이런…….”

반두홍이 발작적으로 고개를 들고 옥기영에게 또 한 번 욕설을 내뱉으려 하다 꾹 참았다.

곱상한 외모와는 달리 무시무시한 옥기영의 실력도 무섭긴 했지만, 왠지 조장인 진완의 표정이 심상치 않았기 때문이다.

무언가 심사가 엉망으로 뒤틀린 듯 잔뜩 구겨진 얼굴로 연신 더운 콧김만 내뿜고 있었기 때문이다.

반두홍은 옥기영과 욕설 문제로 한번 으르렁댄 후, 의식적으로 욕설을 자제해 왔다.

하지만 이상하게 조장인 진완 곁에만 있으면 저도 모르게 불쑥불쑥 욕설이 튀어나오곤 했다.

어쩌면 진완에게서 느껴지는 남자다운 기운 때문에 그럴지도 몰랐다.

진완의 심사가 편치 않다는 것은 표정뿐만 아니라 어기적어기적 걷고 있는 발걸음으로도 확실하게 알아볼 수 있었다.

그래서 다가와 고맙다는 말을 건네던 다른 백팔룡 역시 험상궂은 진완의 표정에 머쓱한 표정으로 얼른 자리를 피하고 있었다.

"저건 또 뭐냐?"

진완이 퉁명스런 말투로 물었다.

"헤헤헤, 너도 하나. 옜다, 너도 하나. 헤헤헤~"

저 앞에선 세 번째 교두인 적발귀 엄조가 손에 들고 있던 종이를 앞에 지나가는 조장들에게 한 장씩 나눠주고 있었다.

"헤에~ 너, 나왔냐? 이거 받아라."

엄조가 진완을 바라보고 후닥닥 달려와 얼른 손에 든 종이 한 장을 나눠주었다.

하지만 진완은 팔짱을 끼고 인상을 구긴 채 엄조를 노려볼 뿐이었다.

엄조가 진완의 구겨진 얼굴을 보며 바보처럼 웃었다.

"헤에~ 넌 그럴 때가 가장 귀엽다. 맛있게 먹어줄 수 있었는데… 쩝쩝.”

엄조가 입맛을 다시는 사이 허주가 엄조의 손에서 종이를 뺏다시피 집어 들고는 얼른 진완의 팔짱을 끼고 질질 끌었다.

아무리 생각해도 저 붉은 머리 미친놈에겐 적응이 되질 않았다.

하지만 거리를 띄워놓아도 진완과 엄조는 서로를 노려보고 있었다.

아까운 먹잇감을 놓쳤다는 듯 입맛을 다시고 있는 엄조와 성질 같아선 한 방 먹여주고 싶다는 듯한 표정의 진완.

허주가 얼른 그 시선 사이로 끼어들며 과장된 목소리로 말했다.

“으잉? 이건 참 참신한 시험인데?”

“뭔데?”

그제야 삐딱한 투로 진완이 물었다.

허주가 종이를 진완의 얼굴 앞에 들이대며 흔들었다.

“범인 찾아내기! 이거 봐!”

아마도 엄조를 향한 진완의 시선을 막고자 하는 의도가 분명했지만 어찌 됐든 진완의 이목을 돌리는 데는 성공한 것 같았다.

진완은 종이에 쓰여 있는 내용을 천천히 읽었다.

다음 시험 내용은 간단하면서도 까다로웠다.

사람 수가 사백여 명 정도 되는 마을에서 살인 사건이 일어났다. 마을 사람들은 불안해하고 있으며 얼른 범인을 잡아 치안과 안정을 가져오는 것이 목적이다.

마을은 원래 살고 있던 무심련의 사람들을 이동시키고 연기에 능한 거리 극단 패거리들을 분장시켜 놓은 상태이다.

살인 피해자는 중앙 관직에서 은퇴 후 낙향한 지 이십 년이 넘은 심 대인의 외동딸이며, 물론 실제 사건은 아니다.

심 대인의 외동딸은 오른쪽 가슴에 칼을 맞고 숨진 채 아침에 하녀에게 발견된 상태이다.

각 조는 각자 조사한 후 저녁까지 각 증거물과 증인의 증언을 녹취한 종이를 토대로 답안지에 누가 범인인지 적어 제출한다.

단, 범인은 마을 내에 있으며, 사건 전후 마을 안팎을 출입한 사람은 없다고 가정한다.

"별 시답지 않은 일까지 다 시키는군."

진완이 피식 웃고는 종이를 구겼다.

허주가 눈을 반짝이며 말했다.

"무량수불~ 나, 이런 거 좋아하네. 머리 쓰는 거 말이야. 그러고 보니 무심련에선 그저 무공만 강한 사람을 원하는 게 아닌 거 같아. 추리력과 논리력, 그리고 냉정함을 시험해 보려는 거 같은데? 일단 내 생각엔 범인은 왼손잡이네. 죽은 처녀의 오른쪽 가슴에 자상이 있다고 하지 않는가."

허주는 신나하는 표정으로 주절주절 떠들어댔다.

진완이 꼴값 떤다는 듯한 얼굴로 허주를 바라보았다.

“오른쪽 가슴에 칼이 꽂혔으니 왼손으로 찌른 것이다?”

“바로 그걸세!”

“너, 이리 와봐.”

진완이 손가락을 까딱거리며 허주를 불렀다.

허주가 뚱한 표정으로 다가가자 진완이 아무 말 없이 허주를 덥석 안아 들었다.

“아, 아니, 자네, 왜 이러는 건가?”

우물에서 물 긷다가 모르는 남자에게 뒤에서 와락 안긴 처자처럼 깜짝 놀란 표정의 허주가 놀라 버둥댔다.

하지만 진완의 힘이 어디 보통 인간이 감당할 힘이던가.

진완은 허주를 뒤에서 안은 모습으로 오른손을 들어 쾅 하고 허주의 오른쪽 가슴을 두들겼다.

“캑캑!”

잠시 숨이 막히는지 콜록대던 허주가 뒤늦게 깨달았다는 듯 눈을 동그랗게 떴다.

“그렇군! 뒤에서 감싸 안은 채 찔렀다면 오른손잡이일 수도 있겠어! 그렇다면 이건 기습으로 봐야겠군.”

뒤늦게 풀려난 허주가 입을 헤벌리고는 머리를 벅벅 긁었다.

옥기영이 언덕 아래 소담하게 놓여 있는 마을을 보며 말했다.

“만약 조장이 범인을 잡을 생각이라면 빨리 서두르는 것이 좋겠어.”

옥기영의 말이 옳았다.

지금 여기 서 있는 조는 진완의 십일조밖에 없었다.

다른 조원들은 엄조가 나눠준 종이를 보자마자 얼른 마을 안으로 들어가 여기저기 들쑤시느라 정신없었기 때문이다.

그러나 옥기영의 바람과는 달리 진완은 여유롭기 짝이 없었다.

손가락을 들어 귀를 파며 한가롭게 말했기 때문이다.

"걱정하지 마. 범인 찾기? 그게 내 전문이거든."

옥기영이 믿는다는 표정으로 고개를 끄덕였다.

아마도 깊은 산중에서 무공만 닦던 순진하고 곱상한 옥기영은 진완이 태양을 삼킬 수 있다고 해도 믿을 게 분명했지만.

진완이 여유있는 발걸음으로 마을로 향하자 나머지 다섯 명이 쭐레쭐레 그 뒤를 따라갔다.

진완이 마을로 들어간 후, 시간이 흘렀다.

그동안 백팔룡은 여기저기 들쑤시고, 사람들을 만나 어젯밤 행적을 캐물으며 작은 단서 하나라도 확보하려 애쓰고 있었다.

드디어 호광이 내걸었던 마지막 시간이 되었고, 백팔룡은 전부 천천히 훈련장으로 되돌아왔다.

어느덧 어둠이 내려앉은 단상 위엔 세 명의 교두, 즉 호광과 민청, 그리고 엄조가 의자 위에 앉아 있었고, 그 옆으로 여덟 명의 부교두가 주욱 나열한 채 오만한 눈초리로 조별로 열 맞춰 앉아 있는 백팔룡을 내려다보고 있었다.

호광은 각 조장들이 스스로 범인이라 생각되는 사람들을 적어 제출한 종이를 하나하나 넘기며 고개를 끄덕이다가 곧 절레절레 저었다.

가끔씩은 오호~ 하는 탄성도 토해냈는데, 그 모습을 보는 백팔룡은 그 탄성을 자아낸 종이가 자신들이 제출한 종이가 맞기를 간절히 바라고 있었다.

호광이 대충 훑어봤는지 열여덟 개의 종이를 탁자 위에 탁탁 두들겨 정리하며 입을 열었다.

"대강 훑어보니 모두 네 명으로 압축됩니다. 하나하나 훌륭하기도 하고 미흡한 점도 엿보입니다. 먼저 일조, 구조, 십육조, 십팔조의 조장은 모두 일어섭니다."

호광의 말에 따라 네 조의 조장이 일어섰다.

"또 쟤네들이군. 좋은 소식이 아닌가 봐."

안됐다는 듯 지켜보던 허주가 혀를 찼다.

아마도 진완의 활약 덕분에 큰 고비를 넘겼던 구조의 조장 엄경과 십육조의 가하준을 두고 말한 거라 생각하며 진완이 물었다.

"쟤들이 좀 떨어져?"

"말도 마. 항상 꼴찌는 도맡아서 한다구. 떨거지 조인 우리 조보다 더 못해."

허주가 고개를 절레절레 도리질 치며 말하는 순간 호광이 큰 소리로 말했다.

“이 네 조는 끝내 범인을 알아낼 수 없었다고 적었습니다. 맞습니까?”

일어선 네 명의 조장 얼굴이 순간 붉어졌다.

조장뿐만 아니라 뒤에 앉아 있는 조원들 역시 부끄러움에 얼굴을 푹 숙였다.

하지만 이어지는 호광의 말은 이들의 예상과는 달랐다.

“아주 훌륭합니다. 백팔룡은 조심스러워야 합니다. 잘못된 조사로 억울한 사람을 만들면 안 됩니다. 백팔룡은 항상 세심하고 조심스러워야 합니다. 호광은 만족합니다.”

호광의 말에 그제야 네 조장의 얼굴이 펴졌다.

그러나 뒤이어지는 호광의 말은 이들의 기대를 무너뜨렸다.

“하지만 밥은 없습니다. 대신 밤에 엄조 교두랑 놀지 않아도 됩니다. 그리고 사조, 오조, 십조, 십이조, 십오조는 이사(李四)라고 적었습니다. 맞습니까?”

다섯 명의 조장이 일어서서 고개를 끄덕였다.

그 어디에도 튀기 좋아하는 사람이 하나쯤은 있듯이 오조의 조장이 손을 번쩍 들고는 말했다.

“제가 대표로 설명하겠습니다. 이사는 살해된 여자를 짝사랑하던 자로서⋯⋯.”

호광이 오조의 조장을 쏘아보며 말했다.

“그건 제출한 답안지를 통해 보아서 알고 있습니다.”

오조의 조장이 당황했는지 머뭇대다가 곧 옆에 있는 커다란 포대를 풀어헤치며 그 안에 든 것을 하나하나 꺼내놓았다.

"이것이 저희 조가 모은 증거물입니다. 피 묻은 신발 한 짝, 물론 범인 이사의 발과 치수가 같습니다. 그리고 살해 무기인 낫이 있고… 또… 에… 그러니까……."

주섬주섬 꺼내놓는 오조 조장을 한심스럽다는 듯 쳐다보던 호광이 답답하다는 듯한 표정을 지었다.

"됐습니다. 나중에 봐도 됩니다. 하지만 우리가 원하는 답이 아닙니다. 밥은 증거를 찾아온 오조는 이 인분, 다른 조들은 일 인분만 제공됩니다. 다음으로는 장오(張五)가 범인이라 적은 이, 육, 칠, 팔, 십삼, 십사, 십칠조!"

지목된 일곱 조장이 일어섰다.

역시나 이번 일곱 명 중에도 튀기 좋아하는 사람이 하나 있었다.

호광의 급한 성격을 아는지 얼른 자신이 가져온 포대를 풀어헤쳐 낫부터 꺼내 든 육조 조장이 큰 소리로 외쳤다.

"보서서 아시겠지만 우린 장오가 범인이라 생각합니다! 범인은 왼손잡이고 당연히 사용하는 도구도 다릅니다. 여기 장오의 낫은 날을 세운 방향이 다릅니다! 그러므로 진짜 살인 흉기는 이 장오의 낫이며 결정적인 증거가……."

육조 조장의 말이 끝나기도 전에 십사조의 조장이 포대를 끌르며 큰 소리로 외쳤다.

"아닙니다! 물론 범인은 장오가 맞습니다만 결정적인 증거는 우리가 찾아냈습니다! 바로 장오가 뒷마당에 파묻은 이 피 묻은 옷으로써 치수가 장오와 같고 옆집 할아버지 말로는 장오의 옷이 틀림없다고…….”

조장들은 필사적이었다. 답이 맞는지 틀리는지 몰라도 일단 저지르고 봐야 했다.

방금 전에도 봤듯이 결정적인 증거를 찾아온 조에게는 돌아가는 식사 양부터 차이가 나지 않는가.

호광이 귀찮다는 듯 손을 들어 말을 막고는 입을 열었다.

“압니다. 하지만 우리가 원하는 답에 근접하긴 했지만 틀렸습니다. 밥은 모든 조에 사 인분씩 제공됩니다. 침상 위에서 잘 수도 있습니다. 그리고 남은 건…….”

호광이 손에 든 두 장 중 한 장을 보고 흐뭇한 미소를 지었다.

“삼조와 십일조의 답안인데, 먼저 삼조.”

삼조 조장인 이응이 오만한 미소와 함께 일어섰다.

호광이 고개를 끄덕였다.

“맞혔습니다. 범인은 살해된 딸의 아버지였습니다.”

호광의 말에 이응이 오만한 시선으로 주위를 둘러보았다.

아니, 이응뿐만 아니라 웅패와 서원달, 그리고 상관패 등 삼조에 속한 사람들이 어깨를 으쓱하며 어떠냐는 듯 주위를 둘러보고 있었다.

“제길, 역시나 재수없어.”

독갈룡 반두홍이 나직이 욕설을 뱉었다.

옆에 있던 허주 역시 고개를 끄덕였다.

“맞아. 저 재수없는 표정은 아무리 봐도 적응이 안 돼. 무량수불."

　육상산이 이마의 땀을 닦아내며 인상을 찡그렸다.

　"저런 허우대만 멀쩡한 놈들은 우리 호화상단에선 안 쓴다구. 재수없어서."

　진완이 없는 동안 열여덟 조 중에 삼조가 가장 앞서 왔던 게 틀림없었다.

　삼조 조장 이응이 거만한 태도로 호광에게 물었다.

　"저희 역시 증거를 수집하긴 했지만… 굳이 보여 드릴 필요는 없겠지요?"

　호광이 고개를 끄덕이며 백팔룡을 둘러보았다.

　"그렇습니다. 왜 살해된 딸의 아버지가 범인인지는 나중에 설명드리겠습니다. 식사는 원하는 양만큼에 고기 반찬 올라갑니다. 그리고 마지막 남은 십일조… 십일조는……."

　호광이 마지막 남은 답안지를 보며 눈썹을 꿈틀거렸다.

　아니, 눈썹뿐만 아니라 콧구멍까지 벌렁거리며 한동안 말을 잇지 못하던 호광이 한 손으론 탁자를 치고, 다른 한 손으론 허공에 답안지를 펄럭거리며 큰 목소리로 외쳤다.

　"이게 뭡니까? 밥 줘라. 찾았다. 이게 범인 이름입니까? 이렇게 적어낸 싸가지없는 십일조 조장은 냉큼 일어섭니다. 그리고 해명합니다. 범인이 밝혀진 이상 우리도 피살자 아버지가 범인인 줄 알았다는 등의 변명은 이 호광이 안 받아들일 겁니다. 어서 해명합니다. 십일조 조장!"

　진완이 뭐 그런 거 가지고 난리냐는 듯 천천히 몸을 일으

컸다.

"종이에 적어낸 대로유. 범인 찾았으니 밥 달라 이거지 뭐."

진완은 한가로운 태도로 옆에 있던 포대 끝을 묶었던 줄을 풀었다.

그러자 포대 안에 있는 물건이 드러났다.

"……!"

사람들은 그 물건을 보고 말을 잃은 것처럼 입을 쩍 벌렸다.

포대에서 나온 물건, 그것은 사람이었다.

헝클어진 머리, 부어오른 얼굴, 시퍼렇게 멍든 두 눈, 부어올라 주먹만 해진 코 아래로는 두 줄기 코피가 흘러내리고 있었다.

사내는 포대에 갇혀 있다 갑자기 나온 게 적응이 안 되는지 퍼렇게 멍든 눈꺼풀을 겨우 뜨고 주위를 둘러보았다.

초점 풀린 사내의 두 눈이 진완의 시선과 마주치자 사내는 온몸을 떨며 진저리를 치더니 갑자기 큰 목소리로 외치기 시작했다.

"내가 죽였슈!"

갑작스런 외침에 주위는 찬물을 부은 것처럼 차갑게 식었다.

하지만 정작 사내는 두 눈을 질끈 감은 채 고래고래 고함을 치기 시작했다.

"내가 죽였다니까! 그냥 뵈는 게 읍썼어! 그냥 보이는 건 뭐든지 퍽퍽 쑤셨다니까! 왜냐고? 재수없으니까! 그놈이 날

보는 눈초리가 마음에 안 들었거등! 뭐? 년이라고? 에이, 씨
펄! 내가 벗겨보지 않았는데 어떻게 아냐고! 암튼 내가 죽인
거 맞아! 진짜라니까! 믿어줘! 진짜야! 내가 죽였다니까 그러
네!"

지켜보던 호광의 두 눈이 순간 암울해졌다.

2

호광이 아무 말 없이 진완을 쳐다보았다.

그 두 눈빛은 참으로 복잡미묘해서 지금 호광이 무슨 생각
을 하는지 누구도 알 수 없었다.

포대에서 나온 사내는 두 다리를 벌벌 떨면서도 진완의 눈
치만 살피고 있었다.

호광이 물었다.

"십일조 조장, 이게 어떻게 된 일입니까?"

"보시다시피."

진완의 대답에 호광이 탁자를 두 손으로 쾅 치며 말했다.

"싸가지없는 행동입니다. 범인은 피살자의 아비입니다. 그
런데 갑자기 이게 무슨 일입니까? 나 호광은 도저히 이해가 안
갑니다."

호광의 말에 진완은 콧방귀도 뀌지 않았다.

그저 고개를 돌려 포대에서 나온 사내에게 딱 한마디 했을 뿐이다.

"어이, 저 사람이 당신이 범인이 아니라는데?"

사내가 또 한 번 진저리를 치더니 호광을 쳐다보고 처절하게 외쳤다.

"에이, 씨발! 내가 죽였다는데두! 내가 죽였어! 눈깔이 헤까닥 돌아서 죽였다니까! 어떻게? 알구 싶어? 이리 와봐! 내가 알려줄게! 그냥 칼로 팍팍 쑤셨어! 뭐? 칼이 아니라구? 도끼였나? 젠장, 내가 알 게 뭐야!"

거리에서 공연을 하다가 하루 동안 연기를 해주면 두둑하게 사례하겠다는 말에 무심련까지 오게 된 사내의 외침은 절박하고도 처절했다.

호광이 콧구멍을 벌렁거리며 사내를 쳐다보다가 진완을 향해 물었다.

"십일조 조장, 십일조 조장은 어째서 저 사람을, 아니, 그러고 보니 십일조는 사람이 모자랍니다. 여섯 명씩 열여덟 조라야 맞습니다. 나머지 두 명은 어디로 간 겁니까?"

진완이 천연덕스럽게 대답했다.

"나야 모르지. 똥 누러 갔을지도. 아무튼 교두 아저씨, 우리 십일조는 삼십 인분에 고기 많이! 알았지요?"

십일조 중에 사람 두 명이 비는 거야 당연했다.

아무나 골라 으쓱한 뒷골목에 데려가 주먹질하는 고문에 찬성하지 않는 사람이 둘이었기 때문이다.

무공이야 뛰어났지만 곱상한 외모만큼이나 마음이 고운 기련노마의 제자 옥기영과 소심해서 다른 사람 얻어맞는 걸 못보겠다는 손형인이 그 둘이었다.

일단 어떻게든 범인을 만들어내는 데는 간신히 동의했지만, 그 과정에서 꼭 필요한 피와 살이 튀는 광경을 보기 싫다며 어디론가 가버린 후였다.

호광이 눈썹을 씰룩거리며 말했다.

"이건 말도 안 됩니다. 약속된 시간에도 오지 않는 일 따위는 이 호광에겐 있을 수 없습니다. 아무리 똥 싸러 갔다 해도 이건 너무 늦는……."

호광의 말이 갑자기 멈췄다.

민청의 유리알 같은 두 눈이 순간 반짝였다.

항상 멍청하게 히죽 웃던 엄조의 얼굴에서 미소가 사라졌다.

세 교두의 시선이 공중에서 얽혔다.

먼저 민청이 자리를 박차고 뒤로 날았다.

마치 얼음판 위를 지치듯 땅에 발이 닿지 않은 채 미끄러지듯 이동하는 특이한 신법이었다.

그 뒤를 따라 엄조 역시 뛰었다.

한번 움직이기 시작하자 붉은 선 하나가 허공에 일직선으로 그어졌다.

호광이 말했다.

"백팔룡은 여기서 기다립니다. 꼼짝 안 합니다. 여덟 부교두는 백팔룡 주위에서 떠나지 않습니다."

호광은 말이 끝나기가 무섭게 단상 위에서 사라졌다.

그 광경을 보던 백팔룡이 웅성거리기 시작했다.

허주가 그제야 무언가 깨달았다는 듯 나직한 비명을 질렀다.

"무량수불! 그렇구나!"

"뭐가?"

진완이 묻자 허주가 다급한 표정으로 대답했다.

"하얀 귀신! 그 변태 귀신 말이야. 아무래도 옥기영과 손형인이 당한 거 같은데? 벌써 밤이 됐잖아!"

"……!"

진완이 아무 말 없이 허주와 반두홍, 그리고 육상산의 얼굴을 둘러보다 벌떡 몸을 일으켰다.

"왜?"

허주가 묻자 진완이 세 교두가 사라진 방향을 노려보며 말했다.

"찾아야지! 하얀 귀신이건 뭐건 간에 만약 애들을 다치게 했다면 죽여 버리겠어!"

진완의 말이 끝나기가 무섭게 포대에서 나와 벌벌 떨고 있던 사내가 큰 소리로 외쳤다.

"내가 죽였다아~! 하얀 귀신도 내가 죽였다아~! 씨발! 뭐든지 말해! 다 내가 죽였으니까!"

정신없이 주워섬긴 사내가 실눈을 뜨고 주위를 살폈을 때,

더 이상 공포스러운 진완의 모습은 없었다.

멍해진 표정의 사내가 고개를 돌리자 저 멀리 정신없이 뛰어가는 네 명의 등만 볼 수 있었다.

"아직 마을 안에 있을 거야."

허주가 마을 입구에 들어서자 주위를 살피며 말했다.

진완은 옆을 흘깃 보았다.

어릴 때부터 달음박질에는 빠지지 않았다.

하지만 이렇게 전력 질주를 하면서 입을 열어 말하는 것과 동시에 주위를 두리번두리번 살필 재주는 없었다.

'저게 무공이란 건가?'

그런대로 쓸 만한 재주라고 생각하며 진완이 고개를 끄덕였다.

마을은 마치 죽음이 내려앉은 것처럼 어둠 속에 몸을 웅크리고 있었다.

원래 마을 주민들은 백팔룡의 모의 살인 사건 추적 훈련을 위해 잠시 이주시킨 상태고, 연기를 위해 와 있던 광대패도 돌아간 후라 마을은 쥐 죽은 듯 조용했다.

"헉헉, 어디부터 뒤져야 하지?"

반두홍이 숨을 고르며 진완에게 물었다.

"우리보단 세 교두가 찾는 실력이 더 좋을 거야. 주위를 살펴봐 봐. 붉은 게 움직인다면 미친놈인 적발귀 엄조고 허연 게 움직이면 민청, 커다란 게 움직인다 싶으면 철탁탑 호광일 테니까.”

진환의 말이 옳았다.

투명한 그림자가 직선으로 오르내리는 가운데 붉은 선 하나가 위아래로 길길이 뛰었다.

그 사이로 커다란 그림자 하나가 여기저기 어른거리는 듯하더니 끝내 그 세 가지 인형이 한군데로 모이는 것이 보였다.

“저기다!”

진환이 손가락으로 가리키며 뛰었다.

집 뒤켠에 허름하게 얽어 만든 창고였다.

진환이 뒤도 돌아보지 않은 채 창고 문을 발로 쾅 차며 뛰어들었다.

슛―

진환은 저도 모르게 얼른 몸을 뒤로 젖혔다.

왜 그랬는지는 진완 스스로도 알지 못했다.

어쩌면 생각보다 몸이 먼저 반응한 것일지도 몰랐다.

진완이 몸을 뒤로 젖힌 채 앞을 보니, 호광이 부릅뜬 눈으로 무언가 재빠르게 품 안에 갈무리하는 것이 보였다.

그제야 이마 한가운데, 미간이라 부르는 곳이 간질간질한 느낌에 진완이 손바닥으로 이마를 쓸며 인상을 찡그렸다.

방금 전 호광이 무기를 꺼내 자신을 노렸던 게 틀림없었다.

만약 본능이 시키는 대로 몸을 젖히지 않았다면 문안으로 뛰어드는 순간 이마가 꿰뚫려 죽었을지도 모를 일이다.

“무슨 일입니까!”

호광이 붉어진 눈으로 진완을 노려보며 호통 쳤다.

뒤이어 뛰어들어 온 반두홍, 허주, 육상산은 붉은 호광의 눈을 보고는 그 자리에서 얼어붙었다.

유리알처럼 투명한 민청의 눈이나 번질거리는 광기 어린 엄조의 두 눈보다 붉은 호광의 두 눈이 더 무섭다는 것을 지금에서야 깨달을 수 있었다.

진완이 방금 전 호광의 호통보다 더 큰 목소리로 대답했다.

"우리 애들한테 무슨 일이 생겼다잖수!"

뜻밖의 반응에 호광은 아무 말 없이 진완을 쳐다보았다.

호광의 두 눈에 어린 붉은 기가 점점 엷어져 간다고 느꼈을 때, 호광이 입을 열었다.

"좋은 싸가지입니다. 조장은 응당 그래야 합니다. 조원들의 목숨이 제 목숨인 것처럼 아껴야 싸가지있는 조장이 될 수……."

저쪽 모서리에서 차가운 민청의 목소리가 호광의 말을 끊었다.

"찾았다."

호광이 몸을 돌리며 빠르게 말했다.

"바싹 붙습니다. 떨어지면 책임질 수 없습니다."

진완과 나머지 세 명은 커다란 호광의 그림자에 숨다시피 뒤를 따랐다.

"……!"

모퉁이를 돌자마자 진완은 눈을 커다랗게 떠야만 했다.

원래 표정 없는 민청이야 그렇다 해도 항상 헤벌쭉 웃던 엄조의 얼굴에서마저 웃음기를 찾아볼 수 없었다.

"으흠."

호광이 역시 생각대로라는 듯 알지 못할 탄식을 할 때, 진완은 호광의 말과는 다르게 전혀 싹수있는 조장의 모습을 보여주지 못했다.

"쿠헬헬헬~"

진완은 그 자리에서 크게 웃었다.

하얗고 곱상한 옥기영의 얼굴보다 엉덩이가 더 희고 탐스러울 줄은 정녕 몰랐었다.

또한 소심하고 움츠러든 어깨를 가진 손형인의 엉덩이가 그렇게 바싹 올라붙은 멋진 엉덩이일 줄도 몰랐다.

옥기영과 손형인 두 사람은 정신을 잃은 채 등 뒤로 손이 묶인 상태로 지붕 기둥에 나란히 매달려 있었다.

요란스레 터져 나온 진완의 웃음에 세 교두는 낮을 굳힌 채 진완을 노려보았다.

뒤늦게 허주가 진완의 옆구리를 손가락으로 찔렀지만 진완은 아예 아랫배를 잡고 허리를 굽힌 채 계속 껄껄 웃었다.

호광이 못 참겠다는 듯 낮은 목소리로 으르렁댔다.

"조용히 합니다. 아직 범인이 이 주위에 있을지도 모릅니다. 십일조 조장은 얼른 입 닫습니다."

진완이 그제야 손가락으로 눈물을 훔치며 허리를 펴고는 말했다.

"십일조 조장, 계속 웃어도 됩니다. 첫째 교두 아저씨는 걱정할 거 하나 없습니다."

"……."

아무 말 없이 노려보는 호광의 두 눈이 다시 은은한 붉은빛을 띠었을 때 진완이 매달려 있는 옥기영을 가리키며 호광의 독특한 말투를 흉내 내어 말했다.

"저놈, 기련노마의 제자입니다. 실력, 모르긴 해도 끝내줍니다. 저 손형인 역시 실력, 옥기영에 못지않습니다. 그런데 두 눈 멀겋게 뜨고 당했습니다. 아니, 누구한테 당하는지도 모르고 저 꼴이 되었을 겁니다. 결국은 세 교두 아저씨가 튼튼하게 지키고 있는 경계를 뚫고 들어와 고수 두 명을 순식간에 제압하고 매달 수 있다는 것은 범인이 엄청난 고수란 뜻입니다. 설령 저 두 명이 누가 기습하는 걸 알아차렸다 해도 달라질 건 없습니다. 두 고수가 비명 소리 한번 내지 못하고 순식간에 당했다는 겁니다. 결국 내가 조용히 하고 안 하고 간에 범인이 마음만 먹으면 우리들은 죽은 목숨이란 겁니다. 내가 볼 때 세 교두 아저씨가 고수긴 해도 저 두 명을 한 수에 제압할 실력은 없어 보입니다. 만약 범인이 마음먹는다면 우리뿐만 아니라 세 교두 아저씨도 엉덩이 까고 매달립니다. 한마디로 아작난다는 뜻입니다. 세 아저씨 매달리면 백팔룡한테 돈 받고 구경시킵니다. 그럼 십일조 금방 부자 됩니다."

진완의 말이 끝났다.

호광의 두 눈에서도 붉은빛이 사라졌다.

민청이야 표정의 변화가 없었지만 엄조는 진완의 말이 맞다는 듯 고개를 연신 끄덕였다.

엄조가 고개를 갸웃거리더니 천천히 매달린 옥기영과 손형인에게 다가갔다.

먼저 옥기영과 손형인의 목에 매달려 있는 채한심혈이라 새겨 있는 나무패를 내리고 결박을 풀자 두 사람이 철퍼덕 땅에 떨어졌다.

엄조가 두 사람의 뺨을 인정사정없이 갈겼다.

엄조만의 독특하고도 무지막지한 해혈법이 잘 먹혔는지 두 사람이 끄응 하는 신음과 함께 눈을 떴다.

"무, 무슨……."

옥기영이 먼저 정신을 차렸고, 손형인은 몇 번 눈을 깜빡이더니 얼른 몸을 일으켜 세우고는 뒤로 몇 걸음 물러섰다.

"바지 입어라. 덜렁거리는 거 보기 흉하다."

진완이 손가락으로 아랫도리를 가리키며 말하자 두 사람의 얼굴이 시뻘겋게 달아올랐다.

주위를 두리번거리다 한쪽 켠에 팽개쳐 있는 바지를 주섬주섬 입는 옥기영과 손형인에게 호광이 말했다.

"봤습니까?"

"……?"

멍한 표정의 두 사람을 보고 호광이 가볍게 한숨을 쉬고는 손가락으로 바닥에 떨어진 채한심혈이 새겨진 나무패를 가리켰다.

"······!"

두 사람의 동작이 멎었다. 드디어 누구에게 자신들이 당했는지 알아차린 것이다.

"아무것도 기억나는 게 없습니까?"

호광의 물음에 두 사람은 그저 고개만 절레절레 흔들 뿐이었다.

"그때 두 사람은 어디서 무얼 했는지 지금부터 재연 들어갑니다. 똑같아야 합니다. 알겠습니까?"

호광의 엄포에 옥기영과 손형인은 멍하니 서로의 얼굴만을 쳐다보았다.

눈치는 옥기영보다 손형인 쪽이 빨랐다.

손형인이 절룩거리며 걸어가 한쪽 벽에 등을 기대고 서서 말했다.

"그러니까 내가… 이쯤에 서서 말했지? 저러다 사람 죽는 거 아니냐고 말하면서······."

손형인의 말에 옥기영이 맞은편 벽에 똑같이 등을 기대섰다.

"그래, 맞아. 그리고는······."

그 뒤는 듣지 않아도 알 수 있었다.

깜빡 정신을 놓았고, 깨어보니 엉덩이를 간 채 바닥에 누워 있었다는 것을.

호광의 낯색이 더욱 굳어졌다.

창고 안, 좁은 복도에 마주 선 두 사람 사이의 간격은 불과

한쪽 팔을 편 거리밖에 되지 않았다.

더구나 마주 보고 있었으니 왼쪽 방향과 오른쪽 방향 모두 볼 수 있는 위치였다.

그런데도 당한 것이다. 빠른 시간 안에 놀랍도록 깨끗하게.

"정말 기억나는 게 하나도 없습니까? 조그만 것 하나라도 다 얘기합니다. 그래야 합니다."

호광이 옆에서 미심쩍은 얼굴로 말을 건넬 때, 반대편에 서 있던 엄조가 소리없이 하늘로 날아올랐다.

곧 천장에 닿은 엄조가 손가락으로 천장을 가볍게 퉁긴 후, 탄력을 이용해 하늘에서 내리꽂히는 매처럼 옥기영의 머리 위로 떨어져 내렸다.

엄조의 손이 옥기영의 머리를 긁었다.

호광 쪽만 바라보던 옥기영이 머리 뒤쪽에서 세찬 기세를 느꼈는지 몸을 틀었다.

엄조의 손가락이 아슬아슬하게 허공을 긁었지만 엄조는 멈추지 않았다.

곧 왼손으로 앞에 있는 손형인의 얼굴을 긁고 발로는 옥기영의 척추를 내리눌렀다.

"이게 무슨?!"

짧은 비명과 함께 옥기영은 곧 발을 엇갈려 디딘 채 허리를 뒤로 젖혀 엄조의 공격을 피했다.

손형인 역시 몸통을 비틀고 오른 다리를 꺾어 세워 무릎으로 엄조의 손가락을 막았다.

두 번의 공격이 빗나가자 허공에 뜬 엄조는 믿기지 않을 정도로 빠르게 몸을 회전시키며 옆으로 스르르 중심을 이동시켰다.

엄조의 손가락이 손형인의 다리와 어깨의 혈을 빠르게 짚고는 다시 몸을 돌려 옥기영의 이마를 손바닥으로 쪼개듯 내려쳤다.

손형인의 신형이 옆으로 기우뚱 쓰러지는 것과 동시에 옥기영이 양 손바닥을 빠르게 교차시키는 괴망토주(怪蝄吐珠)의 수법으로 엄조의 공격을 와해시켰다.

하지만 불행히도 상대는 생사판의 진전을 이은 적발귀 엄조였다.

엄조가 손가락을 기묘하게 놀려 퉁기고, 젖히고, 밀자 옥기영의 손목엔 곧 힘이 빠졌고, 엄조가 깨끗하게 옥기영의 혈을 짚었다.

옥기영이 땅에 쓰러지는 것과 동시에 허공에 떠오른 이후 처음으로 땅에 발을 딛고 선 엄조가 놀랍다는 표정으로 말했다.

“흐으~ 두 수가 뭐야! 적어도 세 수는 위다! 흐으~”

진완은 그제야 왜 엄조가 옥기영과 손형인을 공격했는지 알 수 있었다.

엄조는 이들을 매달아놓은 범인의 실력이 어느 정도인지 가늠해 본 것이었고, 결과는 본 대로, 또 엄조의 말대로 상상조차 되지 않는 엄청난 고수라는 것.

엄조가 여러 수 걸려 성공한 수를 하얀 귀신은 단 한 수에 눈치 챌 틈도 안 주고 깨끗하게 처리한 것이다.

엄조가 붉은 머리카락을 벅벅 긁으며 다시 히죽 웃었다.

"흐으~ 이건 원로원 늙은이들 수준이다. 우리로는 부족하다."

하지만 호광의 생각은 다른 것 같았다.

"우리가 합니다. 우리가 해야 합니다. 우리가 지킵니다, 백팔룡은!"

호광의 표정이 굳건하기 이를 데 없었다.

3

"캬아~ 그 미친 붉은 머리, 실력 좋던데?"

반두홍이 느긋하게 침상 위에 기대앉은 채 말했다.

자신은 어찌해 볼 엄두조차 나지 않던 옥기영과 손형인을 불과 숨 한 번 들이킬 시간에 제압해 버린 것이다.

그게 진짜 실력이었다. 태어나서 처음 보는 고수의 진정한 실력이 머리 속에서 떠나지 않는지 독갈룡 반두홍은 아까부터 같은 말을 되풀이하고 있었다.

하지만 옥기영과 손형인의 표정은 좋지 않았다.

영문도 모른 채 눈 한번 깜빡이고 나니 엉덩이는 까져 있고,

천장에 매달려 버린 것이다.

게다가 방에 돌아온 후부터 진완이 흥얼거리는 노래 같지 않은 노래가 껄끄럽기 짝이 없었다.

"오늘은 산 위에 허연 보름달이 네 개나 떴네~ 궁댕이~ 방댕이~ 엉덩이~ 볼기짝~ 허연 것은 옥기영 것~ 펑퍼짐한 건 손형인 것~ 궁댕이~ 방댕이~ 엉덩이~ 볼기짝~"

특히 볼기짝의 짝을 발음할 때마다 손바닥으로 허벅지를 짝 짝 두들기며 장단까지 맞춰서 흥얼거렸다.

진완의 노랫가락이 흥겨워질수록 옥기영과 손형인의 관자놀이엔 굵은 혈관이 도드라져 나왔다.

그때 침상 위에 벌러덩 누워 있던 육상산이 거대한 몸을 간신히 일으켜 세우고는 호기심이 담뿍 담긴 목소리로 물었다.

"괜찮아?"

"뭐가?"

옥기영이 대답하자 육상산이 더욱 조심스런 목소리로 물었다.

"아리진 않고?"

"……?"

뜻을 몰라 말없이 바라보는 옥기영에게 육상산이 한쪽 눈을 찡긋해 보이며 물었다.

"똥구멍 말이다. 그 짓을 하는 놈들 얘길 들으니까 준비없이 하면 똥구멍이 째지도록……."

빠드득!

옥기영이 어금니를 꽉 깨물자 육상산이 찔끔했는지 슬며시 벽을 보며 돌아누웠다.

그때 진완이 흥얼거리던 것을 멈추고 슬며시 일어났다.

의아하게 바라보는 조원들에게 손가락 하나를 세워 입술에 갖다 대고는 마치 밤 고양이가 걷듯 뒤꿈치를 들고 살금살금 창문 가로 걸어갔다.

한차례 조심스레 심호흡을 한 진완이 창문을 벌컥 열었다.

"왁!"

진완이 큰 소리로 외치자 창문 밖에 서 있던 검은 옷의 사내가 기겁하며 놀라는 모습이 보였다.

동그란 눈, 벌어진 입. 틀림없이 여덟 부교두 중 한 명이었다.

거듭되는 괴사에 조심스럽게 백팔룡의 숙소를 돌아보는 중이었는데, 갑작스레 창문이 열리고 괴상한 머리통이 튀어나와 왁 하고 외쳐 댄 것이다.

"하, 하이고, 노, 놀래라!"

마치 가죽 포대에서 바람 빠지는 소리처럼 웅얼거리는 부교두의 얼굴을 재미있다는 듯 지켜보던 진완이 얼른 창문을 닫았다.

키득거리는 조원들을 보며 진완이 미소를 띠었다.

"이상하게 감각이 예민해진 것 같아. 떠다니는 먼지 하나하나까지 느껴질 만큼."

말하다 말고 진완이 고개를 갸우뚱거리더니 곧 눈을 반짝었다.

"좋아. 이번엔 큰 게 오는군!"

진완이 얼른 문으로 다가가 문을 활짝 열고는 문 뒤에 숨었다.

문짝 뒤엔 작고 어두운 창문 하나뿐이라 진완이 숨어들기엔 딱 알맞은 곳이었다.

잠시 후, 어디선가 바람 한줄기가 불어온다 싶었을 때, 열린 문으로 커다란 그림자 하나가 들어왔다.

곰처럼 커다란 덩치, 부리부리한 두 눈, 밤송이처럼 수북한 턱.

첫째 교두 호광이 문 앞에 선 채 십일조의 방 안을 빠르게 훑어보았다.

"십일조는 괜찮습니까?"

"……."

호광의 물음에 아무런 대답도 없었다.

대답을 해야 할 조장 진완은 문 뒤에 숨어 호광을 놀래켜 줄 준비를 하고 있었고, 다른 사람은 그 흥미진진한 광경을 구경하기 위해 잔뜩 긴장하고 있었다.

호광이 의아한 듯 주위를 둘러보며 말했다.

"십일조 조장 진완입니다. 똑똑히 기억하고 있습니다. 얼른 나와 대답합니다. 만약 뒷간에 가고 없는 거라면 정말 싸가지없는 겁니다. 뒷간은 최소한 부교두 이상에게 보고한 뒤 부교두와 함께 가는 겁니다. 나 호광이 분명히 그렇게 말했습니다.”

“…….”

역시나 대답이 없었다.

십일조의 조원들은 그저 말없이 문짝만 노려볼 뿐이었다.

호광 역시 이상한 것을 느꼈는지 발을 옮겨 안으로 들어와서는 문짝을 닫았다.

호광이 몸을 돌려 조원들 하나하나를 보며 물었다.

“조장은 대체…….”

하지만 곧 사람들의 얼굴이 기묘한 표정으로 바뀌어 있는 것을 볼 수 있었다.

“귀, 귀신이다.”

반두홍이 손가락으로 문짝을 가리키며 더듬거렸다.

“……?”

영문 모를 눈빛의 호광과 시선이 마주치자 그제야 말문이 트인 것처럼 반두홍이 크게 외쳤다.

“조장이 귀신에게 잡혀갔다아~!”

분명 진완이 숨어 있던 문 뒤의 공간은 텅 비어 있었다.

바로 눈앞에서 진완이 실종된 것이다.

*　　　*　　　*

태어난 이후 기절이란 것을 몇 번 해보긴 했다.

물론 처음 기절이란 것을 경험한 것은 무외자 교욱에게 잡

했을 때, 아니, 정확하게 표현하자면 교욱이 부리는 사내, 즉
범소의 두 손 아래에서였다.

하지만 진완이 겪은 이번 기절은 확실해 묘했다.

무언가 나른하면서도 온몸이 찌뿌드드한, 어떤 흐릿한 것이
눈앞에 지나간다 싶으면서도 그것이 무엇인지 확실하지는 않
은, 혼탁한 모든 것들이 한 덩이로 뭉쳐 진완의 눈과 귀, 그리
고 온몸을 내리누르고 있었다.

휘이이잉―

마치 귀신의 호곡성처럼 귓전에선 바람 소리가 매섭게 회오
리쳤다.

그래도 좋은 점은 무언가 따뜻하면서도 보드라운 그 무엇이
온몸을 감고 있다는 것이었다.

고막을 찢을 듯 흔들어대는 시끄러운 바람 소리 사이로 무
언가 작은 흐느낌이 들렸다.

"흑흑, 아가… 나의 아가… 나의 귀여운 아가……."

여인의 목소리였다. 아니, 귀신의 낮은 읊조림이었다.

마치 목 안에 박아 넣은 굵은 나무토막이 온몸을 관통해 발
끝까지 닿아 있는 듯 온몸이 뻣뻣해서 움직일 수가 없었다.

귓전을 울리는 바람 소리, 여인의 낮은 흐느낌, 몽롱하고 따
뜻한 온기, 온몸이 굳어진 불쾌한 느낌.

얼마쯤의 시간이 흘렀다. 그리 오랜 시간은 아닌 듯했다.

제일 먼저 바람 소리가 멎었다.

부드러운 손가락이 머리카락 사이로 파고들어 쓰다듬었다.

따뜻한 입김이 얼굴에 닿았다.

"아가… 나의 아가……."

조심스런 손길이 진완의 온몸을 쓰다듬었다.

그러자 굳어진 몸이 거짓말처럼 움직일 수 있었다.

"누……."

입을 열어 말하려는 진완의 입술 위에 손가락 하나가 부드
럽게 닿았다.

"쉿!"

얼른 입을 닫았다.

그제야 진완은 자신을 껴안고 있는 여인 하나를 볼 수 있었
다.

하얗다. 모든 것이 하얀색이었다.

갸름한 얼굴, 오뚝한 콧날, 창백한 피부, 게다가 머리카락까
지 하얀색이었다.

사이한 느낌이 들 정도로 아름다운 여인의 얼굴을 본 순간
진완은 온몸에 소름이 돋았다.

유일하게 까만 두 눈동자는 초점이 맺혀 있질 않았다.

어쩌면 진완을 보는 듯도 하고 또 어찌 보면 진완의 등 너머
먼 산을 보는 것도 같은 모호한 시선과 함께 여인은 끊임없이
중얼대고 있었다.

"아가야, 나의 사랑하는 아가야……."

'어이, 아줌마. 너무 무리하는 거 아니우?

진완은 속으로 중얼거렸다.

아무리 봐도 이 정신 나간 귀신, 아니면 미친 게 분명한 여인은 진완보다 몇 살밖에 더 많아 보이지 않았다.

여인이 다시 중얼거렸다.

"아가야, 조용히 자렴. 아직 악종(惡種)들이 귀를 쫑긋 세우고 있단다."

악종. 악의 종자란 뜻이었고, 필시 무심련의 무인들, 그중에서도 호광, 민청, 엄조 등을 가리키는 게 틀림없었다.

진완은 그들을 악종이라 부르는 것에 기꺼이 동의했고, 그래서 고개를 끄덕였다.

"귀엽기도 하지, 우리 아가. 아가야, 이 어미가 지켜줄게."

여인이 다시 진완의 머리카락을 쓰다듬었다.

'으… 도저히 적응이 되지 않는군.'

진완은 왜 자신이 소름이 돋았는지 그제야 알 수 있었다.

초점이 흐릿한 눈, 높낮이 없는 으스스한 중얼거림도 그랬지만 무엇보다 가장 이질적인 것은 표정이었다.

희로애락 그 어떤 것도 여인의 얼굴엔 나타나 있질 않았다. 마치 딱딱한 석상의 얼굴처럼.

여인은 그림 속의 여인처럼 초점 없는 눈으로 '아가' 란 말만 계속 되뇌고 있었다.

"저……."

진완이 입을 열자 다시 여인은 손가락을 진완의 입술에 가져다 대었다.

"우리 아가, 잠시만……."

여인은 낮게 말하고는 잠시 두 눈을 감았다.

그리고 다시 뜬 두 눈은 역시나 초점이 분명하질 않았다.

그러나 진완은 무엇이 달라졌는지 금방 느낄 수 있었다.

주위에 떠다니는 공기, 일렁이던 바람, 그 모든 것이 멎어 있었다.

솜털을 간질이던 느낌이 달라졌다.

마치 지금까지 물장구치고 놀던 강물이 얼어붙어 온몸을 옥죄는 것처럼 주위의 공기가 그랬다.

"아가야, 이제 말을 하렴. 듣는 사람은 없을 테니."

"……."

진완은 멍하니 여자를 바라보았다.

마치 현실에선 존재하지 않는 신비로운 분위기를 가진 여자였다.

너무도 아름다웠고, 아름다움 이상으로 사이한 그 무언가를 느낄 수 있었다.

잠시 후 진완이 입을 열고 물었다.

"그런데 내가 왜 아줌마 아들이우?"

"……."

여인은 눈을 몇 번 깜빡였다.

기다란 속눈썹이 나비 날개처럼 접혀졌다 펴지는 사이로 초점 잃은 눈동자가 멍하니 자리 잡고 있었다.

여인은 아무 말 없이 손을 뻗어 진완의 엉덩이를 잡았다.

"여기……."

"어허, 이 아줌마가!"

"내가 남긴 흔적, 우리 아가 엉덩이에……."

"……?"

"배가 불러왔어. 아가가 발로 찼지. 손으로 만지면 불룩불룩 잘도 뛰어놀았어. 어느 날 너무 아팠어. 아가가 태어난다. 아가가 태어난다. 너무 아팠어. 정신이 가물가물해지는 순간, 네가 태어나고, 악종들이 널 데려갔지. 그때 내가 손으로 피 묻은 너의 엉덩이를……."

여인의 말은 마치 아득한 어둠 저편에서 흐릿한 기억 한 조각을 찾아 헤매는 듯 짧고 단순하게 끊어지고 있었다.

표정 없는 얼굴과 초점 없는 눈빛, 그리고 나직한 중얼거림은 마치 지금 일이 꿈속의 일처럼 느껴지게 만들고 있었다.

"아가, 나의 아가. 난 악종들이 널 내게서 뺏어가려 하는 걸 알았지. 그래서 내 특유한 심법으로, 아니, 그땐 내가 너무 지쳐서 독특한 지공으로 너의 엉덩이를 꼬집었단다. 청록색의 다섯 손가락 자국. 네가 커서 세 개는 흐릿해졌지만 두 개만은 분명하다. 마치 적두혈오공(赤頭血蜈蚣)에게 물린 것 같은 표식은 내 심혈지(沁血指)만이 가능한 일. 아가, 넌 나의 사랑스런 아가."

아줌마, 혹시 아줌마가 내 엉덩이에 남은 상처가 오공(蜈蚣), 그러니까 지네가 문 자국이라고 봤다면 정말 잘 보신 거유. 어머니께서 말씀하시길, 내가 예전 아이일 때 깊은 숲 속 썩은 통나무 위에 앉았다가 지네한테 덥석 엉덩이를 물린 적이 있다고 하더구랴. 정말 아줌마 눈 밝네!

진완의 머리 속에 순간 예전 한 기억이 스쳐 지나갔다.

그러나 감히 입을 열어 말할 수는 없었다.

공교로운 일이었다. 그때의 상처 자국을 여인은 자신이 손톱으로 남긴 표식으로 철석같이 믿고 있는 것이다.

여인이 말했다. 여전히 초점 없는 눈빛으로.

"아가, 악종이 움직이면 우리도 움직인다. 악종이 멈추면 우리도 멈춘다. 아가야, 조금만 기다려라. 내가……."

여인은 마치 금방 부서질 물건이라도 다루듯 세심하게 진완의 머리를 쓰다듬다 문득 고개를 치켜들었다.

"악종들이 움직인다. 우리도 움직인다."

여인이 진완의 몸을 안아 들었고, 순간 진완의 온몸은 다시 굳어졌다.

차갑고 표정 없는 새하얀 얼굴의 여인. 하지만 품속만은 따뜻했다.

곧 진완의 두 귀에선 또다시 고막이 찢길 것처럼 세찬 바람 소리가 들려왔다.

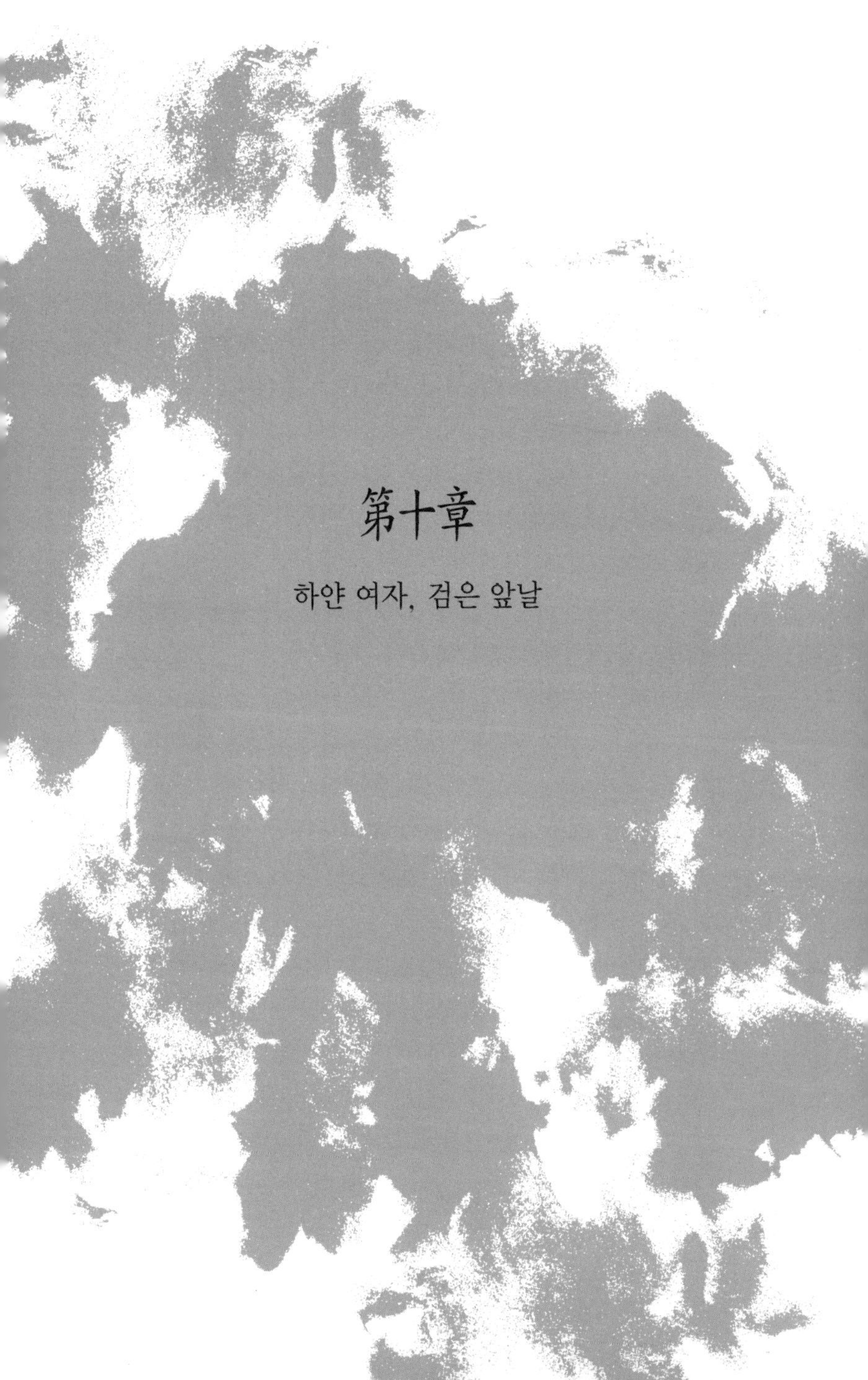

第十章

하얀 여자, 검은 앞날

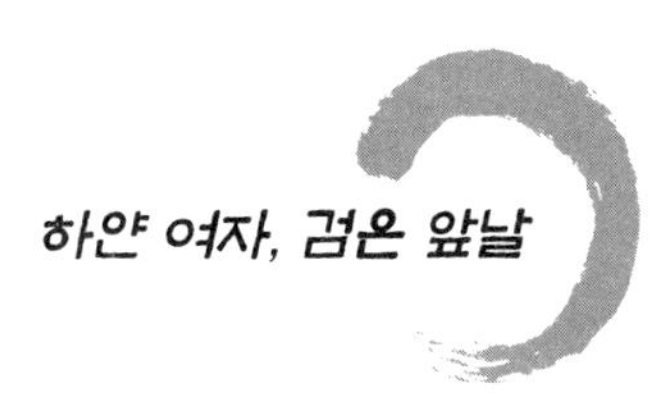

하얀 여자, 검은 앞날

진완은 어지러움을 느꼈다.

어릴 때 한 발을 축으로 쌩쌩 제자리에서 맴을 돌고 나면 느껴지던 욕지기와 어지러움, 그걸 지금 느끼고 있었다.

눈앞의 모든 세상이 빗자루로 쓸어낸 것처럼 옆으로 일그러진 채 쏟아져 왔고, 또 그렇게 쏟아져 지나갔다.

흐릿한 나무가 눈에 들어오는가 싶더니 곧 높은 담벼락이 눈앞에서 일렁이다 사그라들었고, 곧 빈 공간을 어두운 밤하늘이 가득 채웠다.

세상이 순식간에 획획 바뀌더니 고요히 멎었다.

"아가야, 나의 아가야. 조금만 기다리렴. 곧 번(番)이 바뀐단다."

여인의 하얀 손은 얼음보다 더 차가워 보였지만 막상 뺨에 느껴지는 온기는 부드럽고 온화했다.

여인이 진환의 뺨을 조심스럽게 쓰다듬으며 고개를 들어 앞을 보았다.

길고 가는 목, 미려한 턱 선, 날카롭게 솟은 콧망울.

진환은 물끄러미 올려다보며 여자란 게 잘생긴 나무보다 더 아름다울 수가 있구나 하고 처음으로 생각했다.

진환이 눈알을 돌려 주위를 살폈다.

'……!'

전각 위 거대한 지붕이었다.

어느 전각인지는 몰라도 상당히 큰 규모가 분명했다.

끝없이 이어진 기왓장 아래로 삐죽 또 다른 지붕이 연결된 것이 대략 삼층 건물 위인 듯싶었다.

"후와~!"

진환은 눈앞에 보이는 무심련의 엄청난 규모에 저도 모르게 입을 벌렸다.

기와지붕과 지붕이 서로 어깨를 맞댄 듯 끊임없이 이어진 모습은 장관이었다.

은은한 달빛이 푸르게 빛나는 지붕들 위로 마치 눈이 내린 듯 하얗게 부서지고 있었다.

"지금이다."

하지만 곧 여인이 몸을 돌려 지붕 처마 아래로 빙그르르 돌았다.

곧 진완의 눈에 비치는 무심련의 모든 것이 뱅그르르 뒤집어졌다가 곧 위아래로 요동치더니 빠르게 어둠 속으로 사라졌다.

"아가야, 놀라지 마라. 이곳은 이 어미만 아는 곳이란다."

낮은 목소리로 말하며 여인이 어둠 속 어딘가로 물처럼 스머드는 듯하더니 곧 작은 통로에 갇혔다.

"아가야, 무서워 말아라. 무서워 말아."

좁은 통로였다. 빛도 들지 않는 어둡고 습한 통로가 위아래 종횡으로 이어지다 꺾여들고는 다시 위로 향했다.

수평으로 길게 뻗은 통로는 진완같이 커다란 덩치를 지닌 사람이라면 엎드려 팔꿈치로 벅벅 기어야 할 정도로 좁았다.

하지만 여인의 움직임은 마치 유령처럼 통로를 누볐다.

진완을 안아 들고 허리를 굽힌 채 바람처럼 치달리던 여인이 갑작스레 아래로 꺾인 곳에선 바람을 안고 떨어지는 손수건처럼 아래로 가볍게 내려앉았다.

또 위로 향해 뻗은 통로에선 발끝으로 몇 번 찍자 아지랑이처럼 가볍게 위로 솟았다.

귀신이었다. 귀신이 맞았다.

빠른 속도에도 불구하고 아무런 소리도 나지 않았다.

통로는 제법 길었다. 미로처럼 꺾이고 뒤틀린 통로를 한참이나 유령처럼 떠돌던 여인의 발걸음이 멎었다.

통로 속이라 빛 하나 없는 어둠 속이었다.

여인이 조심스럽게 손을 내뻗어 벽을 잡고는 가볍게 밀었다.

끼이익!

뒤틀린 문짝이 열리듯 삐걱거리는 소리와 함께 빛무리가 어둠 속으로 쏟아져 들어왔다.

빛과 함께 은은한 향기를 제일 먼저 느꼈다.

부드럽고 자극적이지 않는 기품있는 냄새였다.

마치 오래된 향나무에서 맡던 냄새와도 비슷했고, 어릴 때 엄마 젖무덤에서 느끼던 따뜻한 냄새와도 비슷했다.

하지만 그 모든 것과는 또 다른 냄새였다.

"아가야."

여인이 진완을 어딘가에 눕혔다.

살갗에 닿는 느낌부터 부드럽고 포근했다.

"여긴?"

어딘가에 눕혀지는 순간 온몸을 자유롭게 움직일 수 있었다.

얼른 상체를 일으킨 진완은 화려하면서도 단아한 방의 모습을 볼 수 있었다.

비단 이부자리, 네 개의 기둥을 세워 하늘거리는 망사 천을 늘어뜨린 침대, 발아래로는 털이 한 뼘은 넘는 어느 짐승의 가죽이 길게 이어졌다.

누우면 비단이요, 살금살금 걷는 바닥은 구름 위처럼 폭신할 것이다.

윤기가 흐르는 독특한 질감의 하얀 벽지, 한눈에도 품격있어 보이는 탁상 위엔 역시나 고상한 도자기.

벽에는 무엇인지 모를 하얀 돌멩이들이 영롱한 색을 은은히 방 안에 흩뿌렸다.

'그래, 꿈인 거야!'

진완은 그렇게 생각했지만 고개를 돌리는 순간 여인의 표정 없는 얼굴을 볼 수가 있었다.

여인이 입을 열었다.

"아가야……."

글쎄, 나도 댁의 아들이면 얼마나 좋겠수. 이렇게나 돈이 많은데.

그러나 진완은 눈만 끔뻑일 뿐 감히 속마음을 말하지 못했다.

"아가야, 아가야. 이제 어미랑 살자."

멀건 초점 없는 여인의 눈을 외면하며 진완이 대답했다.

"그게 좀 힘드우."

"누구냐? 누가 널 방해라도 하더냐? 그 악종들을……."

진완 옆에 앉아 있던 여인이 스르르 방 중앙으로 나섰다.

멀뚱멀뚱 바라보던 진완이 물었다.

"어딜?"

여인이 고개를 돌렸다.

고급스런 방 안에 고개 돌린 아름다운 여인.

마치 한 폭의 미녀도를 보는 듯했지만 표정 없는 여인의 몽롱한 시선은 왠지 사이한 분위기를 만들어냈다.

“패력신과 살막도, 그리고 생사판의 후예가 틀림없다. 틀림없어. 아가야, 어미가 그들의 뇌수를 부수고 심장을 꺼내고 내장을 씹으마. 너는 구경만 하고 있거라.”

진완은 소름이 끼쳤다.

미친 적발귀 엄조가 히죽 웃으며 사람을 잡아먹는다는 등의 말에도 그저 헛웃음을 지을 수 있었지만 지금은 그럴 수가 없었다.

엄조의 말은 그저 농담에 지나지 않았지만 이 백치 같은 표정의 여인은 진담이었다.

분명 자신의 말대로 그들의 머리를 부수고 심장을 꺼내며 내장을 질겅질겅 씹으러 가고 있는 것이다.

여인의 말은 짧게 끊어지고 뜻이 이어지지 않으며 두서가 없었지만 그중 거짓은 없었다.

“아줌마! 잠깐만요!”

진완이 급한 마음에 손까지 들어올리며 여인을 불렀다.

그 즉시 여인이 바람처럼 진완의 옆에 와 앉고는 진완의 머리를 부드럽게 쓸어 넘겼다.

“아가야, 엄마라고 불러야지? 아가, 어디 불러보렴.”

진완은 설령 깊은 산속에서 화난 곰을 만난다 해도 겁을 먹지 않았다.

그것이 산중대왕 호랑이라 해도 마찬가지였을 것이다.

그러나 진완은 입을 멍하니 벌리고는 말했다.

“엄… 마……”

이 여인은 달랐다. 여인의 표정 없는 새하얀 얼굴은 곰 얼굴보다, 호랑이 낯짝보다 수백 배는 더 무서웠다.

"아가야, 나의 아가야."

여인의 멍한 두 눈에서 눈물 한줄기가 뺨을 타고 흘렀다.

여인을 만난 이후 처음으로 인간의 감정을 느낀 순간이었지만 눈물로 인해 진완은 더 기괴함을 느껴야만 했다.

표정 없는 얼굴을 타고 흐르는 투명한 눈물 한 방울.

여인은 눈물을 흘리는 순간에도 아무런 표정이 떠오르지 않았다.

초점 없는 눈 역시도 조금도 흔들리지 않았다.

그것이 진완의 뒷머리를 쭈뼛 서도록 만들었다.

그래서 진완은 꿀꺽 침을 삼킨 다음 말했다.

"엄마, 엄마, 어엄마아~"

처음이 어렵지 두 번째부터는 너무나 쉬웠다.

"아가……."

낮은 읊조림과 함께 여인이 진완을 가슴에 안았다.

진완은 자신보다 더 작은 여인의 품에 안겨 눈만 끔뻑거렸다.

이상한 일이었다.

마주 볼 때는 소름 끼치는 여인이었지만, 이렇게 품에 안기면 너무나 포근하고 따스했다.

멍하니 안겨 있던 진완은 얼른 지금 자신의 처지를 헤아려 봤다

납치? 당연히 납치였다. 고수? 엄청난 고수였다.

그런데 대체 이 여인의 정체가 뭐란 말인가.

지붕 위에서 바라본 무심련의 규모는 엄청난 것이었다.

그중에서도 높다란 건물 안에 들어와 있는 것이다.

호화로운 방으로 미루어볼 때, 여인은 무심련 안에서도 높은 직위의 사람일 것이다.

말도 안 된다. 왜 무심련 사람이 백팔룡인 자신을 납치한단 말인가.

진완의 생각이 거기까지 미쳤을 때, 여인이 말했다.

"누가 너에게 진체(眞體)를 주었느냐?"

진체가 뭐지? 잠시 숨을 고르던 진완이 혀로 입술을 핥고는 말했다.

"난 안 먹었어요. 아니, 먹었었나?"

"……."

여인은 한동안 아무런 말이 없었다.

계속 안은 채 진완의 뒷머리를 쓰다듬던 여인이 다시 입을 열었다.

"진체를… 먹을 수도 있느냐?"

"먹는 거 아니었수?"

"그런 방법은 들어본 적이 없다. 우리 아가, 굉장하구나. 진체를 먹다니."

"……."

이번엔 진완이 말을 잃었다.

이 여인, 보기보다 상당히 머리가 뒤떨어졌다.

아니, 백치에 가까운 상태가 분명했다.

멍한 눈빛, 조리에 닿지 않는 말투부터가 그랬다.

여인은 스르르 일어나 방 안을 빠르게 맴돌기 시작했다.

"우리 아가, 진체를 먹었다. 우리 아가, 진체를 먹었다. 굉장한 아이다. 우리 아가가……."

잘 연결되지 않는 생각을 어떻게든 이어보려는 듯 방 안을 맴도는 여인의 발걸음엔 조급함이 묻어 있었다.

'먹는 게 아니었나?'

진완이 멍한 눈으로 빠르게 방 안을 빙빙 맴도는 여인을 바라보았다.

여인이 방 안을 대략 오십여 번 돌았다 싶었을 때, 여인의 발길이 드디어 멎었다.

"온다. 악종이 온다."

여인이 멍하니 높낮이 없는 특유의 말투로 중얼거리더니 와락 진완을 덮쳤다.

"어~!"

뭐라고 비명 지를 시간도 없었다.

"숨을 크게 들이켜라."

여인이 속삭이듯 말했다.

진완은 왜 숨을 들이켜라고 하는지 알 수 있었다.

여인의 손짓이 빠르게 진완의 몸을 위아래로 오간 후, 진완의 온몸은 다시 뻣뻣하게 굳었다.

그리고 숨조차 쉴 수가 없었다.

심장이 터질 듯 부풀었지만 뛰는 숫자는 평소보다 두세 배
는 늦었다.

숨이 틀어막히고 심장마저 늦게 뛰자 진완의 눈은 튀어나오
고 혀가 밖으로 축 늘어졌다.

여인이 빠르게 진완의 몸 위로 이불을 덮은 후 얼마 지나지
않아 누군가의 발소리가 문밖에서 들렸다.

"부인, 원로원의 악(岳) 어르신께서 오셨습니다."

잠시 후 가냘픈 소녀의 목소리가 문밖에서 들렸다.

"만나지 않겠다. 만나지 않아."

여인이 특유의 목소리로 낮게 말했다.

잠시 시간이 흐른 후, 문밖에서 늙수그레한 목소리가 들렸다.

"위 부인, 나 악가요. 실례를 무릅쓰고 이렇게 왔으니 위 부
인이 시간을 내주었으면 좋겠소."

정중하고 위엄있는 목소리였다.

하지만 여인의 태도는 여전했다.

"만나지 않겠다. 만나지 않아. 이 방은 오로지 위진천(韋震
天) 그 악종만 들어올 수 있는 방이다."

이불 속에서 숨을 들이켤 수 없어 꺽꺽대던 진완은 그 순간
몸뿐만 아니라 영혼까지 굳어지는 것을 느꼈다.

갑작스레 위진천 이야기가 왜 나온단 말인가.

무심련의 주인 진천벽부(震天霹斧) 위진천만이 들어올 수 있
는 방이라면?

'제길, 위진천 마누라였구나!'

진완은 어두컴컴한 이불 속이 갑작스레 새하얗게 느껴졌다.

위 부인의 편안하심을 어쩌고저쩌고, 안 된다, 안 돼 어쩌고 저쩌고.

둘 간의 대화는 그리 길지 않았지만, 트이지 않는 숨통 때문에 정신이 아득해지는 진완에게는 지루할 정도로 길었다.

더구나 자신을 납치한 여인이 무심련 주인의 마누라라니 정신이 어질어질했다.

점점 눈앞이 아득해지고 있을 때, 이불이 젖혀지고 숨통이 트였다.

"튜후~"

"아가야, 아가야. 악종들이 날 의심하기 시작했다."

진완은 어이가 없었다.

이 백치 같은 여인은 분명 옆집 마누라를 자기 안방에 몰래 갖다 앉혀놓고 아무도 모를 거라 믿는 남자와 다를 것이 없었다.

귀신같은 하얀 그림자, 가공할 무위, 묘연한 종적.

만약 여인을 알고 있는 사람이라면 누구라도 제일 먼저 여인을 의심했을 것이다.

그리고 보니 자신을 잡아다 용 문신을 새겨 넣은 범소의 말이 틀리지 않았다.

원로원에서 아무 배경 없는, 하지만 무공에는 재질이 뛰어난 착한 처자 하나를 위진천의 아내로 들어앉혔다던가?

무공에 자질이 뛰어난 것은 맞았다.

하지만 착한 것은 아니었다. 멍청하다고 표현하는 게 맞았다.

여인은 갑작스럽게 불안감에 휩싸인 듯 방 안을 다시 맴돌기 시작했다.

"날 의심한다. 날 의심한다. 날 의심한다."

높낮이 없는 어투로 낮게 중얼대며 잰걸음으로 맴도는 머리카락까지 하얀 여인의 모습은 희극적이면서도 기괴했다.

문득 여인의 발걸음이 멎었다.

멍하니 고개를 들어 천장을 쳐다보던 여인이 혼잣소리처럼 중얼거렸다.

"죽일까? 죽일까? 다 죽이면? 원로원 악종들을 다 죽이면? 그러고 나면 그를 죽일 수 있을까?"

여인은 하얀 손을 들어올려 손가락을 빠르게 비벼댔다.

길고 하얀 여인의 손은 점점 투명하면서도 희뿌연 우윳빛을 띠기 시작했다.

진완은 믿었다.

저 여인이 비록 예닐곱 살 정도의 지능을 지닌 백치라도 실력은 끝내줬다.

머리 회전은 늦더라도 결코 거짓말은 하지 않을 것이다.

여인이 죽인다면 죽였다.

원로원의 실력자라 해도 여인이 죽일 수 있을 거라 진완은 믿었다.

"어이, 아줌마."

진완이 여인을 불렀다.

여인이 고개를 돌리고 진완을 역시나 초점 없는 눈으로 쳐다보았다.

그래도 자꾸 보니 적응이 된다는 생각과 함께 진완이 손가락으로 자신을 가리키며 말했다.

"증거를 없애면 되잖수."

"……."

여인은 아무 말이 없었다.

"그러니까 말이우, 날 이리 데려왔듯 아무도 모르게 무심련에서 빼내가는 거유. 어때요, 내 생각이?"

진완의 눈빛이 반짝였다.

이대로 사라지면 아무도 모를 것이다.

도망간 것도 아니고, 납치당해 영원히 사라진 걸로 되는 것이다.

여인이 물끄러미 진완을 쳐다보다 입을 열었다.

"엄마……. 아가야, 나는 너의 엄마란다."

"엄마……."

여인이 빠르게 다가와 다시 진완의 머리를 쓰다듬었다.

"우리 아가, 진체도 먹고 머리도 좋고. 그래, 그러자꾸나. 아무도 널 못 찾게 하겠다. 아니, 다시는 나에게서 널 뺏어가지 못하게 하겠다."

여인은 진완의 머리를 쓰다듬으며 뺨을 비볐다.

다시는 잊지 않겠다는 듯 두 손으로 어깨와 가슴, 그리고 손을 어루만지던 여인이 고개를 갸우뚱거리더니 말했다.

"진체를 이룬 네 몸에 내공이 없다니? 진체를 이루었는데?

이상하다……. 이상하다……."

몸을 이리저리 만지며 계속 이상하다를 반복하는 여인이 또한 번 자신의 엉덩이를 까 내릴까 싶어 진완이 급히 말했다.

"아줌마, 아니, 엄마. 얼른 숨읍시다. 무심련을 뜨자구요."

"…아, 그거?"

여인이 알겠다는 듯 잠시 후에야 고개를 끄덕였다.

방금 전 자신이 무엇을 하려고 했는지 잊을 정도로 여인의 정신은 맑지 못했다.

"우리 아가, 내공이 없다. 진체를 먹었지만 내공이 없다. 아가야, 잠시만 참거라."

여인이 빠르게 진완의 몸을 손으로 훑듯이 짚었다.

진완의 몸이 다시 뻣뻣해졌지만 조금만 참으면 드디어 무심련을 나간다는 생각에 예전처럼 불안하거나 불쾌하진 않았다.

여인이 침상 위의 이불을 걷고 손을 놀려 여기저기를 건드리자 침상 아래 한 부분이 소리도 없이 열렸다.

"아가야, 무서워하지 말거라."

진완과 여인의 모습이 침상 아래로 사라졌다.

그 즉시 침상은 제 모습을 찾았고, 방 안 그 어디에도 사람이 존재했다는 흔적은 남아 있지 않았다.

『검단하』 제1권 끝

다세포 소녀 원작 만화 출간!!

전국 서점가 최고의 화제작!

OCN 슈퍼액션 드라마 시리즈 방영!

왜? 사람들은 다세포 소녀에 주목하는가!
상식을 뒤엎는 기발하고 엉뚱한 상상력!

『다세포 소녀』의 숨겨진 힘!!

다세포 소녀 원작만화 (전 5권 예정)
B급 달궁 글·그림 | 값 9,000원 / 부록 예이츠 시집

몇 페이지만 읽어도 좌중을 휘어잡을 이야깃거리가 넘쳐난다!
둔감해진 머리에 영감을 주는 아이디어가 마구마구 솟구친다!
원작을 더욱더 빛내주는 기발한 댓글 퍼레이드!
300만 다세포 폐인을 열광시킨 상식을 뒤엎는 엉뚱한 상상력!

또 하나의 이야기! 또 하나의 재미!
소설 『다세포 소녀』

초우 장편소설 | 값 9,000원 / 원작자 B급 달궁

"그건 모르겠고, 나는 외눈의 사랑이야. 사랑을 줄 수는 있어도 마주 할 수 없는 사랑이지. 두 눈을 가진 사람은 주고받을 수 있지만, 나는 주는 것만 할 수 있어. 나는 주는 사랑으로 족해. 외사랑이지."
－외눈박이

초등학생이 반드시 읽어야 할 좋은 책 49권

각 학년별로 초등학생이 반드시 읽어야할 좋은 책을 선정하여 통합논술의 기본이 되는 '올바른 독서법'을 일깨워 줍니다.

교과서와 함께하는
초등학교 통합논술

초등1학년 | 값 12,000원 / 초등2학년 | 값 9,500원 / 초등3학년 | 값 11,000원 / 초등4학년 | 값 9,500원 / 초등5학년 | 값 9,500원 / 초등6학년 | 값 11,000원

♣ 혼자 할 수 있어요.

엄마가 책 읽는 방법을 가르쳐 주어도 좋아요.
독서지도하는 선생님이 가르쳐 주어도 좋답니다.
"초등 교과서와 함께하는 **통합논술 시리즈**"는
아이 스스로 독서할 수 있도록 꾸며진 책이에요.
엄마와 선생님은 요령만 가르쳐 주시면 된답니다.

♣ 교과서의 중요한 내용이 총정리되어 있어요.

각 학년별로 중요한 교과 내용이 함께 수록되어 있어요.
초등학생은 교과서 내용을 충실하게 공부해야합니다.
아울러 그와 병행한 독서가 대단히 중요하지요.
"초등 교과서와 함께하는 **통합논술 시리즈**"는
두가지 방법 모두 알려준답니다.

♣ 이 책은 훌륭하신 선생님들이 함께 쓰신 책이랍니다.

동화작가 선생님들이 쓰셨어요. 소설가 선생님도 쓰셨답니다.
국어 논술독서지도 선생님들도 함께 쓰셨지요.
"초등 교과서와 함께하는 **통합논술 시리즈**"는
엄마의 마음으로 모든 선생님들이 함께 꾸민 책이랍니다.

입소문을 통해 아는 분은 다 알고 계십니다!
올 한해 공인중개사 최고의 화제작!

1~2권 합본 | 이용훈 지음
3~4권 합본 | 이용훈 지음
5~6권 합본 | 이용훈 지음
용 어 해 설 | 이용훈 지음
1~2차 문제풀이집 | 이용훈 지음

수험생 기본 필독서
만화 공인중개사

제목 : 만화공인중개사 쓰신 분에게 감사드립니다.

학원을 두달 다녔어요. 근데 과연 그 숫자 와우기 그런게 몇 문제나 나올까 생각을 했어요.
아니라는 생각이 드네요. 학원강의를 뒤로 하고 서점을 갔어요. 내 머리에 가장 이해될 수 있는
책이 없나 하구요. 거기서 만화를 발견했어요. 무조건 세번 봤어요. 3개월 걸렸어요. 문제 집을
보라고 했는데 그건 시행을 못했어요. 근데 합격을 했네요.

어떻게 감사의 말을 해야 될지…

도서관에서 만화책 들고 다니니까 사람들이 바웃더라구요. 만화책으로 공인중개사를 공부한
다고 미친사람처럼 보더라구요. 근데 그거 다 감수하고 했던 내가 자랑스럽습니다.

어떻게 감사의 말을 해야 할지 정말 감사합니다.

부디 행복하세요. 제 나이 41살에 좋은 스승을 만난 거 같습니다.

엎드려 감사드립니다.

—본사 홈페이지에 독자분이 올린 메일 中 에서 발췌—

잘나가고 싶은 사람은 읽어라!

그에게 한눈에 반했다! 그것은 분위기 탓?
애인과 나란히 걸어갈 때 당신은 좌, 우 어느 쪽에 서는가?
이성은 왜 서로 끌리는 걸까? 그 심층 심리를 해명한다!

30초의 심리학

■ 30초의 심리학
아사노 하치로우 지음 / 계일 옮김 | 값 8,500원

처음 본 사람인데 와 닿는 느낌이
너무나도 강렬한 사람이 있다.
흔히 하는 말로 '필이 꽂힌 사람',
그래서 잊혀지지 않는 사람,
한눈에 반했다고 하는 것이 바로 그것이다.
이런 인간의 감정을 논하는 데
남녀의 구분이 있을 수 없다.
사랑하는 그, 혹은 그녀를
생각하는 것만으로도 가슴이 두근거린다.
이상할 것 없다. 당연히 그럴 수 있는 것이다.
그렇기에 인간을 감정의 동물이라 하지 않는가.
그러나 그렇게 좋아하는 그 사람이
어느 날 갑자기 싫어지는 경우는 왜일까?

Psychology